GOLDMANNS
KLEINE TIERBIBLIOTHEK

PETER GETHERS

Die Katze, die nach Paris reiste

Aus dem Amerikanischen
von Karin Polz

GOLDMANN VERLAG

Die Originalausgabe erschien unter dem Titel
»The Cat Who Went To Paris« bei Crown Publishers, New York

Umwelthinweis:
Alle bedruckten Materialien dieses Taschenbuches
sind chlorfrei und umweltschonend.

Der Goldmann Verlag
ist ein Unternehmen der Verlagsgruppe Bertelsmann

Sonderausgabe

Umschlaggestaltung: Design Team München
Satz: Filmsatz Schröter GmbH, München
Druck: Hofmann-Druck Augsburg GmbH
Verlagsnummer: 43220
MK / Herstellung: Sebastian Strohmaier
Made in Germany
ISBN 3-442-43220-0

1 3 5 7 9 10 8 6 4 2

Für Dad. Du fehlst uns.

Für Mom. Wir wissen, was wir an Dir haben.

Für Janis. Ich kann nicht glauben,
daß Du mich dies tun läßt.

Für Norton. Was kann ich sagen?
Solange ich in der Nähe bin,
wird es Dir nie an Pounce fehlen.

Inhalt

Vorwort

Vor einigen Wochen habe ich mein erstes Testament aufgesetzt. Ich bin sechsunddreißig, und ich fühlte mich danach ein wenig trübsinnig, den mittleren Jahren ziemlich nahe und etwas sentimental. Um meine Gefühle mit jemandem zu teilen, erwähnte ich meiner Mutter gegenüber, daß ich – recht edelmütig, fand ich – meine Wohnung in New York City dem einjährigen Sohn meines Bruders Eric, Morgan, vermacht hätte. Statt mit dem erwarteten mütterlichen Aufleuchten von Zuneigung und Stolz sah sie mich an, als sei ich geistesgestört.

»Kannst du das?« fragte sie.

Ich verstand ihre entgeisterte Verwirrung nicht, besonders da sie ihren kleinen Enkel auf der Skala menschlicher Vollkommenheit ganz oben einordnet.

»Warum nicht?« sagte ich, etwas bestürzt. »Ich

hoffe ja, daß er sie nicht vor vierzig oder fünfzig Jahren bekommen wird, aber wenn das doch der Fall sein sollte, wird sie zuerst an Eric gehen, und er kann ...«

»Sagtest du Morgan?« unterbrach sie mich.

»Ja. Wer sonst?«

»Ich dachte, du hättest Norton gesagt«, erklärte die gute alte Mom mir.

»Meine Katze? Du dachtest, ich hätte meine Wohnung meiner Katze vermacht?«

»Nun«, sagte sie, »bei Norton kann man nie wissen.«

1

Bevor die Katze kam, die auf Reisen ging

Dies ist ein Buch über eine ungewöhnliche Katze. Doch das Ungewöhnliche an *jeder* Katze ist die Wirkung, die sie auf ihren Besitzer hat. Eine Katze zu besitzen, besonders wenn man sie schon als Kätzchen bekommt, ist so ähnlich, wie ein Kind zu haben. Man füttert es, man tut sein Bestes, es zu erziehen, spricht mit ihm, als könnte es einen verstehen – und als Gegenleistung möchte man, daß es einen liebt. Eine Katze kann einen zur Raserei bringen mit ihrer Unabhängigkeit. Sie kann, ebenso wie ein Kind, den heftigen Wunsch erzeugen, sie vor allem Bösen zu beschützen. Sie ist klein, verletzlich und wundervoll im Arm zu halten – wenn sie einen läßt.

Wie Kinder existieren Katzen auf einer anderen und wahrscheinlich höheren Ebene als wir, aber wie bei Kindern erklärt sich ihr Wesen zumindest teilweise aus ihrem Verhältnis zu ihren Eltern. Und obwohl sie alle möglichen erstaunlichen Dinge tun können, wie etwa sich in dem denkbar kleinsten Raum zu verstecken und es abzulehnen, sich finden zu lassen, gleichgültig, was man mit ihnen vorhat und wie spät man auch dran ist – sie können keine Autobiographien schreiben. Das bleibt den Menschen überlassen. Darum ist dieses Buch auch ein Buch über Menschen. Und somit über Beziehungen. Und alle möglichen anderen Dinge, die Katzen eigentlich nichts angehen, denen sie sich aber offenbar nicht entziehen können.

Meine Beziehung zu einer Katze ergab sich rein zufällig. Tatsächlich wehrte ich mich mit Händen und Füßen dagegen.

Um ein Beispiel zu nennen, vor etwas über sieben Jahren forderte mich jemand auf, zehn Dinge zu nennen, von denen ich glaubte, daß sie wahrhaft selbstenthüllend, tiefempfunden und absolut unwiderruflich seien. Diese Person, eine Frau, mit der ich gelegentlich ausging, forderte mich, nehme ich an, dazu auf, weil sie mich für einen Menschen ohne große Gefühle, ohne große Leidenschaften hielt. Sie hatte, nehme ich ebenfalls an, zu viele Therapien in Upper East Side New York hinter sich, in denen sie viel zu viele solche Listen gemacht hatte. In Wirklichkeit hatte ich eine Menge Gefühle und eine Menge Leidenschaft, nur eben nicht für sie. Manche Menschen scheinen anzunehmen, wenn jemand nicht tut, was von ihm erwartet wird, muß mit ihm etwas nicht in Ordnung sein. Auf diese Weise kommt man viel leichter durchs Leben, vermute ich, als wenn man denken muß, daß etwas mit den eigenen Erwartungen oder mit einem selbst oder der Welt vielleicht nicht in Ordnung ist. Oder mit dem Leben.

Ich schrieb schließlich, gegen besseres Wissen, eine Liste mit zehn Dingen, die, so glaubte ich, für mich zuträfen. Der Mensch tut eine Menge törichter Dinge, nur um nicht allein zu sein.

Und so sah meine Liste aus:

1. Ich werde nie die Republikaner wählen.
2. Liebe hält einer gründlichen Prüfung gewöhnlich nicht stand...
3. ...außer zu Baseball. Ich *liebe* Baseball – zuzusehen, es im Radio zu hören, darüber zu sprechen, die Tabellen zu lesen. Ich bin baseballsüchtig.
4. Das Leben ist im Grunde eine traurige Angelegenheit, mit einem noch traurigeren Ende, darum ist alles, was es unterwegs ein wenig aufhellt, okay. Besonders, wenn es komisch ist.
5. Ich bin nicht gern Teil von irgend etwas – einer Religion, regelmäßigen Softballspielen usw. Sobald irgend *jemand* irgend *etwas* wird, neige ich zu der Annahme, daß er oder sie verloren ist.
6. Freundschaft muß man sich verdienen. Sie ist zu wichtig, als daß sie vergeudet werden sollte an jemanden, der sie nicht will, sie nicht erwidert oder sie nicht verdient. Soviel ich weiß, haben Menschen im allgemeinen nicht so viele innere Werte, wohl aber Freunde.
7. Es gibt kaum einen Grund für Grausamkeit.

8. Andererseits würde ich »amüsant« und »gescheit« allemal über »nett« stellen.
9. Es ist mir egal, was andere sagen: Ich halte Meryl Streep für eine miserable Schauspielerin.
10. Ich verabscheue Katzen.

Während der Jahre, die inzwischen vergangen sind, haben sich einige dieser unwiderruflichen Punkte tatsächlich als standhaft erwiesen. Mehrere haben sich etwas verändert, einige so sehr, daß sie kaum noch wiederzuerkennen sind. Und einer von ihnen ist so grotesk, daß man sich nicht vorstellen kann, wie er mir je in den Sinn kam, und noch weniger, wie er mir je über die Lippen kam oder seinen Weg auf Papier fand.

Die Nummern 1, 3, 6 und 7 bleiben völlig unverändert. Nummer 4 ist im Grunde in Ordnung, obwohl ich mich nicht mehr annähernd so bestimmt wie in dem Wort »alles« ausdrücken möchte. Es gibt erschreckende Dinge, von denen ich mir keine Vorstellung machte, als ich meine ursprüngliche Liste anfertigte: Haferkleie, das *People*-Magazin mit Coverstories über die Heilung von zu Alkoholikern gewordenen Berühmtheiten, Serien im Fernsehen und Abe Rosenthals »On My Mind«-Kolumne in der *New York Times*.

Die Nummern 8 und 9 sind etwas kompliziert. Nummer 8 hängt heute immer mehr von meiner Stimmung ab und wie der Tag gelaufen ist. Und Meryl Streeps australischer Akzent ist wirklich erstaunlich.

Nummer 5 hat sich ein bißchen geändert. Ich habe etwas gefunden, dem ich mich gern anschließe.

Nummer 2 ist eindeutig mit Nummer 5 verknüpft, was mit Fortlauf dieses Buches wesentlich deutlicher werden wird, und beide Punkte haben sich, fast unglaublich, wegen Nummer 10 verändert.

Ah ja, Nummer 10 ...

Damit wären wir bei dieser jugendlich-törichten Äußerung, die von so viel Ignoranz zeugt, daß man nur staunen kann ...

Ich habe jetzt natürlich eine Katze. Norton.

Ich behandle diese Katze, wie nur sehr wenige Tiere – oder auch Menschen – je behandelt worden sind.

Wenn es für mich Zeit wird, meinen Tag zu beenden, und Norton schläft mitten in meinem Bett, rolle ich mich auf einer Ecke der Matratze zusammen und nehme einen steifen Hals oder schmerzenden Rücken gern in Kauf, damit er ungestört bleibt.

Ich nehme Norton mit, wohin ich auch gehe. Er ist beim Skilaufen in Vermont dabeigewesen, bei einer Autorenkonferenz in San Diego, im besten Hotel in Amsterdam und immer wieder in Paris. Wenn meine Assistentin in einem der ersten Hotels in Paris, dem Trémoille, anruft, um ein Zimmer für Mr. Gethers zu bestellen, fragt der Angestellte an der Rezeption: *»Avec son chat?«*

Ich habe ein Haus in dem Städtchen Sag Harbor gekauft, einem wahren Bedford Falls, in der Nähe der Spitze von Long Island, und obwohl es viele andere mildernde Umstände gab, war der geheime und vorrangige Grund für den Kauf die Tatsache, daß meine Katze es liebt, in Gärten herumzulaufen.

Eine Freundin hat mit mir Schluß gemacht, weil sie glaubte, daß ich Norton lieber hätte als sie (was zutraf). Und einmal verzichtete ich auf einen Urlaub mit einer anderen Freundin in meinem liebsten Hotel in Amerika, weil sie es ablehnten, kleine, sehr wohlerzogene Katzen aufzunehmen.

Ich mache mir Sorgen um Norton, ich rede von ihm (und *mit* ihm, muß ich hinzufügen) bis zur Idiotie, und wenn er nicht innerhalb der Reichweite eines gebeugten Arms auf meinem Kissen schläft – was er etwa einmal die Woche nicht tut –, schlafe ich nicht besonders gut. Ich frage mich dann ehrlich, ob ich ihn auf irgendeine Weise beleidigt habe.

Manchmal lasse ich ihn – und dies öffentlich zuzugeben, fällt mir besonders schwer – von meinem Löffel essen. Gewöhnlich Eiskrem oder Joghurt. Schokolade ist seine bevorzugte Geschmacksrichtung, und es ist wirklich lustig, zuzusehen, wenn er beschließt, daß es an der Zeit ist, diesen komischen Lutscher sauberzulecken.

Es ist jedoch durchaus keine Einbahnstraße. Er tut alle möglichen Dinge für mich, die für eine Katze ziemlich ungewöhnlich sind.

Er geht mit mir spazieren. Ohne Leine. Am Strand, wo ihn keine Autos stören, hat er bis zu zwei Meilen geschafft, manchmal drei Meter hinter mir, manchmal einen Meter vor mir. Sein Rekord im Verkehr sind drei Häuserblocks, die er an den meisten Sonntagvormittagen zurücklegt, wenn ich zu Sean's Murray Hill Market in Sag Harbor schlendere.

Norton wartet immer auf mich, gleichgültig, wo ich ihn zurücklasse. Wenn ich in einem Hotel bin, kann ich ihn beim Swimmingpool absetzen und ihn dort den ganzen Tag oder die Nacht spielen lassen. Wenn ich ihn abholen will, ist er nirgends zu sehen, aber wenn ich ihn rufe, miaut er genau einmal und springt dann aus seinem Versteck, um sich wieder mir anzuschließen. Ich bin fest davon überzeugt, daß ich ihn mitten im afrikanischen Urwald absetzen und dort für ein Jahr zurücklassen könnte, und wenn ich dann wieder auftauchen und den Busch finden würde, unter den er zuletzt gehuscht war, würde er dort sein und auf mich warten.

Er tobt gern herum. Sein Lieblingsspiel ist es, sich auf meine Hand zu stürzen, wenn sie sich neckend unter einem Laken bewegt, mit ihr zu ringen und zu versuchen, sie zu fressen – aber er beißt oder kratzt *nie* einen Teil meines Körpers, den er als zu mir gehörend erkennt. Läßt er sich manchmal von der Hitze des Kampfes hinreißen und hat eine Kralle zufällig noch nicht eingezogen, wenn meine Hand unter dem Laken zum Vorschein kommt, erstarrt er bei meinem Aufschrei, legt die Pfoten über die Augen und vergräbt voller Scham die Nase unter dem Kissen, bis ich seinen Kopf streichle und ihm versichere, daß alles okay ist.

Er sitzt auf dem Seitenrand der Wanne, wenn ich ein Bad nehme.

Wenn ich, wie ich es manchmal in Gedanken tue, die Tür zu einem Zimmer schließe und Norton in diesem Zimmer ist, heult und miaut er wie besessen, bis ich die Tür wieder öffne. Er mag nirgendwo draußen gelassen werden, wenn ich drinnen bin.

Er vertraut mir.

Er ist wirklich ein Trost, wenn ich traurig bin, und wenn ich glücklich bin, macht er das Leben viel vergnüglicher. Er hat mir über ein gebrochenes Herz, über Krankheit und Todesfälle hinweggeholfen.

Ich liebe meine Katze, falls Sie es noch nicht gemerkt haben sollten.

Er zwang mich tatsächlich, meine Liste von zehn unwiderruflichen Punkten der Selbsterkenntnis zu ändern.

Indem er das tat, veränderte er mein Leben.

Wenn ein kleines graues Tier eine Kleinigkeit wie diese für einen vollbringt, wie kann man es dann übers Herz bringen, es *nicht* in der Mitte des eigenen Bettes schlafen zu lassen, wenn es müde ist?

2
Die Katze, die nach New York kam

Haben Sie schon einmal eine *Scottish Fold* gesehen? Ein Katzenbuch, das ich gelesen habe, wagte es, diese Rasse als eine »Mutation« zu bezeichnen. In Wirklichkeit sind es unglaublich schöne Katzen, deren Ohren gefaltet sind, das heißt, die eine Hälfte klappt nach vorn herunter, was ein wenig an Eulen erinnert. Der Kopf ist meist runder als der gewöhnlicher Katzen, und der Körper, zumindest bei all denen, die ich gesehen habe, scheint kurz, fest und wohlgeformt zu sein. Offiziell gehören sie zu den Kurzhaarkatzen, aber ich würde sie zwischen Langhaar- und Kurzhaarkatzen einordnen. Ihr Fell fühlt sich besonders weich und angenehm an. Ihre Gemütsart reicht von sanft bis noch sanfter. Alle, die ich kennengelernt und mit denen ich mich beschäftigt habe, sind intelligent, obwohl natürlich keine die Brillanz meiner Katze erreichte.

Sie kommen wirklich aus Schottland. Offenbar

wurde die erste 1961 auf einem Bauernhof in der Nähe von Dundee von einem Ehepaar namens William und Mary Ross aufgespürt. Alle Katzen mit gefalteten Ohren, die heute herumlaufen, können ihren Stammbaum bis zu Susie zurückverfolgen; so nannten die Rosses die erste Katze dieser Art.

Zum erstenmal hörte ich von einer Scottish Fold, als mein Bruder Eric, der in Los Angeles lebt, mich anrief. Wir sprachen über das Leben (es schien uns großartig), Arbeit (da er Drehbuchautor ist, war es hart, widerlich und voller hinterlistiger Intrigen), Frauen (sie wurden immer jünger) und unsere Gesundheit (wir wurden älter). Die Unterhaltung näherte sich schon ihrem Ende, als er die Bombe platzen ließ.

»O ja«, sagte er. »Habe ich dir schon erzählt, daß ich eine Katze habe?«

Wenn dies ein Drehbuch wäre, würden jetzt hier in Parenthese die Worte *Lange Pause* stehen, denn es entstand eine lange Pause. Eine wirklich lange Pause. In dieser Pause verdrehte ich die Augen, öffnete den Mund und war überzeugt, die Welt sei verrückt geworden.

»Du verabscheust Katzen«, erinnerte ich ihn, als ich endlich wieder fähig war zu sprechen.

»Stimmt«, erwiderte er. »Aber diese ist anders.«

Und dann hörte ich die Beschreibung meiner ersten Scottish Fold, der er den Namen Lester gegeben hatte. Ich muß sagen, daß ich nicht überzeugt war.

»Aber du verabscheust Katzen«, wiederholte

ich. »Wir beide verabscheuen Katzen. Wir können sie nicht ausstehen und lehnen sie ab. Das haben wir schon immer getan und werden es immer tun.« Zu diesem Zeitpunkt wurde meine Stimme weinerlich. »Wir mögen *Hunde.*«

Ich wußte, selbst aus dreitausend Meilen Entfernung, daß mein Bruder dieses unangenehme überlegene Lächeln aufsetzte, das er gern zur Schau stellt, wenn er etwas, was ich sage, idiotisch findet.

»Du wirst schon sehen«, sagte er. »Diese ist anders.«

Hier muß ich einen kleinen Abstecher machen.

Zu dieser Zeit hieß meine Freundin Cindy Wayburn. Wir waren seit etwa drei Jahren zusammen und kamen recht gut miteinander zurecht. Einmal, etwa sechs Monate vorher, hatte Cindy beiläufig erwähnt, daß sie mit dem Gedanken spiele, sich eine Katze anzuschaffen. Ich erwiderte, ebenso beiläufig, wenn sie das tue, müsse sie darüber nachdenken, in wessen Wohnung sie in Zukunft ihre Nächte verbringen wolle.

Wir stritten uns, wir diskutierten, wir stritten uns von neuem. Sie redete mir gut zu. Ich holte meine alte Weisheit »Katzen apportieren nicht« hervor, und wir stritten uns noch heftiger. Sie versuchte es sogar mit der Masche, daß es gut für mich wäre, ein Haustier zu haben. Ich hatte den Fehler gemacht, ihr gegenüber einmal zu erwähnen, daß mir ein Tier im Haus fehle, daß man sich ohne Tier einsam vorkomme.

»Ein Tier im Haus, ja«, sagte ich. »Eine Katze, nein.«

»Aber du reist soviel«, entgegnete sie. »Du könntest keinen Hund in der Wohnung haben. Er würde in wenigen Wochen eingehen.«

»Ich weiß«, sagte ich. »Darum *habe* ich keinen Hund. Aber das überzeugt mich noch lange nicht davon, daß eine Katze eine gute Lösung wäre. Eine Katze würde auch in wenigen Wochen eingehen – weil ich sie umbringen würde.«

»Du hast noch nie Katzen in deiner Umgebung gehabt. Sie würden dir gefallen, wenn du erst mal eine kennenlernen würdest. Und es wäre gut für dich. Du bist viel in dem Strandhaus – du hättest Gesellschaft. Du brauchtest nicht soviel Zeit damit zu verbringen, dich mit den alten Damen zu unterhalten, die im Supermarkt herumhängen.«

»Woher weißt *du*, daß ich viel Zeit damit verbringe, mich mit den alten Damen zu unterhalten? Wer hat dir das erzählt?« Ich hatte gedacht, daß das ein wohlgehütetes Geheimnis sei. Jeden Sommer verbrachte ich einen vollen Monat mit Schreiben in einem Strandhaus, das ich in Fair Harbor, Fire Island, mietete. Cindy, während der Jahre, in denen es Cindy war, kam an Wochenenden herüber, und während der Woche plackte ich mich allein ab und behauptete, daß ich die Einsamkeit liebe. Aber nach drei Tagen Plackerei an der Schreibmaschine (das war, bevor ich wagte, es mit einem Laptop zu versuchen) begann ich, menschliche Gesellschaft zu vermissen. Ich fing an, mehr zu telefonieren als gewöhnlich; die ersten Anrufe machte ich um halb elf vormittags. Nach sechs Tagen begannen meine Freunde, ihren Anrufbeantworter einzuschalten, weil die meisten von ihnen nicht genug Zeit hatten, mir zu helfen, meiner Arbeit aus dem Weg zu gehen. Am kritischen Punkt von zehn Tagen gab ich meinen Widerstand schließlich auf und begann, dreimal täglich zum Supermarkt von Fair Harbor zu gehen. Er war nur zwei Blocks von meinem Haus entfernt, und gewöhnlich hing dort eine Gruppe älterer Hausfrauen herum, die ein Schwätzchen mit dem Metzger und miteinander hielten. Bis zu meiner dritten Saison am Strand war ich dort zu einem Stammkunden geworden. Ich wußte alles, was es an Wissenswertem gab über Hunderte von Leuten, die ich nie gesehen hatte. Und was das Beste war, ich hatte halbstundenlang Pause von der Schreibmaschine, und das dreimal am Tag.

»Hast du jemals mit einer jungen Katze zusammengelebt?« wollte Cindy wissen und ignorierte meine Bitten, mir den Namen des Verräters von Fire Island zu nennen.

»Ich habe auch noch nie mit einer Schlange zusammengelebt. Und ich habe nicht die Absicht. Ich mag Katzen nicht. War es Frank, der an der Kasse? Hat er es dir erzählt?«

Wir machten auf diese Erwachsenenweise eine beträchtliche Zeit lang weiter – etwa sieben Stunden –, bis Cindy schließlich zu der Überzeugung kam, daß es kein Plus für unsere Beziehung bedeuten würde, wenn sie für sich oder mich eine Katze anschaffte. Zu meiner großen Erleichterung hörte unser Streit auf, und die Dinge beruhigten sich wieder.

Bis Cindy nach Los Angeles flog, um ihre Mutter zu besuchen.

Sie freute sich nicht besonders auf die Reise, weil sie sich nicht viel aus ihrer Mutter machte. Einmal im Jahr jedoch siegte töchterliches Schuldbewußtsein über den gesunden Menschenverstand, und Cindy flog gen Westen und besuchte ihre Mutter. Mrs. Wayburn – ich will versuchen, so objektiv und fair wie möglich zu sein – war eine absolut schreckliche Frau, die irgendwo am Stadtrand von L. A. lebte, in einer reizenden kleinen Gemeinde, die La Mobile Home Cité hieß. Wenn man dort einen Werbespruch gehabt hätte, würde er lauten: »Verbringen Sie ein paar deprimierende Jahre mit uns, bevor Ihre inneren Organe allmählich versagen.« Alles in allem war es ein großartiger Ort, wenn man sich nichts aus frischer Luft oder Platz machte, oder daraus, dann und wann etwas Anziehendes zu sehen.

Dieser Besuch war schlimmer als üblich. Nach dem zweiten Tag hatten sie einen Riesenstreit. Cindy wollte ihre Mutter zu einem gepflegten Dinner einladen, einfach um nett zu sein. Mom sagte, mit ihrer üblichen ansteckenden Heiterkeit, daß ihr alles Essen gleich schmecke – wie ein Klumpen vermodernder, kalter, grauer Ton; es bestehe also keine Veranlassung, Geld rauszuwerfen für etwas so Unangenehmes wie gutes Essen. Cindy hielt das für eine ungesunde Einstellung, sagte das zu ihrer Mutter, und daraus ergab sich die Schlacht. Eine

Stunde später war Cindy bei meinem Bruder, weinend, und aß einen köstlichen Apfelauflauf, eine *tarte Tatin* (mein Bruder ist ein exzellenter Koch).

Eric war außerordentlich nett zu ihr und munterte sie richtig auf, und als sie mich anrief, um gute Nacht zu sagen, war sie in phantastischer Stimmung. Viel besser, als man eigentlich erwarten konnte. Ihre Stimmung war so gut, daß ich mißtrauisch hätte werden sollen. Sie sagte mir, daß sie am Vormittag des nächsten Tages mit meinem Bruder einkaufen gehen und dann am Nachmittag ein Flugzeug nach New York nehmen würde. Sie hatte beschlossen, ihre Mutter nicht mehr zu besuchen, und ohne Verpflichtung ihrer Mutter gegenüber wollte sie nicht in L. A. bleiben. Als letztes, bevor sie auflegte, sagte sie: »Du kannst dir nicht vorstellen, wie niedlich Erics Katze ist. Warte nur, bis du sie siehst.«

Ich legte auf und entschied, daß ich mir mit dem Warten ziemlich lange Zeit nehmen könnte.

Am nächsten Abend um zehn nach elf läutete mein Telefon.

»Ich bin bei der Gepäckausgabe«, verkündete Cindy. »Bist du wach?« Ihre Stimme hatte jenen Singsangton, der zeigte, daß ihre Gefühle für mich besonders zärtlich waren.

»Ich bin wach«, sagte ich in ziemlich ähnlichem Ton.

»Ich bin in dreißig Minuten bei dir.«

»Ich kann es nicht erwarten«, sagte ich. Und ich konnte es wirklich nicht.

Cindy hatte einen Schlüssel für meine Wohnung und konnte die verschiedenen Sicherheitssummer, Telefone und Fernsehkameras vermeiden, an denen die meisten Leute vorbei mußten, wenn sie in das Gebäude kommen wollten. Dreißig Minuten später hörte ich also, wie meine Wohnungstür sich öffnete. Als ich aus dem Schlafzimmer kam, stand Cindy fröhlich lächelnd vor der Tür.

Ich ging zu ihr und wollte sie küssen.

»Nein«, befahl sie. »Bleib stehen. Ich möchte dir etwas zeigen.«

»Wirklich?«

Sie nickte.

»Muß ich in die Diele gehen, um es mir anzusehen?«

»Nein«, sagte sie, noch immer mit dem breitesten Lächeln, das ich je bei ihr gesehen hatte. »Bleib hier. Mach die Augen zu. Ich sage dir, wann es soweit ist.«

Ich blieb stehen, ich schloß die Augen. Ich hörte ihr »jetzt« und öffnete die Augen.

Cindy hielt eine winzige Kugel aus Pelz in der Hand. In einer Hand. Die Kugel war so klein, daß ich einen Augenblick lang dachte, sie habe eine äußerst wohlerzogene Maus aus Kalifornien mitgebracht.

Aber es war keine Maus.

Es war ein winziges, winziges graues Kätzchen mit einem runden Kopf und komischen Ohren, die gefaltet waren und nach vorn herunterklappten. Das Kätzchen saß aufrecht auf Cindys Handfläche, drehte das Köpfchen kühn hin und her und sah sich alles in meiner Dachwohnung an.

»Du hast dir eine Katze angeschafft?« stotterte ich mit schwacher Stimme.

Das Kätzchen hörte auf mit dem Kopfdrehen, schaute mir jetzt direkt in die Augen und miaute. Ein leises kleines Miauen, geradewegs an mich gerichtet. Und bis heute schwöre ich, daß es lächelte.

»Nein«, sagte Cindy. »Sie ist nicht für mich.«

»Für wen ist sie?« fragte ich leise.

Als sie nicht antwortete, sagte ich, wieder ganz leise: »Cindy. Für wen ist das Kätzchen?«

Als sie in Tränen ausbrach, hatte ich den vagen Verdacht, daß ich die Antwort auf meine Frage kannte.

Ich wußte seit Jahren, wenn ich jemals ein Haustier haben sollte – ich nahm an, einen Hund –, würde ich es Norton nennen. Ein anderer Name kam für mich kaum in Betracht.

Mein Lieblingsname für ein Tier – und mein Lieblingstier bis zu dem Zeitpunkt – war Yossarian, so hieß der Hund meines Bruders. Yossarian war in meinen Augen nicht nur ein unglaublich gescheiter Cockapu, was – für jene unter Ihnen, die reine Katzenfreunde sind – halb Cockerspaniel und halb Pudel ist. Er war außerdem ein Genie.

Er war nie an der Leine, nicht einmal in New York City. Er begleitete einen bis zur nächsten Ecke, blieb stehen, wartete, bis man die Straße überquerte, und marschierte dann neben einem weiter. Er wartete vor Läden, wenn man einkaufte. Zudem war er außerordentlich freundlich und machte ganz allgemein einen existentialistisch-weltmüden Eindruck, so daß man glauben konnte, er sei fähig, eine sehr interessante Salonkonversation zu führen. In Französisch.

Ich habe einmal für Yossarian gesorgt, für etwa sechs Monate, als Eric in Spanien war. Ich wohnte in einer miesen kleinen Wohnung im fünften Stock eines Mietshauses ohne Fahrstuhl im Westen vom Village, und Yossarian zog zu mir. Ich brauchte nicht lange, um zu erkennen, daß Yossarian nicht wild darauf war, jedesmal die fünf Treppen hinunter- und hinaufzuklettern, wenn er nach draußen mußte. Besonders im Winter war er nicht wild darauf, wenn Schnee und Eis schon hart genug für seine von L. A. verwöhnten Pfoten waren.

Ich hatte ihn etwa eine volle Woche bei mir, als der kleine Bursche zu meinem Entsetzen zu humpeln begann. Es fiel mir auf, als wir die Greenwich Street hinuntergingen. Seine rechte Vorderpfote war eindeutig eingezogen, und er schonte sie. Ich ging zu ihm, nahm ihn hoch und sah mir die Pfote an. Ich konnte nichts finden, aber er sah mich so jammervoll an – eindeutig mußte er große Schmerzen haben. Ich setzte ihn gerade lange genug ab, daß er sein Geschäft erledigen konnte, dann nahm ich ihn wieder hoch und trug ihn zurück zu meinem Mietshaus und die fünf Treppen hinauf zu meiner Wohnung.

Ich beschloß, nicht in Panik zu geraten. Ich nahm mir vor, ein paar Tage abzuwarten, und wenn er dann immer noch humpelte, würde ich mit ihm zum Tierarzt gehen.

In der Wohnung schien Yos sich wohl zu fühlen, vielleicht bewegte er sich etwas langsamer als gewöhnlich. Sobald er aber nach draußen kam, begann das Humpeln wieder. Ich mußte ihn umhertragen, ihn absetzen, wenn er sich erleichtern wollte, und ihn dann wieder hochnehmen und mit ihm auf den Armen in meine Wohnung zurückkehren.

Am dritten Tag dieser Prozedur – auch in der Wohnung humpelte er jetzt ein wenig, und ich trug ihn fürsorglich dreimal am Tag die Treppen hinunter und hinauf – machten wir unseren Nachmittagsspaziergang. Ich setzte Yossie auf den Schnee, und da ich in Begleitung einer Freundin war, gingen sie und ich weiter, um ihn nicht zu stören. Nach etwa einem halben Block wandte ich mich zurück, um zu schauen, wie es meinem Schützling ging. Es ging ihm wunderbar. Es ging ihm so prächtig, daß er auf dem Gehweg vor meinem Mietshaus mit einem anderen Hund herumraste. Ich traute meinen Augen nicht. Ich meine, dieser Hund *bewegte* sich. Belastete seine rechte Vorderpfote mit dem ganzen Gewicht.

»Yossarian!« rief ich.

Yos erstarrte. Bewegte sich keinen Zoll. Dann schaute er hinunter auf den Schnee auf dem Boden, sah mich an, schaute wieder hinunter auf seine Pfote, die auf dem Schnee ruhte, dann zurück zu mir, und seine Pfote schoß hoch in dem verzweifelten Versuch, die jammervolle Position zu kopieren, in der er sie gehalten hatte, als er sein Humpeln simulierte.

»Vergiß es«, sagte ich. »Die Freifahrt ist vorbei.«

Wenn Hunde mit den Schultern zucken können, tat Yossarian das, setzte die Pfote auf den Boden und nahm die Herumtollerei mit seinem Spielgefährten wieder auf. Das war das Ende der Humpelei.

Ich war übrigens nicht der einzige, der das Gefühl hatte, in Yossarians Wesen gebe es viele menschliche Züge. Vor einigen Jahren, als er dreizehn Jahre alt war und kränklich wurde, lud mein Bruder zu einer »Grillparty« für ihn ein. Etwa zwanzig Leute kamen mit Geschenken für den Hund. Eric servierte Essen und Getränke, und jeder erzählte seine Yossarian-Lieblingsgeschichte. Ich rief eigens von New York an, um mich zu vergewissern, daß jemand meine »Humpel«-Geschichte erzählt hatte, die inzwischen Teil der Yossarian-Legende war.

Als Yos etwa ein Jahr danach starb, war jeder, der an jenem Tag dagewesen war, aufrichtig froh, daß er ihm noch erzählt hatte, wieviel er ihm im Lauf der Jahre bedeutet habe.

Seit Eric den Namen für seinen ungewöhnlichen kleinen Hund aus *Catch 22* genommen hatte, war ich auf der Suche nach einem vergleichbaren Namen für meinen zukünftigen Hund. Ich zog Dunbar in Erwägung, aber da er aus demselben Buch stammte, ließ ich ihn wieder fallen. McMurphy schien mir möglich, aber dann erschien die Verfilmung vom *Kuckucksnest*, ich fand sie abscheulich, und das war das Ende von McMurphy. Ich blätterte zurück in den Annalen der Literatur und verwarf alles, von Falstaff über Tristram zu Verloc. Dann ging ich weiter und verwarf Malloy, Zorba und schließlich sogar Snoopy.

Ich zog Speed in Betracht oder Emma, wenn es um ein Weibchen gehen sollte, aus *Mit Schirm, Charme und Melone*, aber irgendwie blieben die beiden nicht bei mir hängen. Travis schaffte es etwa sechs Monate – der Name des Typen, den Malcolm McDowell in *If...* und *O Lucky Man!* spielte –, aber dann legte ein Freund von mir sich einen Hund zu und nannte ihn Travis.

In einer Anwandlung von anti-intellektueller Verzweiflung wandte ich mich dem Sport zu.

Ich konnte ein Haustier nicht Willie nennen. Was würde geschehen, wenn irgendein armer Dummkopf dachte, ich hätte es nach Willie Davies oder Willie Wilson oder einer anderen zweitklassigen Imitation des göttlichen Mays genannt? Ich konnte es nicht riskieren. Keiner der Namen meiner anderen Idole bot sich wirklich an, immer und immer wiederholt zu werden, während man versuchte, ein vierbeiniges Tier unter dem Bett hervorzulocken. Mohammed? Julius? Roger »The Dodger« Staubach? Nein. Jim Brown? Konnte man vergessen. Am Ende würde ich ein Haustier haben, das mich in regelmäßigen Abständen von Balkonen runterwarf. Ich war gerade im Begriff, mich für Clyde zu entscheiden, in der Annahme, daß ich ein sehr cooles Tier haben würde, das unter Druck nie in Panik geriet, als ich, etwa zwei Jahre, bevor Cindy mit einer Katze in meine Wohnung marschiert kam, auf den Namen stieß.

Ich bin ein Fernseh-Fan. Ich habe immer geguckt, ich habe das Fernsehen immer gemocht, und als ich heranwuchs, habe ich sogar dafür geschrieben. Am liebsten sah ich Situationskomödien (nachdem *Bronco Lane* und *Sugar Foot* abgesetzt worden waren). Aus der überlegenen Sicht eines Fans gibt es nur eine Handvoll Situationskomödien, die man als »großartig« bezeichnen kann. Ich spreche nicht von unfreiwillig komischem Schund wie *Gilligan's Island.* Ich spreche über großartige Texte, großartige Schauspielkunst, großartige Charaktere. *Bilko* gehört mit zum Besten. Ebenso die *Mary Tyler Moore Show*, die *Dick Van Dyke Show* und, später, *Barney Miller* und *Taxi.* Aber es gibt eine Sendung, die eine Klasse für sich ist. Die anderen kommen nicht einmal in die Nähe. Beste Charaktere, dankbarste komische Rollen, bester Szenenaufbau, bester Straight Man (beziehungsweise beste Straight Woman), bester Grand High Exalted Wizard und die beiden besten Darsteller in der Geschichte der Fernseh-Situationskomödie. Ich spreche natürlich von den *Honeymooners*, und wie ein Blitz aus heiterem Himmel hatte ich Visionen, daß ich eines Tages – und dann jeden Tag Jahr für Jahr – nach der Arbeit eines anstrengenden Tages nach Hause kommen und rufen könnte: »Norton, mein Kumpel, ich bin da!«, und einen kleinen pelzigen Burschen auf mich zuspringen sähe, der mir in heller Verzückung das Gesicht leckte.

Als diese kleine Katze mir aus Cindys Hand zumiaute, wußte ich, daß Norton endlich gekommen war.

Ich wußte auch etwas anderes. Und das kam ebenso wie ein Blitz aus heiterem Himmel wie der Name.

Es war Liebe auf den ersten Blick.

Es macht keinen Sinn. Es gibt keine Erklärung. Es ist mir weder vorher noch seither jemals mit Mann, Frau oder Tier passiert, und ich weiß nicht, ob es jemals wieder passieren wird.

Ich begann ärgerlich über Cindy zu werden. Ich hätte am liebsten geschrien. Ich fing an zu stottern und Sachen zu sagen wie: »Wie konntest du mir das antun!« Ich wollte im Zimmer hin und her laufen und mit den Armen um mich schlagen wie ein Verrückter. Aber ich konnte nichts von alledem tun. Ich hatte keine Gelegenheit dazu. Cindy war damit beschäftigt, die Rolle von Lucy zu spielen, wenn Ricky nach Hause kommt, nachdem er herausgefunden hat, daß sie sich als Maler verkleidet hat, um im Club vorsprechen zu dürfen. »Ich dachte, er gefällt dir ... *schnief* ... Eric hat gesagt, er würde dir gefallen ... *schnief* ... Es tut mir leid ... Ich dachte ... *schnief* ... Huhuhuhuhuuu ...« Ich wußte, daß ich in der Richtung nichts erreichen würde, darum wandte ich mich an Sie wissen schon. Mit noch geöffnetem Mund sah ich der kleinen Katze in die Augen und zerschmolz. Einfach weg, hoffnungslos, unheilbar.

Cindy wechselte jetzt zur Verkörperung von Laura Petrie über, versuchte, nicht zu weinen, deutete aber an, daß sie jeden Moment wieder anfangen könnte, und streckte die Hand aus. Ich nahm ihr das Kätzchen ab. Da ich mit Babys jeder Spezies

– menschlich oder vierbeinig – nicht die mindeste Erfahrung hatte, hielt ich es etwas ungeschickt. Ich nahm Norton in die hohle rechte Hand, die ich mit der linken abstützte, und hob ihn auf die Höhe meines Gesichts, bis wir Nase an Nase waren. Ich denke, er kann nicht länger als fünfzehn Zentimeter oder schwerer als zwei Pfund gewesen sein. Sein Fell war von einem hellen, weichen Grau mit unregelmäßigen dunkelgrauen Flecken. Kleine weiße Kleckse sprenkelten die Oberseite seiner Pfoten und umgaben seine kleine schwarzumrandete orangefarbene Nase. Drei überraschende schwarze Linien begannen genau zwischen seinen Augen und erstreckten sich über den ganzen Rücken, wobei sie zum Schwanz hin breiter wurden, so daß seine hintere Hälfte dunkler war als die vordere. Sein Schwanz war schon damals sehr buschig und hatte schwarze Ringe. Er sah aus, wie der Schwanz eines Waschbären aussehen könnte. Seine Augen waren riesig, viel zu groß für den Kopf, oval und grün. Ich hatte wirklich noch nie im Leben etwas gesehen, was so niedlich und so selbstsicher war oder was so sehr aussah, als gehöre es mir. Er zuckte nicht einen Augenblick lang zurück oder wandte den Blick ab von mir. Er miaute lediglich noch einmal und leckte mehr oder weniger mein rechtes Augenlid mit seiner sandpapierrauhen Zunge, die etwa die Größe einer kleinen Borste an einem Malerpinsel hatte.

»Er ist sechs Wochen alt«, sagte Cindy mit etwas gedämpfter Stimme und wischte sich die Augen. »Und er ist etwas Außergewöhnliches. Ich glaube nicht, daß er einfach eine normale Katze ist.«

Ich setzte ihn auf meine linke Hand und fuhr ihm mit der rechten leicht vom Kopf bis zum Schwanz, das erste Mal, daß ich eine Katze streichelte.

»Natürlich ist er nicht einfach eine normale Katze«, sagte ich. »Wie könnte er? Er gehört mir.«

Das von Cindy erwähnte Einkaufen mit meinem Bruder hatte natürlich dem Zweck gedient, diese kleine Katze, Norton, zu kaufen. Als Cindy sah, wie eine Scottish Fold aussieht, war sie ausgeflippt. Sie hatte Eric die ganze Geschichte erzählt, daß sie so gern eine Katze und ich gern ein Haustier hätte, es aber ablehne, eine Katze in Betracht zu ziehen, und Eric, der mich soviel länger kannte, als sie es tat, sagte zu ihr, daß sie sich am nächsten Vormittag einmal umsehen würden.

Sie fuhren hinaus ins Valley zu der Züchterin, bei der Eric Lester gekauft hatte. Die Rasse war zu der Zeit noch nicht sehr bekannt, aber dennoch war eine Scottish Fold schon ziemlich teuer. Eric hatte für seine 300 Dollar bezahlt. (Inzwischen, ob Sie es glauben oder nicht, kostet eine hübsche Scottish Fold bis zu fünfzehnhundert Dollar.) Er vertrat die Theorie, wenn man schon dabei sei, etwas zu kaufen, sollte man soviel wie möglich ausgeben.

Wie es der Zufall wollte, hatte die Züchterin gerade einen neuen Wurf von Folds anzubieten. Sie hatte zu viele Folds. Weil sie so teuer waren, erwartete sie nicht, daß sie alle verkaufen könnte, bevor sie zu groß waren. Sie kannte Eric, Cindy gefiel ihr, und so gab sie ihnen ein Kätzchen für fünfundsiebzig Dollar und das Versprechen, daß sie ihm das bestmögliche Zuhause bieten würden.

»Hier, ich gebe Ihnen meinen Liebling«, erklärte sie ihnen.

Sie nahm einen sechs Wochen alten kleinen Kater aus einem Pappkarton und übergab ihn Cindy und Eric. Außer seinen Zuchtunterlagen gab sie ihnen einen Artikel, der vor einer Woche im *San Fernando Valley Register* erschienen war. Darin ging es um exotische Zuchtkatzen, und als Beispiel für die exotische Scottish Fold wurde ein Bild von dem Kätzchen gezeigt, das Cindy gerade in den Händen hielt. Für den Artikel hatte man ihm den Namen Baby gegeben, und unter dem Foto stand: »Im Gegensatz zu einigen irreführenden Namen von Zuchtkatzen – die Himalajakatze zum Beispiel hat nichts mit dem Gebirge zu tun – stammen die Scottish Folds, wie dieses Kätzchen, ›Baby‹, tatsächlich ursprünglich aus Schottland.«

»Er ist ein Star«, sagte die Züchterin.

»Das hoffe ich«, erwiderte Cindy.

Auf dem Nachhauseflug benahm er sich ganz gewiß so. Cindy war etwas nervös, ein so junges Tier mit ins Flugzeug zu nehmen. Sie wußte nicht, wie es reagieren würde, was sie mit ihm tun sollte, wenn es mal »auf die Toilette« mußte, und ob ein so langer Flug es neurotisch für den Rest seiner neun Leben machen würde. Sie stellte schnell fest, daß der kleine Kater nicht zu den neurotischen Typen gehörte. Sie hatte ihn in einem kleinen Karton, aber wenige Minuten nach Beginn des Fluges setzte sie ihn auf ihre Ablagefläche, nur um ihn im Auge zu behalten. Er gähnte, legte sich hin und schlief sofort ein. Cindy beschloß, ihn dort liegen zu lassen, bis entweder er oder die Stewardeß durchdrehte. Weder das eine noch das andere geschah. Das Kätzchen saß oder schlief während des ganzen Fluges auf dem Tablett, so zufrieden, wie man sich nur denken kann. Das gefürchtete Toilettenproblem stellte sich gar nicht. (Wie Norton auf vielen Flügen seither bewiesen hat, muß er entweder über eine außergewöhnlich gute Blase verfügen – oder über einen ebenso außergewöhnlichen Sinn für Anstand. Auf diesem ersten Flug wie auf Hunderten, die noch kommen sollten, wartete er einfach, bis sich eine passende Gelegenheit ergab.) Dann und wann streckte er sich, sah sich um und setzte sich wieder hin. Er miaute nur zweimal. Beide Male redete Cindy liebevoll auf ihn ein und streichelte ihn – und er zeigte sehr deutlich, daß das genau der Grund war, warum er sich die Mühe gegeben hatte zu sprechen. Die Stewardeß war entzückt und machte viel Wirbel um ihn, brachte ihm Milch und hob ihn sogar hoch, um ihn verschiedenen Passagieren zu zeigen. Die ganze Zeit benahm das Kätzchen sich, als habe es so viele Meilen zurückgelegt wie Chuck Yeager.

Im Taxi vom Flughafen zu meiner Wohnung krabbelte er auf der Rückbank bis zum Türgriff, legte die Pfoten darauf, reckte sich in die Höhe und schaute aus dem Fenster, während das Taxi nach Manhattan fuhr.

»Es war fast unheimlich«, sagte Cindy, während ich ihn in der Hand hielt. »Er zeigte nicht nur überhaupt keine Angst, er verhielt sich auch, als wisse er, wohin er fuhr – *und als freue er sich darauf.*«

Der kleine Kater zuckte jetzt ein wenig in meiner Hand, und ich setzte ihn vorsichtig auf den Boden.

»Er wird Angst haben«, erklärte Cindy mir. »Junge Katzen haben immer Angst vor einer neuen Umgebung. Diese Wohnung wird ihm riesig vorkommen, und das macht ihm angst.«

Mein ängstliches Kätzchen schlängelte sich zu einer Couch in meinem Wohnzimmer. Dann wanderte es hinüber zu der gegenüberstehenden Couch. Dann marschierte es wieder zur ersten zurück, ließ sich auf halbem Weg auf den Flickenteppich fallen und schlief ein.

Ich beobachtete, wie seine kleine Brust sich auf und ab bewegte. Ich hatte noch nie ein Lebewesen so schnell einschlafen sehen. Ich wußte, daß ich grinste wie ein Schwachsinniger, aber ich konnte es nicht ändern.

»Norton«, rief ich ihm leise zu. »Norton ...«

Das Kätzchen schlug langsam die Augen auf. Zuerst war es nur ein Schlitz, dann waren sie halb geöffnet, schließlich legte es das Köpfchen schief und sah zu mir auf.

Ich lächelte Cindy an.

»Sieh nur«, sagte ich. »Er kennt schon seinen Namen.«

3

Die Katze, die nach Fire Island fuhr

Die meisten Leute glauben, der Besitz einer Katze bringe nicht annähernd soviel Verantwortung mit sich wie der eines Hundes.

Sie irren sich.

Sie irren sich besonders, wenn ein bestimmter Besitzer zufällig beschließt, daß eine bestimmte Katze so sensibel, so intelligent, sich aller Dinge um sie herum so bewußt ist, daß sie auf einer höheren Ebene eingestuft werden muß als die Mitmenschen des Besitzers.

Das entbehrt tatsächlich nicht einer gewissen Logik. Schließlich haben Menschen *die Wahl.* Sie müssen nicht mit jemandem befreundet sein, den sie nicht mögen oder der sie schlecht behandelt. Sie müssen nicht allein sein, wenn sie nicht allein sein wollen. (Dies ist eine allgemeine Klassifikation, wohlgemerkt, sie gilt nicht unbedingt für Leute, die im Sommer kein Deodorant benutzen, Sandra

Bernhard für komisch halten oder Robert de Niro in *Taxi Driver* zum Idol machen.) Sie bekommen nicht nur dann etwas zu essen, wenn jemand daran denkt, sie zu füttern. Und, am allerwichtigsten: Wenn die Person, mit der sie zusammenleben, spät nach Hause kommt, müssen die meisten Leute nicht befürchten, daß diese Person von einem Raubtier gefressen worden ist.

Cindy war der Meinung, daß ich mit dem letzten Vergleich etwas weit gehe, aber *sie* war es schließlich, die mir ein Buch mit dem Titel *Die natürliche Katze* schenkte.

Sie schenkte es mir, weil es ziemlich rasch offensichtlich war, daß Norton nicht nur meinen Widerstand gegen *ihn* brach, er brach auch einen lebenslangen Widerstand gegen seine ganze Art.

Erstens ist es sehr schwer, einem Wesen zu widerstehen, das so verletzbar ist. Und es gibt nur sehr wenige Dinge, die verletzbarer sind als ein sechs Wochen altes Kätzchen. Zweitens, er *machte* nicht auf verletzbar, und dem ist noch schwerer zu widerstehen. Er krabbelte, er kratzte, er stupste; er übernahm meine Wohnung, das ist es, was er tat. Und drittens übernahm er mich.

Sein erster Überraschungsangriff in dieser Hinsicht kam mitten in der Nacht.

Cindy und ich hatten eine ganz besondere Schlafordnung. Ich schlief immer auf der linken Seite meines Bettes, sie auf der rechten. Ich schlief auf der Seite, sie kuschelte sich an meinen Rücken und legte ihre Arme um mich.

Wir waren uns nicht sicher, ob Norton auch auf

dem Bett schlafen sollte. Wir wußten nicht, ob er die ganze Nacht herumwühlen und uns auch wach halten würde, eine Aussicht, die mich nicht begeisterte. Wir wußten auch nicht, ob er überhaupt bei uns schlafen *wollte*. Vielleicht waren wir zu riesig und furchteinflößend. Wir beschlossen also, es ihm zu überlassen.

In seiner ersten Nacht hörten wir ihn über den Boden im Wohnzimmer rutschen, als wir am Einschlafen waren. Er schien seine Wahl getroffen zu haben – er würde sich ein eigenes Bett suchen. Das war mir sehr recht. Jeder weiß doch, daß Katzen nicht so liebebedürftig wie Hunde sind. Er konnte schlafen, wo immer er verflixt noch mal wollte.

Am Morgen wachte ich auf, wie gewöhnlich ein paar Minuten vor Cindy. Mit noch halb geschlossenen Augen horchte ich auf Geräusche von einer kleinen spielenden Katze. Nichts. Ein wenig besorgt horchte ich noch angespannter. Es schien natürlich, daß ein sechs Wochen altes Kätzchen beim Aufwachen Unruhe verbreiten würde. Noch immer nichts.

Dann spürte ich eine ganz leichte Bewegung auf meinem Kissen und schaute hin.

Ich sah eine kleine graue flaumige Kugel, die bequem zwischen meiner Wange und meinem Hals ruhte. Norton war wach, die Augen weit geöffnet, aber er rührte sich nicht. Keinen Zentimeter. Er sah mich direkt an und wartete darauf, daß ich die erste Bewegung machte.

Ohne den Kopf zu bewegen, drehte ich langsam meinen linken Arm, so daß ich Norton streicheln konnte. Mit zwei Fingern strich ich ihm über den Kopf, streichelte die Stelle zwischen den Augen bis hinunter zur Nase. Er veränderte seine Lage ein wenig und streckte den Hals, so daß ich ihn unter dem Kinn kraulen konnte. So verharrten wir mehrere Minuten, das Kätzchen wohlig ausgestreckt, der Besitzer das Kätzchen kraulend.

Ich fühlte mich ziemlich gut.

Er hatte sich für mich entschieden. Nicht einfach für das Bett. Für mich. Nicht für Cindy. Für mich.

Es war direkt peinlich, wie gut ich mich fühlte.

Ich drehte mich um und warf einen Blick auf Cindy. Sie war jetzt auch wach; sie beobachtete uns und lächelte.

Damit begann eine völlig neue Schlafordnung. Wenn Cindy über Nacht blieb, hielt Norton sich im Wohnzimmer auf, bis wir einschliefen. Aber jeden Morgen, wenn ich aufwachte, hatte er sich an meinen Hals geschmiegt, teilweise gegen meine Wange, absolut hellwach, und wartete darauf, daß ich ihn unter dem Kinn kraulte.

Wenn nur wir beide da waren – ich und Norton, nicht ich und Cindy –, nahm Norton Cindys Platz ein, bevor das Licht ausging. Er lag auf ihrer Seite des Bettes, den Kopf auf ihrem Kissen und den Körper ausgestreckt wie ein Mensch, gewöhnlich unter der Decke. Ich wandte ihm den Rücken zu, und er kuschelte sich an mich, genau wie Cindy. Am Morgen lag er noch immer auf ihrem Kissen, hellwach, sah mich direkt an und wartete darauf, daß ich aus den Federn kam. Wenn ich die Augen öffnete, rückte er mir ein paar Zentimeter näher, leckte meine Augen oder meine Stirn und begab sich dann in seine Unter-der-Wange-und-am-Hals-Lage für seine fünf Minuten Streicheln und Kraulen.

Nie, nie weckte er mich. Nie, nie miaute er nach seinem Frühstück. *A deux* oder *ménage à trois*, er blieb ruhig im Bett, bis ich wach war, wartete auf seine morgendlichen Streicheleinheiten und stand dann auf und leistete mir in der Küche Gesellschaft beim Frühstück – einmal schwarzen Kaffee und einmal Huhn und Nieren in Sahnesoße de Luxe.

Sein nächster verstohlener kleiner Schritt, sich in mein Leben einzuschleichen, war mein eigener Fehler.

Ich wollte mit ihm angeben. (Ich weiß, daß das ein schlechtes Zeichen ist, aber so war es nun einmal, und ich konnte nichts dagegen tun.) Ich begann also, ihn mitzunehmen. Nicht weit. Nur zu den Wohnungen von Freunden. Er schlug – überflüssig, darauf hinzuweisen – ziemlich groß ein und erwies sich als genauso furchtlos in diesen Wohnungen wie in meiner eigenen und streifte und sprang von Zimmer zu Zimmer. Einige dieser Freunde hatten selbst Katzen und waren etwas besorgt wegen möglicher Schwierigkeiten. Ich konnte mir nicht vorstellen, wie irgend jemand oder irgend etwas – selbst eine rivalisierende Katze – etwas gegen Norton haben konnte, und wie sich herausstellte, hatte ich recht. Im allgemeinen fauchte die Katze, deren Revier wir betraten, sofort und begann, Norton zu umkreisen, nachdem ich ihn mitten im Wohnzimmer auf den Boden hatte plumpsen lassen. Norton musterte dann den starken Herrn des Reviers, sah ihn an, als wollte er sagen: »Willst du mir etwas vormachen?«, rollte sich auf den Rücken und sah so pfiffig aus, wie ein Tier nur aussehen kann. Die erwachsene Katze hatte kaum eine andere Wahl, als zu Norton zu gehen und sich freundlich zu zeigen, wenn sie vor ihrem Besitzer nicht wie ein lächerlicher Kriegstreiber dastehen wollte.

Es erschien mir zu umständlich, Norton zu diesen Besuchen in seiner Tragetasche durch die Stadt zu schleppen, zumal er so winzig war, darum zog ich einfach eine Windjacke oder einen Regenmantel an und steckte Norton in die Tasche. Einige Blocks weit zu gehen war kein Problem. Er saß ruhig in meiner Tasche, steckte gelegentlich den Kopf heraus, um einen Blick auf die Umgebung zu werfen, und zog sich dann wieder nach drinnen zurück. Er kam wirklich gut zurecht mit dieser Form der Beförderung, selbst bei langen U-Bahn-Fahrten zur Upper West Side. Der Lärm schien ihn nicht ängstlich zu machen, eher neugierig. Das plötzliche kreischende Anhalten und Anfahren kam ihm wie ein lustiges Spiel vor. Störend waren erstens die Trunkenbolde, die dachten, sie hätten Halluzinationen, und ihn gern anfaßten, um sich zu vergewissern, daß er nicht der letzte Schritt vor den weißen Mäusen war, und zweitens geschwätzige Fremde, die überzeugt waren, daß eine Katze in der Manteltasche eine Einladung war, Lebensgeschichten zu erzählen, Geschichten des Kummers oder, was am schlimmsten war, allerliebste Anekdoten von ihren eigenen Lieblingen.

Sonnabends gewöhnte ich mir bald an, Norton zu meinen Besorgungen mitzunehmen. Er protestierte nie dagegen; tatsächlich gefiel es ihm. In den meisten Geschäften freute man sich, wenn sein kleiner Kopf auftauchte und sich drehte und wendete. Bei meinem Bäcker gab es immer einige Keks- und Biskuitstückchen für ihn, und er entwickelte ernsthaft eine Vorliebe für Geleekrapfen; in dem Lebensmittelgeschäft in der Nachbarschaft ergatterte er oft Käsestückchen und gelegentlich etwas vom Huhn. Er verhielt sich sogar ruhig – in einer übergroßen Tasche – bei einem entspannenden Brunch in einem Restaurant im Village sonntags mittags. Einige Kellner und Kellnerinnen wunderten sich, daß ich immer ein Glas Milch bestellte – ein niedriges, rundes Glas wenn möglich; falls nicht möglich, ein hohes Glas und eine Untertasse dazu –, zusammen mit meiner Mimosa oder Bloody Mary, aber sie sagten nie etwas. Ich bin bis heute sicher, daß es mehrere Ober- und Hilfskellner gibt, die manchmal von dem bärtigen Burschen reden, der immer kleine Milchpfützen unter seinem Platz zurückließ. Glauben Sie mir bitte, wenn ich Ihnen versichere, daß ich in Wirklichkeit sehr reinlich bin. Norton jedoch ist einer der schlimmsten Kleckerer, die ich je gesehen habe. Wenn er durstig ist, erinnert seine Zunge mich an eine dieser Maschinen, die Farbe verteilen, fast mit Lichtgeschwindigkeit, oder an die kleinen Segeltuchplanen, hinter denen Kindergärtnerinnen Sofortwerke abstrakter Kunst herstellen.

Ich gewöhnte mich bei meinen Gängen durch die Stadt daran, die Hand in der Tasche zu behalten und ständig dieses weiche Kätzchen zu streicheln. Norton gewöhnte sich an diese ein oder zwei Stunden langen Abenteuer. Wenn ich die Wohnung ohne ihn verließ – was ich viel häufiger tun mußte, als mir lieb war –, sah er viel zu traurig aus. Infolgedessen brauchte ich immer länger, um wegzukommen. (Haben Sie je fünf Minuten damit verbracht, einem Kätzchen zu erklären, wie Ihr Tagesablauf aussieht und daß es einfach nicht funktionieren würde, wenn es Sie zu wichtigen Besprechungen begleitete? Haben Sie es je versucht, wenn Sie Besuch haben? Ein guter Rat: Tun Sie es nicht.) Norton gefiel es eindeutig nicht, zurückgelassen zu werden. Es war ihm offensichtlich lieber, in einer Manteltasche herumgetragen zu werden, als den Tag dösend auf der Fensterbank zu verbringen.

Mein einziges Problem außer meinen fünf bis zehn Minuten langen Monologen an der Wohnungstür war der Sommer, der sich näherte. Selbst Norton zuliebe konnte ich im New Yorker Sommer wohl kaum einen Mantel tragen.

Da es inzwischen unübersehbar war, daß Norton und ich an der Hüfte miteinander verbunden waren (oder an der Tasche, je nachdem), tat Cindy zweierlei. Als erstes kaufte sie sich selbst eine Katze, eine normale Katze mit normalen Ohren, für die sie lächerliche fünf Dollar bezahlte. Es war ein Kater, den sie Marlowe nannte, nach Chandler und *Der große Schlaf*, nicht dem des sechzehnten Jahrhunderts mit seinem *Tamerlan der Große*. Ich konnte nicht gut protestieren. Ich meine, ich stand da mit meiner eigenen Katze, die an meinem Kopf schlief und für die ich zweimal während der ersten zwei Wochen unserer Beziehung nicht zur Arbeit gegangen war, damit ich sie besser kennenlernen konnte. Ich hatte keinen Grund mehr, mich für die Katzenverhinderung stark zu machen. Außerdem gefiel Marlowe mir eigentlich sehr gut. Er war ebenso freundlich wie Norton. (Tatsächlich war er in mancher Hinsicht freundlicher; es war von Anfang an klar, daß Norton etwas von einem Rebellen an sich hatte. Er stellte mich gern auf die Probe. Kleine Dinge, wie an der Couch kratzen. Um ganz ehrlich zu sein, ich war der Ansicht, wenn es ihm soviel Vergnügen machte, an der Couch zu kratzen, sollte er doch. Es war keine derartig große Anschaffung, hin und wieder eine neue Couch zu kaufen. Aber Cindy war entsetzt und bestand darauf, daß man so keine jungen Katzen erziehe. Wenn Norton also kratzte, sagte ich jedesmal »nein!« zu ihm, genau wie Cindy es von mir verlangte. Er war eindeutig klug genug zu erkennen, daß er etwas tat, was er nicht durfte, und reagierte sofort auf meine Warnung. Er hörte auf zu kratzen und entfernte sich etwa einen Meter von dem Couchbein. Dann stahl er sich Zoll für Zoll zurück zu dem Couchbein, wobei er mich die ganze Zeit beobachtete, streckte die Pfote aus und verpaßte dem Bein ein oder zwei kräftige Kratzer. Ich klatschte in die Hände, sagte wieder »nein!«, und er hastete in seine Ausgangsstellung zurück. Ich wandte ihm den Rücken zu, und zwei Minuten später hörte ich erneut das vertraute Kratzen. Ich muß zugeben, daß ich stolz war auf diesen James-Dean-Zug in meinem Kätzchen und Norton im geheimen unterstützte, wohingegen Cindy froh darüber war, daß *ihre* Katze nichts tat, was sie aus dem Gleichgewicht bringen würde.) Marlowe war auf seine Weise auch recht hübsch; er hatte ein schönes dunkles Fell mit schwarzen und braunen Streifen, aber selbst Cindy mußte zugeben, daß er nicht die Klasse meines Kerlchens hatte. Marlowe sprang auch viel besser als Norton. Marlowe konnte etwas, was mich stets von neuem verblüffte. Er konnte vom Fußboden auf den oberen Rand einer geöffneten Tür springen und sich dort halten. Norton betrachtete diese physische Beweglichkeit mit einem gewissen Neid, glaube ich, obwohl er seine Grenzen bald erkannte und sich mit der Einsicht tröstete, daß Intellekt über Muskelkraft gehe. Ganz allgemein gesprochen aber, so wirklich nett Marlowe auch war, er war normal. Er war eine Katze. Norton war mehr.

Als zweites kaufte Cindy mir das schon erwähnte Buch *Die natürliche Katze*, damit ich auch wirklich etwas über meine Katze erfahren könnte. Es ist ein herrliches kleines Buch, und ich erfuhr schnell, wie Katzen sich sauberhalten und wie sie sich an Katzenklos gewöhnen und all die Sachen, die Katzenbesitzer rund um die Welt bereits wissen und dort nicht nachzulesen brauchen. Für mich war es faszinierend, fast so, als entdecke man eine völlig neue Kultur. Ich hatte zuvor noch nie etwas schnurren gehört, und ich hielt es für das vielleicht wunderbarste, beruhigendste Geräusch, das ich je gehört hatte. Nichts gefiel mir besser, als wenn Norton sich auf dem Bett oder der Couch ausstreckte und ich mich an ihn lehnte, das ganze Gewicht meines Kopfes auf die Mitte seines Körpers gestützt. Er schnurrte und schnurrte und schnurrte vor Entzücken. Bald ließ ich mir sogar eine Wiederholung von *Rockford Files* entgehen, um eine Stunde damit zu verbringen, dieses Motorbootgeräusch zu hören.

Ich hatte auch noch nie gesehen, wie sich das Fell auf dem Rücken eines Lebewesens aufrichtet oder wie Krallen eingezogen werden. Nortons Krallen faszinierten mich besonders, weil sie, so gern er auch mit ihnen kratzte, nie zum Vorschein kamen, wenn wir miteinander tobten. Er machte mir völlig klar, daß so etwas undenkbar war, und seine instinktive Sanftheit rührte und bewegte mich. Ganz allgemein war ich außerordentlich interessiert daran, über das Warum und Weshalb und die Geschichte solcher Verhaltensweisen und physischen Reaktionen zu lesen.

Im letzten Kapitel der *Natürlichen Katze* wird die Psychologie der Katzentiere unter die Lupe genommen. An einer Stelle des Kapitels heißt es, man solle beobachten und aufpassen: Wenn Sie jeden Tag um 18 Uhr nach Hause kommen, wird Ihre Katze an einer gemütlichen Stelle zufrieden vor sich hin dösen, wenn Sie zur üblichen Zeit eintreffen. Sie wird entspannt und ruhig sein, wenn sie den Kopf hebt, um Sie zu Hause zu begrüßen. Aber: Wenn Sie gewöhnlich um 18 Uhr nach

Hause kommen und dann eines Tages erst um 23 Uhr oder so, wird die Katze, wenn Sie die Wohnung betreten, hin und her laufen und sich nervös fragen, ob Sie sie verlassen und aufgegeben haben. Das ist so, weil 50 Millionen Jahre Dschungelinstinkt durchbrechen und die Katze überzeugt ist, daß ein Raubtier Sie gefressen hat. Sie kann nicht wissen, daß Sie mit einem Kollegen einen trinken gegangen sind und dann mit einem Freund ein Baseballspiel angesehen haben. Das einzige, was die Katze sich vorstellen kann, ist, daß Sie Ihren eigenen Geschäften nachgingen, etwas Wasser von einer Lagune aufleckten und daß dann ein Tier mit Stoßzähnen und über zwei Tonnen Gewicht daherkam und Sie in zwei Teile zerbiß.

Ich begann mir Gedanken darüber zu machen. Nicht wie besessen von dieser Vorstellung, nicht tagaus, tagein. So weit war es mit mir noch nicht. Aber wenn Cindy und ich abends essen gingen und es wurde nach neun, fing ich an, etwas nervös zu werden.

»Was ist?« fragte Cindy dann.

»Nichts«, erwiderte ich. Dann sah ich nervös auf die Uhr.

»Was ist mit dir?« wollte sie wissen. »Du zappelst. Du zappelst nur, wenn etwas nicht in Ordnung ist.«

»Es ist nichts. Wirklich. Ich bin nur etwas müde.«

»Möchtest du, daß wir gehen?«

»Nein, nein, auf keinen Fall. Mir geht's großartig. Laß uns noch bleiben.«

Fünf Minuten später stupste ich sie unter dem Tisch an. »Vielleicht sollten wir *jetzt* gehen«, flüsterte ich. Und dann gingen wir, sehr zu Cindys Verwirrung und Verärgerung.

Wenn wir zu meiner Wohnung kamen, stand Norton dann an der Eingangstür und sah, ich bin mir völlig sicher, unglaublich gestreßt aus. Ich nahm ihn auf, streichelte ihn eine Weile, beruhigte ihn, daß sein Herrchen einen weiteren Tag in dem scheußlichen Dschungel überlebt hatte, erzählte ihm, was für ein tolles Abendmahl auf ihn wartete, und seufzte dann vor Erleichterung, daß eine Krise verhütet worden war.

Nachdem es ein paar Wochen so gegangen war, kapierte Cindy, was los war. Sie nahm *Die natürliche Katze* aus meinem Bücherregal und warf das Buch weg. Außerdem verbot sie mir, noch mehr über Katzen zu lesen oder sonstwie in Erfahrung zu bringen. Sie fand, es sei zu gefährlich.

Der Keim hatte sich schon gebildet, aber diese Raubtiergeschichte brachte die Entscheidung. Ich kam allmählich zu dem Entschluß, Norton einfach mitzunehmen, wann immer und wo immer es möglich war. Ich wäre viel entspannter, und ich war ziemlich sicher, daß er lieber mit seinem Herrchen durch die Gegend marschieren als den ganzen Tag in meiner Wohnung herumhocken würde. Die kurzen Taschenreisen funktionierten bestens. Warum sollten nicht auch größere Ausflüge möglich sein?

Cindy unterstützte mich nicht so, wie ich es erhofft hatte. Sie erklärte mich für verrückt.

»Du kannst deine Katze nicht einfach überall mitschleppen«, teilte sie mir mit.

Ich sah das nicht ein. »Er mag mich. Er ist ziemlich ruhig. Er geht auch in deine Wohnung. Wo ist der Haken?«

»Der Haken ist, daß er eine *Katze* ist. Katzen mögen solche Dinge nicht.«

»*Er* schon.«

»Er ist noch jung. Er wird alles mitmachen. Wenn er größer ist, wird er es verabscheuen.«

»Das glaube ich nicht«, sagte ich. »Ich glaube, er wird darauf abfahren.«

»So läuft es einfach nicht«, sagte Cindy kopfschüttelnd.

»Nun, ich werd's versuchen«, sagte ich zu ihr. »Ich mag ihn. Ich bin gern mit ihm zusammen. Ich sehe nicht ein, warum er nicht gern mit mir zusammensein sollte.«

Tatsächlich hatte ich schon einen Ort im Sinn, von dem ich wußte, daß er ihn gern besuchen würde.

Fire Island ist etwa eine Stunde Bahn- oder Autofahrt von Manhattan entfernt. Wie schon erwähnt, mietete ich dort jeden Sommer ein Haus, in der Gemeinde Fair Harbor. Es war ein wunderschönes kleines Gästehaus, azurblau angestrichen, ein Zimmer, gemütlich eingerichtet, mit einer Pullman-Küche und einem Hängeboden zum Schlafen. Es hatte eine behagliche Terrasse, die zu verlassen ich mich nur selten entschließen konnte, obwohl der Strand nur fünfzehn Meter entfernt war. Die ganze Insel ist etwa sechsundzwanzig Meilen lang und von der Bucht zum Strand etwa zwei Blocks breit. Es gibt dort viele kleine Gemeinden, jede mit ihren eigenen Gesetzen und ihrem ebenso eigenen Lebensstil. Die Gesetze rangieren von *Kein Essen in der Öffentlichkeit* in einer besonders überfüllten Gemeinde über *Keine Lagerfeuer am Strand* in einer besonders vorsichtigen Gemeinde bis zu *Kein Landen von Wasserflugzeugen der Reichen hier oder wir blasen Ihnen den Kopf ab* in einer Gemeinde mit besonders vielen Arbeitern. Der Lebensstil rangiert von *Wilde-Geschiedene-Hetero-sexuelle-Manhattaner-in-Discos-nachts-herum-hängend-verzweifelt-auf-der-Suche-nach-einem-Sylvesterabend-Flirt* über *Langweilig-bitte-gebt-meinem-Haus-keinen-komischen-Namen-ich-bin-hier-um-zu-entspannen-nicht-um-mit-Fremden-zu-reden* bis zu *Wenn-du-nicht-schwul-bist-und-nicht-mindestens-dreimal-gemietet-hast-mach-dir-nicht-die-Mühe-aus-dem-Boot-zu-steigen.* Ich wohnte in einer der Langweilig-bitte-etc.-Gemeinden, und es gefiel mir gut. Ich fand sogar, daß es dem Himmel ziemlich nahe kam. Es gab ein Restaurant, in dem ich einmal pro Sommer aß, einen kleinen Supermarkt, den ich, wie erwähnt, etwas zu häufig besuchte, und ein billiges Kaufhaus, geführt von einer Frau, die einmal eine Rockerbraut gewesen war. (Sie drehte durch, als *Die Männer*, Brandos erster Film, dort gedreht wurde.) Es wohnten viele nette Familien in meiner Nachbarschaft, mit vielen netten Kindern. Und das Beste von allem: Autos sind auf Fire Island nicht erlaubt. Wenn man nicht laufen mag, nimmt man ein Fahrrad. Wenn man beides nicht will, hat man nur die Wahl, in der Sonne zu sitzen und zu lauschen, wie die Wellen den Strand hinaufplätschern. Mit seinen hölzernen Wegen und seinen Wassertaxis und dem Gefühl, jeder kennt jeden, ist es wie ein Ort, den die Zeit vergessen hat. Vor allen Dingen ist es sicher. Fire Island erweckt in einem das Gefühl, daß nichts Schlimmes dort passieren kann, gewiß nichts Schlimmeres als hinzufallen und sich das Knie aufzuschlagen, wenn man ein Kind ist, oder wenn man erwachsen ist, auf einer Cocktailparty zuviel zu trinken und mit einer dikken Frau namens Naomi im Bett zu landen. Darum dachte ich, es sei bestens geeignet für Norton, hier seine ersten Ausflüge zu machen.

Nachdem Cindy einmal eingesehen hatte, daß ich es völlig ernst meinte und fest entschlossen war, meine Katze nicht für ein ganzes Wochenende allein zu Hause zu lassen, beschloß sie, auch mit Marlowe einen Versuch zu machen. Sie wollte nicht, daß er mit dem Gefühl aufwuchs, das vernachlässigte Stiefkind zu sein.

Für unseren ersten Ausflug *en famille* nahmen wir Tommy's Taxi, einen Kleinbus-Service, der Leute, die begierig darauf sind, die Stadt für das Wochenende zu verlassen, in Manhattan aufnimmt und an der Fähre nach Fire Island absetzt. Wir kauften eine richtige Tragetasche für Haustiere, aus Plastik und mit einem Metallgitter oben. Da beide Katzen noch so klein waren, hielten wir eine Tasche für völlig ausreichend.

Der Bus nahm uns Ecke Fifty-third und First

Avenue auf, wir luden unsere Taschen ein, kletterten selbst hinterher und machten es uns so bequem wie möglich zwischen Designer-Kleidern und entblößten Körperteilen. Die Katzentasche nahm ich auf den Schoß.

Nach etwa fünfzehn Minuten Fahrt entschied ich, daß es unmöglich sehr bequem sein konnte, zusammengerollt in einem tragbaren Haustier-Gefängnis zu liegen, darum öffnete ich es einen Zoll und griff hinein, um beide Burschen beruhigend zu streicheln. Marlowe reagierte nicht. Er hatte die Nase in einer Ecke vergraben und versuchte sein Bestes, so zu tun, als liege er seit etwa drei Wochen im Koma. Norton jedoch huschte herüber und stupste meine Hand mit der Nase. Ich streichelte ihn eine Minute lang, und dann, als Cindy wegschaute und ziemlich entsetzt auf ein Paar baumelnder goldener Ohrringe starrte, auf denen eine Telefonnummer stand – drei Zahlen hingen am linken Ohr, vier am rechten; vermutlich war die Vorwahlnummer an einer Stelle eintätowiert, von der ich nichts wissen wollte –, hob ich Norton aus der Tasche und schloß sie rasch wieder.

Er sah dankbar zu mir auf und miaute. Bei dem Geräusch wandte Cindy sich uns zu. Als sie das Kätzchen auf meinem Schoß sah, verdrehte sie die Augen.

»Ich weiß, ich weiß«, sagte ich und versuchte so zu tun, als hätte ich Verständnis für ihre hartherzige Einstellung zu Reisen mit Haustieren. »Aber er sah da drinnen so unglücklich aus.«

»Er war nicht unglücklich«, teilte sie mir mit.

»Er ist eine Katze. *Du* warst unglücklich, weil du ihn nicht in den Armen hieltst.«

Ich schaute hinunter zu Norton, der sich auf meinem Schoß zu einem Ball zusammengerollt hatte, den Kopf gegen den Rücken meiner Hand gelehnt. Ich nickte und gab damit zu, daß Cindys Einschätzung korrekt war.

»Nimm wenigstens die Hand weg«, forderte sie. »Es kann unmöglich bequem sein, so zu sitzen.«

»Ich bin okay«, erklärte ich ihr.

»Du sitzt bequem?«

»Nun ... nicht gerade bequem, aber ...«

»Aber was?«

»Aber *er* sieht so aus, als sitze er bequem.«

»Ich glaube«, sagte Cindy, »daß ich vielleicht einen Fehler gemacht habe.«

Der Rest der Fahrt verlief wie vorgesehen. Marlowe kauerte in der Tasche und ließ seine beste Helen-Keller-Imitation ablaufen. Norton bewegte sich Zentimeter für Zentimeter meinen Arm hinauf und landete schließlich auf meiner Schulter, von wo er die Landschaft betrachtete, während wir den Long Island Expressway entlangsausten.

Ihm schien nie in den Sinn zu kommen, daß er mich nicht einfach zur Seite schieben oder jeden beliebigen Platz mit Beschlag belegen konnte. Dort wollte er sein, darum gehörte er auch dorthin. Und ich mußte zustimmen. Es schien nur fair. Er war klein; er wurde herumgezerrt, ohne gefragt zu werden; er hatte keine Ahnung, wohin er ging, oder warum. Wenn er gern irgendwo sitzen wollte und zumindest eine gute Aussicht haben – wie konnte ich mich beklagen? Ich fühlte mich – und ich glaube, das ist einer dieser cleveren Tricks, die Katzen irgendwie fertigbringen – *geehrt*, daß er mich als sein bequemes Möbelstück auswählte.

Tatsächlich beklagte ich mich nicht nur nicht, ich war fasziniert von Nortons Verhalten bei seinem ersten Ausflug mit dem Kleinbus. Er verbrachte fast die ganze Stunde damit, mit großen Augen aus dem Fenster zu schauen, vorgebeugt, mit gerecktem Hals, die Nase gegen das Glas gepreßt. Irgend etwas dort draußen hielt ihn in Bann, wenn ich auch wirklich nicht sagen konnte, was. Immer wieder drehte er sich um und sah mich an, und seine Augen waren voller Fragen. Er starrte mich an, bis ich mich geradezu lächerlich ignorant fühlte, und flüsterte: »Was? Was möchtest du wissen? *Was?* Sag es mir!« Als es offensichtlich wurde, daß ich ihm nicht helfen konnte, wandte er sich wieder dem Fenster zu und setzte seine aufmerksame Wache fort.

Es war nicht so, als schaute er in ein flackerndes Kaminfeuer, fasziniert einfach durch Geräusch und Bewegung. Norton verbrachte seine Zeit nicht so müßig. Er starrte nicht nur. Seine Augen waren wachsam, bewegten sich ständig, und sein Kopf drehte sich hin und her, als verfolge er ein aufregendes Tennisturnier.

Er war so *interessiert*. Und das machte mich unglaublich neugierig. Ich benahm mich wie ein stolzer Vater, dessen Sohn im Begriff ist, einen Rechtschreibewettbewerb zu gewinnen. Ich stupste immer wieder Cindy an; ich sagte nichts, sondern wies nur mit den Augen auf Norton, wie um zu sagen: »Sieh ihn dir doch nur an! Ist er nun pfiffig oder nicht?«

Mehrere Leute in dem Kleinbus hörten tatsächlich lange genug auf, über sich selbst zu sprechen, um festzustellen, daß auf meiner Schulter ein Kätzchen hockte, ein Kätzchen mit gefalteten Ohren, das übertrieben interessiert an der Landschaft von Long Island schien.

Einige von ihnen streckten die Hand aus und streichelten Norton. Er nahm alle Aufmerksamkeiten in einer Weise hin, die ich später seine typische Laisser-faire-Reaktion auf die bewundernde Menge nannte. Er zuckte nicht zurück oder huschte wieder in die Tragetasche. Er rieb seine Nase auch nicht zutraulich an unbekannten Handflächen oder bot sonst irgendeine Art von Ermutigung an. Er saß einfach da und nahm das Säuseln und Streicheln und die Komplimente so gleichmütig wie nur möglich entgegen. Einmal wandte er sich mir zu, da wir uns praktisch in Augenhöhe zueinander befanden, und sein Gesichtsausdruck sagte: »Es ist schon in Ordnung. Es ist eben der Preis, den ich dafür bezahlen muß, daß ich ich bin.«

Ich nickte ihm verständnisvoll zu, und als das Streicheln aufhörte, kuschelte er sich etwas näher, wandte sich von den Fremden ab, vergrub das Gesicht an meinem Hals, schloß die Augen und schlief ein.

Marlowe, der in dem Bus nicht gerade glücklich, aber doch ruhig gewesen war, fand keinen Gefallen an der zwanzig Minuten langen Fahrt mit der Fähre von Bay Shore auf dem Festland nach Fair Harbor auf der Insel. Er lehnte es ab, sich in der Tragetasche auch nur einen Zentimeter zu bewegen, und als Cindy ihn beruhigend streicheln wollte, zuckte er vor ihrer Berührung zurück. Ich glaube, wenn er nicht ein so wirklich freundliches Kätzchen gewesen wäre, hätte er sie vielleicht angefaucht. Aber diesen tragischen Punkt hatten wir noch nicht ganz erreicht.

Norton machte die Sache natürlich nur schlimmer, weil er das offene Meer (oder zumindest die offene Bucht) sofort mochte, als wäre er irgendwie mit der *Popeye*-Familie verwandt.

Wie im Bus schob sich seine Nase sofort an (und durch) das Gitter der Tragetasche, und er machte unmißverständlich klar, daß er herauswollte. So griff ich noch einmal hinein, fischte ihn heraus und nahm ihn auf den Schoß.

Innerhalb weniger experimenteller Minuten fanden wir die Stellung, die uns beiden am meisten zusagte: Ich schlug mein linkes Bein in einem Winkel von 90 Grad über mein rechtes Knie. Norton lag mit seinem Körper auf meinem rechten Oberschenkel und lehnte den Kopf an meinen linken Fuß. (Das ist noch immer seine Lieblingsstellung auf Reisen, wenn er auch älter und größer geworden ist und sein Körper und sein Kopf jetzt von meinem rechten Oberschenkel bis zum linken Knie reichen. Was mich betrifft, da ich auch älter geworden bin und meine Gelenke mehr und mehr knirschen, wird es immer unbequemer. Natürlich bin ich zu gut dressiert, um etwas zu verändern. Ich ziehe knirschende Gelenke bei weitem einem verärgerten Reisegefährten vor.)

Nachdem wir etwa zehn Minuten der Überfahrt hinter uns hatten, beschloß er, daß das Wasser praktisch ebenso interessant wie die Straße war. Während ich ihn so fest wie möglich um die Mitte des Körpers hielt, setzte er sich wieder auf meine Schulter, die Vorderpfoten auf der Reling der Fähre.

Cindy wurde ein wenig nervös, als sie ihn in einer so bedenklichen Stellung sah, und ich muß zugeben, daß ich es auch war. Glauben Sie mir, ich sah mich schon über Bord springen und nach einer strampelnden jungen Katze tauchen. Aber ich hatte ihn fest im Griff. Und was noch mehr ist, ich war einfach überzeugt, daß diese außergewöhnliche Katze nicht so unbesonnen sein würde, von meiner Schulter in die eiskalte Bucht zu springen. Ich weiß nicht, warum ich ihm so vertraute, ich kann nur sagen, daß Norton mein Vertrauen mehr als rechtfertigte. Ich erwartete von Anfang an, daß er sich auf eine bestimmte Weise verhalten würde, und beinahe immer tat er das auch. Ich habe Norton in Autos mit offenen Türen gelassen, in Warteräumen auf Flughäfen, während ich mich um die Tickets kümmerte, auf Restaurantstühlen, während ich zur Toilette ging. Ich erinnere mich nicht an ein einziges Mal, wo er weglief oder fortsprang oder sich versteckte.

Einige Leute auf dem Boot musterten uns mit sehr seltsamen Blicken. Ein junger Mann und sein seefahrendes Kätzchen. Nach zwanzig Minuten waren wir wieder an Land. Wir waren mit einem Taxi, einem Kleinbus und einer Fähre gefahren. Wir hatten der Hauptverkehrszeit, der Salzwassergischt und verrückten Sonnenanbetern getrotzt. Der erste Abschnitt von Nortons erster richtiger Reise war abgeschlossen.

4
Die Katze, die pendelte

Norton gefiel es sofort, im Freien zu leben. Es war etwas beunruhigend, wie leicht es war, ihn sich als einen Landedelmann vorzustellen.

Wir brachten beide Katzen in das kleine Strandhaus und öffneten die Tragetasche. Marlowe – armes Kerlchen; ich hoffe, daß niemand ihm dies jemals vorliest, weil er einen verdammt ernstzunehmenden Minderwertigkeitskomplex bekommen würde – wollte die Tasche nicht verlassen. Wenn ich nicht viele weitere Monate in seiner Gesellschaft verbracht und ihn draußen *gesehen* hätte, würde ich riskieren zu sagen, daß er noch immer in dem Behälter sein könnte. Norton dagegen hatte sein neues Quartier in wenigen Minuten erkundet. Er war wie ein zweiter Tony Bill in *Come Blow Your Horn.*

Er schnüffelte das Miniaturhaus gründlich aus – um die Couch herum, hinüber zur Pullman-Küche, die Leiterstufen zum Hängeboden hinauf. Nachdem er sich dort umgesehen hatte, steckte er den Kopf über den Rand des Hängebodens und schaute zu uns herunter, und ich wußte genau, was er im Sinn hatte. Als der Blickkontakt zwischen uns hergestellt war, schüttelte ich den Kopf, nur einmal, aber energisch – und ich bin überzeugt, das war der Grund, warum er zurück zum Boden des Wohnzimmers die Leiter benutzte, ein kleiner Sprung nach dem anderen anstatt eines riesigen Dreieinhalb-Meter-Satzes. Ich wußte (und er wußte), daß er es gekonnt hätte. Aber ich wußte (und ich bin sicher, er wußte es auch), daß ich wahrscheinlich einen Herzinfarkt bekommen hätte.

Wieder unten, überprüfte er das Badezimmer, sprang auf den Rand der Wanne und rutschte hinein. Die Wanne war aus Kunststoff und sehr glatt, viel zu glatt, als daß ein Kätzchen von Nortons Größe mühelos wieder hinaus hätte hüpfen können, und so mußte ich ihn herausholen, als er begann, ungeduldig zu miauen. Dies wurde zu einem ziemlich regelmäßig stattfindenden Ritual, bis er größer wurde und sich selbst aus seinen Klemmen befreien konnte. Am Anfang hörte ich mindestens einmal am Tag ein klagendes Miauen aus dem Badezimmer und mußte zu Hilfe kommen. Ich muß zugeben, teils um mich zu revanchieren, weil er mich bei der Arbeit, der Unterhaltung oder beim Schlafen gestört hatte, und teils, weil es so außerordentlich komisch aussah, ließ ich ihn es gewöhnlich drei- oder viermal selbst versuchen. Er sah mich, versuchte, die Wand der Wanne hinaufzuklettern, schaffte es nicht und rutschte zurück zum Abfluß. Nach einigen erfolglosen Versuchen miaute er heftig, ein einziges Mal, um mich wissen zu lassen, daß das Spiel beendet sei und er meine Hilfe wolle – sofort. Er habe nicht die Absicht, sich zu meinem Vergnügen noch länger vor mir zu demütigen.

Die Wände des Strandhauses, die mit Rupfen bespannt waren, gefielen Norton besonders gut. Sehr hübsch, zweifellos, aber auch sehr gut zum Klettern geeignet.

Während Cindy und ich unser Bestes taten, Marlowe aus der Tragetasche zu locken, hörten wir ein schnelles Reißgeräusch – tatsächlich waren es fünf oder sechs schnelle Reißgeräusche –, drehten uns um und sahen Norton in Nähe der Decke, die Krallen in die Wandbespannung geschlagen.

Ich hielt das natürlich für das Großartigste, was ich je gesehen hatte. Ich war bereit, Norton auf eine Stufe zu stellen mit Columbus, Tom Sawyer und John Glenn. Cindy, zum Glück für mein Konto, wies darauf hin, wie teuer es werden würde, jede Wand in dem Haus neu zu bespannen. So holten wir Norton also rasch herunter und versuchten, ihm dieses besondere Vergnügen auszureden; ohne dauerhaften Erfolg natürlich.

Als nächstes nahmen wir große Mühen auf uns, um unser abenteuerlustiges Kätzchen stubenrein zu machen. Ein Katzenklo wurde ins Badezimmer gestellt, und wir trugen ihn hin, aber ich muß gestehen, daß er in drei Jahren auf Fire Island nicht ein einziges Mal das Katzenklo benutzte. Draußen stand ihm eine riesige Sandkiste zur Verfügung, und ich glaube, es bereitete ihm große Befriedigung, sich auf die Art seiner Ahnen zu erleichtern. Wir stellten auch Essen und Wasser für ihn und Marlowe auf den Boden – jedem natürlich seine eigenen Schüsseln –, aber wir rechneten damit, daß Marlowe wochenlang nichts mehr essen würde. Norton nahm ein oder zwei Bissen Schrot zu sich, aber seine Gedanken waren woanders. Er wollte hinaus in die freie Natur.

Obwohl er direkt auf die Fliegentür zumarschierte, war er immer noch ein so kleines Kätzchen – er war noch keine drei Monate alt –, daß Cindy meinte, es sei zu gefährlich, ihn allein nach draußen zu lassen. Er war zu jung, um all den unbekannten Bazillen und Zecken und anderen merkwürdigen Dingen ausgesetzt zu werden, die es in der Natur so reichlich gibt und an die ich nicht einmal denken mochte. Aber er schien so begierig, sich auf den Weg ins Ungewisse zu machen...

Ich fand eine Lösung. Es war ein perfekter Sommertag, darum zogen wir rasch unsere offizielle Fire-Island-Kleidung an – Shorts, keine Schuhe, kein Hemd für mich, ärmelloser Pullover für Cindy –, machten uns eisgekühlten Tee und begannen mit der Verwandlung von Norton in eine Katze für draußen. Wir legten ihm ein blaues Halsband an – es sah in seinem grauen Fell geradezu vornehm aus – und besorgten uns eine lange, lange Schnur, etwa zehn Meter lang, bei der Rokkerbraut. Aus der Schnur machten wir eine improvisierte Leine, trugen Norton hinaus auf die Veranda und banden die Leine am Türgriff fest.

Ohne Marlowe, der sein tragbares Gefängnis noch immer nicht verlassen hatte, brachten Cindy und ich unseren eisgekühlten Tee nach draußen – es war übrigens alkoholfreier Eistee, und das ist einer Erklärung wert, weil wir festgestellt hatten, daß man überall auf Long Island, wenn man nur eisgekühlten Tee bestellte, ein Getränk mit so viel Alkohol bekam, daß es einen Elefanten umwerfen würde. Wir machten es uns in unseren Liegestühlen bequem und warteten, was geschehen würde.

Wir mußten nicht lange warten. Norton brauchte ein paar Sekunden, um sich zu orientieren. Dies war etwas anderes, als in ein fremdes Wohnzimmer gebracht zu werden. Dies war, als würde man in *Cocoon* von Brian Dennehy zu einem Spaziergang auf einen anderen Planeten mitgenommen.

Zuerst kauerte er sich zusammen. Er sah sich nervös um, als rechne er damit, daß irgend etwas sich auf ihn stürzen würde. Dann entspannte er sich ein bißchen. Er machte einen Schritt, noch immer auf der Hut vor möglicher Gefahr. Seine Nase zuckte, als sie die unzähligen, völlig neuen Gerüche aufnahm, und seine gefalteten Ohren bewegten sich hin und her und registrierten alle möglichen Dinge, wie Vögel und Grillen und Bienen, von deren Existenz er keine Ahnung gehabt hatte. Dann geschah etwas Großartiges.

Norton machte plötzlich einen freudigen Satz in die Luft. Baryshnikov hätte ihn um seine Form beneidet. Er landete auf den Pfoten und sprang gleich wieder hoch, wobei er diesmal nach der Schnur schlug, die ausgestreckt vor ihm lag. Das Miau, das er von sich gab, hörte sich verdächtig nach »Juchhuu!« an. Meine Katze brauchte vielleicht dreißig Sekunden, um aufgeregt über die ganze Terrasse zu jagen. Ich brauchte vielleicht dreißig Minuten, um die Schnur zu entwirren; sie hatte sich um einen Stuhl gewickelt, um einen Gartentisch, einen zweiten Stuhl, zweimal um Cindys Knöchel, über und dann wieder unter einen weiteren Stuhl, noch einmal um den Tisch, bis sie schließlich irgendwo mitten auf der Terrasse zu einem plötzlichen Ende kam, weil sie keinen Spielraum mehr hatte.

Norton konnte sich keinen Zentimeter weit bewegen. Bis ich alles entwirrt hatte, war er ganz wild darauf weiterzumachen. Und das tat er auch. Wieder dreißig Sekunden später tat ich mein Bestes, ihn zum zweitenmal aus seiner Zwangsjacke aus Schnur zu befreien. Cindy konnte nicht aufhören zu lachen, Norton konnte nicht aufhören herumzurasen, und ich konnte nicht aufhören, Schnur zu entwirren. Wir waren alle drei so glücklich, wie man nur sein kann.

Innerhalb weniger Wochen hatten wir die Sache fest im Griff. Donnerstags abends packte jeder seine Tasche, setzte sein Kätzchen in die dazugehörige Tragetasche – wir waren so verschwenderisch gewesen, eine zweite zu kaufen, um der Bequemlichkeit willen, *ihrer* Bequemlichkeit –, und dann nahmen wir um halb sechs Tommy's Taxi und um sieben die Fähre nach Fair Harbor. Marlowe hockte auf dem Boden seiner Tragetasche und tauchte erst wieder auf, wenn er sicher in unserem Haus gelandet war. Norton verbrachte die Busfahrt auf meiner Schulter und schaute aus dem Fenster, die Überfahrt mit der Fähre genoß er auf meinem Schoß, von wo aus er sich an die Reling lehnte. Bevor wir anlegten, kam er wieder in die Tragetasche, und er begann, sich zu winden und ernsthaft in Erwägung zu ziehen herauszuspringen. Ich wußte, daß er in nicht allzu langer Zeit die Insel allein durchstreifen würde.

Ich hatte für ihn eine neue Reisetasche gekauft, perfekt für ihn, leichter für mich. Sie war eigentlich für Hunde bestimmt, aber Norton fühlte sich sehr wohl darin, und sie schien ihm besser zu gefallen als die erste. Es war eine Schultertasche aus weichem Stoff mit einem festen Bodenteil. Vorne befand sich ein Stück Netz, damit das Tier atmen und hinausschauen konnte. Norton brauchte das Netzstück zum Sehen und Atmen nicht, weil ich die Tasche nie zumachte. Ich steckte Norton einfach hinein und hängte mir die Tasche über die linke Schulter, und er saß dort, drehte den Kopf in alle Richtungen und nahm alles Sehenswerte, jedes Geräusch und jeden Geruch zur Kenntnis. Es dauerte nicht lange, da brauchte ich ihn nicht einmal hochzuheben und in die Tasche zu stecken. Wenn wir eine Reise machen wollten, legte ich die Tasche einfach auf den Boden, und er kletterte hinein und machte es sich bequem.

Nachdem wir die Wochenenden eines ganzen Monats hauptsächlich damit verbracht hatten, Schnur von jedem erreichbaren Gegenstand auf unserer Terrasse abzuwickeln, beschlossen wir, Norton von der Leine zu lassen. Mein Vermieter, dessen Familie die Vorderterrasse mit uns teilte, hatte sich beschwert. Zu diesem Zeitpunkt waren ihre Fahrräder so dicht mit Schnur umwickelt, daß sie aussahen wie Mumien aus Tuts Grab.

An diesem Wochenende blieben Cindy und Marlowe in der Stadt. Eine der besten Freundinnen von Cindy war von außerhalb nach New York gekommen, und sie hatten beschlossen, einen draufzumachen, nur unter Mädchen. Das ganze wilde Treiben – kalorienreiche Cola, Öl auf den Salat, lautstarke Diskussionen über Blaseninfektionen in aller Öffentlichkeit. Norton und ich waren allein, Junggesellen unter sich.

Freitagabend, in Tommy's Taxi, kam mir plötzlich eine erstaunliche und, für zukünftige Jahre, nützliche Erkenntnis. Es hatte mich immer sehr seltsam berührt, daß keiner der ausgelassenen Wochenendler im Bus oder auf der Fähre der unglaublich niedlichen Katze auf meiner Schulter, die so unglaublich niedliche Dinge tat, allzuviel Aufmerksamkeit widmete. Ich erwartete keine Banner oder originelle Lieder über »Eine Katze namens Norton« –

Wer ist die Katze mit den flappigen Ohren?
Wer ist die Katze, so furchtlos geboren?
Wer ist die Katze, die man sieht allerorten?
Das ist keine Katze, das ist unser Norton!

– oder etwas in der Art, aber was ich erwartete, war ein gelegentliches: »Was für eine niedliche Katze!« Oder: »Benimmt sie sich immer so gut?« Oder: »Was ist denn mit ihren Ohren?« Nein. Gewöhnlich hörte ich nichts Derartiges.

Nun, an diesem Freitag fuhr ich die übliche Strecke, versunken in den Sportteil der *Post*, und Norton auf meiner Schulter studierte die Landschaft am L. I. E., als eine Frau hinter mir, die ein Sweatshirt mit der Aufschrift »Das Leben ist ein Strand« trug, fragte: »Was für eine Katze ist das?«

»Eine Scottish Fold«, erwiderte ich. »Ihre Ohren sind gefaltet. Sehen Sie?«

»Sie ist erstaunlich.«

Lächelnd wandte ich mich wieder dem Sportteil zu.

»Entschuldigen Sie«, sagte die Frau neben mir. Sie hatte ein T-Shirt an, auf dem stand: »Das Leben ist ein Strand.« »Was, sagten Sie, ist das für eine Katze?«

»Scottish Fold«, wiederholte ich. »Sehen Sie, wie die Ohren gefaltet sind?«

»Ein schönes Tier.«

»Danke.«

»Benimmt sie sich immer so gut?«

»Immer«, sagte ich stolz.

Zurück zu den Sportseiten.

»Ist das eine Scottish Fold?« fragte die Frau vor mir und drehte sich lächelnd zu mir um. Sie trug *kein* T-Shirt, auf dem stand: »Das Leben ist ein Strand.« Aber der Bursche neben ihr trug eins.

»M-hm.« Ich nickte.

»Weil ihre Ohren sich so falten.«

»M-hm.«

»Sie ist so niedlich.«

»Ich weiß.«

Als Mensch, der immer stolz darauf war, ein scharfsinniger Beobachter der menschlichen Natur zu sein, hatte ich natürlich nicht die geringste Ahnung, warum Nortons Ohren so plötzlich das Hauptgesprächsthema auf der Busfahrt sein sollten. Ich hatte keine Vorstellung, was anders war als bei früheren Fahrten.

Erst auf der Fähre kam mir die Erleuchtung.

Wir waren auf dem Oberdeck. Norton starrte unverwandt auf die Möwen, die auf die Wellen herabstießen. Ich kaute an gebratenen Muscheln, einer Spezialität von Porky's, dem wundervoll billigen Pub an der Fähre.

Ich war diesmal ein Single.

Das war der Unterschied.

Niemand hatte Lust, meine Katze zu bewundern, wenn ich neben einer attraktiven Frau saß, zu der ich offensichtlich gehörte. Aber an diesem Abend war keine Cindy da. So war Norton plötzlich die perfekte Möglichkeit, ein Gespräch zu beginnen.

Ich war leicht verwirrt. Ich hatte mich eigentlich nie als das Objekt der Lüste und Begierden einer Kleinbusladung Frauen gesehen. Und ich hatte Norton gewiß nicht als Köder für meine Angel betrachtet. Waren die Zeiten so schlimm, daß die Menschen nicht einmal miteinander redeten, wenn sie nicht gleichzeitig etwas wollten? Wie etwa einen Gefährten fürs Leben? Es war unglaublich. Es war...

Wie auf ein Stichwort fuhr eine Hand vor mir herunter und griff sich eine Muschel – *meine* Muschel – von dem Plastikteller.

Ich schaute auf und sah eine einigermaßen attraktive Frau, Ende Zwanzig, die die Muschel zwischen den Fingern hielt. Sie trug – bedenken Sie, daß dies jetzt schon einige Jahre zurückliegt – ein *Flashdance*-T-Shirt. Während des Sommers sollte dieser Anblick mir noch viel zu vertraut werden. (Zu den erstaunlichen Dingen an einem verschlafenen kleinen Ort wie Fire Island, Manhattan so nahe, gehört die Art, wie Moden aufkommen und die ganze Insel überschwemmen. Mein »Favorit« war das Modespiel Kadima. Man könnte es auch »Das dämlichste Spiel, das je erfunden wurde« nennen. Dazu gehören ein Holzpaddel pro Spieler – gewöhnlich spielen zwei oder drei Leute – und ein harter schwarzer Gummiball. Ziel des Spieles ist es, affenähnlich auf dem Strand zu stehen, vorzugsweise dort, wo er überfüllt ist, weil man da am besten Leute belästigen kann, die versuchen, sich um ihre eigenen Dinge zu kümmern und sich zu amüsieren. Ein Spieler schlägt den Ball einem anderen zu, wobei der Ball den Sand nicht berühren darf. Es gibt kein Netz, keinen Strafraum, keine Punkte, keine Regeln außer den von mir erwähnten. Was es gibt, ist ein wirklich lautes, lästiges Geräusch jedesmal, wenn der Ball das Paddel trifft. Hört sich sehr komisch an, nicht wahr? Glauben

Sie mir, in jenem Sommer versprach Kadima stundenlange Unterhaltung am Rand des Ozeans.)

Aber zurück zur Muscheldiebin.

Ihr T-Shirt war im Nacken absichtlich eingerissen und enthüllte eine tiefgebräunte Schulter (mit viel Fleisch unter der Bräune), die eine kleine Tätowierung aufwies. Ich hatte eine vernunftwidrige Furcht, wenn ich zu nahe an die Tätowierung käme, würde sie in Mikrobuchstaben sagen: »Das Leben ist ein Strand.« So wandte ich die Augen ab, genauer gesagt, ich konzentrierte meine Blicke auf die Muschel.

»Ich wußte, daß jemand mit einer so niedlichen Katze nichts dagegen haben würde, sein Essen zu teilen«, fing sie an. »Ich bin am Verhungern.«

Sie zeigte mir sämtliche Zähne in dem freundlichsten Lächeln, das man mir je geschenkt hat.

»Kann ich meine Muschel bitte wiederhaben?« fragte ich sie höflich.

Ihre Zähne strahlten wieder, nur diesmal stopfte sie das gebratene kleine Weichtier genau zwischen die oberen und die unteren.

»Was für eine Katze ist das?«

Ich antwortete nicht. Ich war zu sehr damit beschäftigt, ihr beim Kauen zuzusehen.

»Wieso sind ihre Ohren unten? Hat sie Angst?«

Ich schüttelte den Kopf. Sie schluckte. Ich sah die kleine Ausbeulung ihren Hals hinunter und außer Sicht gleiten.

»Haben Sie ihr ein Beruhigungsmittel gegeben? Wie kann sie einfach so dasitzen?«

Dann kam Bewegung in sie. Ihre beringten, gebräunten Finger streckten sich wieder nach meinem Teller aus. Diesmal kam meine Hand ihrer entgegen. Zu ihrer Überraschung verklammerten unsere Finger sich einen Augenblick lang ineinander. Aber sie brachte wieder das strahlende Lächeln zustande. Es verblaßte ein wenig, als ich sagte: »Rühren Sie noch eine Muschel an, und Sie sind tot.«

Ich bin ziemlich sicher, daß sie glaubte, ich wolle nur Spaß machen, denn sie versuchte, ihre Hand zu befreien und noch einmal nach meinem Teller zu greifen.

»Ich möchte nicht unhöflich sein«, sagte ich, in meiner besten Clint-Eastwood-Manier, »aber ich bin schrecklich hungrig. Ich habe diese Muscheln gekauft, um jede einzelne von ihnen zu essen, ausgenommen die, die ich meiner Katze gebe. Ich habe nichts dagegen, wenn meine Katze die Pfote ausstreckt und sich bedient, weil ich sie kenne. *Sie* aber kenne ich nicht. Wenn Sie also versuchen, sich an die Muscheln zu machen, muß ich, fürchte ich, herausfinden, wo Sie wohnen, mitten in der Nacht hinüberschleichen und Ihnen die Daumen brechen.«

Es schien zu wirken. Sie zog sich langsam zurück – offensichtlich hatte sie mit dem Ted Bundy des Fähre-Sets geflirtet – und verschwand in der Menge.

Ich schaute hinunter zu Norton. Er erwiderte meinen Blick und miaute.

»Ich weiß, was du meinst, Kumpel«, sagte ich zu ihm. »Ich glaube, für die Single-Szene sind wir noch nicht bereit.«

Der nächste Tag war D-day. Norton sollte sich allein auf den Weg in die Wildnis machen.

Er wußte es auch. Fragen Sie mich nicht, wieso er es wußte, aber er wußte es. Ich war bei dem Punkt angelangt, wo ich das von ihm erwartete. Er scheint immer zu wissen, wenn uns ein großes Ereignis bevorsteht: wenn ich eine Reise mache, wenn *er* eine Reise macht, wenn etwas besonders Trauriges geschehen ist, wenn ein besonders festlicher Anlaß bevorsteht. Wenn ich es nicht besser wüßte, könnte ich schwören, daß er irgendwo in der Wohnung einen Kalender versteckt hat. Denn als er sich mehr und mehr daran gewöhnte, am Wochenende an den Strand zu gehen, änderte sich auch sein morgendliches Verhalten. Von montags bis donnerstags stand unsere Aufwachkuschelei auf dem Tagesplan, und dann, während ich mich aus dem Bett schleppte, raste Norton in die Küche, sprang auf die Arbeitsplatte und wartete ungeduldig darauf, daß ich ihm sein Futter gab. Freitags raste er denselben Weg entlang – herunter vom Bett, durch die Schlafzimmertür, um die Ecke, scharf nach rechts, quer durch das Wohnzimmer, an der Wohnungstür vorbei zur Küche –, nur kam er vor der Wohnungstür zu einem plötzlichen Halt und wartete dort ungeduldig. Freitags machte er sich nicht einmal etwas aus dem Frühstück. Er wollte nur hinaus auf die offene Straße.

Am Tag seiner ersten Solo-Expedition nach draußen sprang mein Kumpel in dem Augenblick, als ich die Augen öffnete, aus dem Bett und wartete vor der Tür unseres Hauses auf Fire Island, wobei er sich häufig nach mir umdrehte, um festzustellen, was mich noch zurückhielt.

Ich zog mir Shorts an, während ich mir noch den Schlaf aus den Augen rieb, kletterte vom Hängeboden die Leiter hinunter und gesellte mich an der Tür zu ihm. Ich zögerte. Für einen kurzen düsteren Moment hatte ich eine Vision von Norton als Anhalter mit erhobenem Daumen am Rand einer endlosen Straße, auf der Suche nach Ruhm und Ehre. Ich faßte mich, erinnerte mich, daß er keinen Daumen hatte, und öffnete die Fliegentür. Norton zögerte nicht. Er flitzte nach draußen. Im Nu war er weg, raste über den Hof, raste sofort wieder zurück und verschwand wie ein Blitz unter der Terrasse.

Mir wurde klar, daß ich zwei Möglichkeiten hatte. Ich konnte mich verhalten wie ein völlig Verrückter und hinter ihm herlaufen, versuchen, ihm auf allen Wegen zu folgen und ihn nicht aus dem Auge zu lassen. Oder ich konnte mich verhalten wie ein vernünftiger, normaler Mensch, entspannen, mir einen scharf gerösteten, starken französischen Kaffee mit einer winzigen Prise Zimt machen, die Zeitungen holen, mich über die faszinierenden Ereignisse des letzten Tages informieren und dann ein gesundes, belebendes Morgenbad nehmen – ein Stück schwimmen.

Ich beschloß, Norton zu folgen.

Er unterhielt sich großartig. Er tollte herum, jagte Vögel und Eichhörnchen – er versuchte nicht, sie zu erwischen; er jagte sie nur –, kroch auf dem Bauch durch das Gras, mampfte Blumen und genoß ganz allgemein seine neue Rolle als Dschungeltier auf der Pirsch.

Nach etwa einer halben Stunde kam ich zu der Überzeugung, daß alles in Ordnung sei und Norton mehr als fähig, allein mit der freien Natur fertig zu werden, und so ging ich ins Haus zurück, um mich Dingen zuzuwenden, die mit Menschen zu tun hatten, wie etwa dem Versuch, ein Buch zu schreiben und genug Geld zu verdienen, um für Nortons Sommerhaus zu bezahlen.

Ich hatte mir nie wirklich Sorgen gemacht. Ich wußte, daß er in der Nähe des Hauses bleiben oder zumindest nicht so weit weglaufen würde, daß er seinen Rückweg nicht mehr fand. In Abständen ging ich zur Haustür oder ans Hinterfenster und rief seinen Namen, um sicherzugehen. Ich hörte immer ein einziges forsches Miauen zur Antwort, das mir sagen sollte, alles sei in Ordnung; dann ging ich wieder an meine Arbeit.

Zur Lunchzeit beschloß ich, zum Supermarkt zu gehen (ich hatte ihnen vergeben, daß sie mich an Cindy verpfiffen hatten). Nach reiflicher Überlegung überprüfte ich Norton nicht einmal. Ich nahm an, daß er mich während der zwanzig Minuten nicht vermissen würde, warum sollte ich ihn also belästigen? Ich wollte nicht, daß er mich für ein überfürsorgliches Herrchen hielt. Stolz wie ein Vater, dessen Sohn gerade den Führerschein gemacht hat und zu seiner ersten Verabredung fährt, schrieb ich eine Einkaufsliste und machte mich auf den Weg.

Ich hatte drei Viertel eines Blocks auf dem Weg

zum Geschäft hinter mir, als ich es zum erstenmal hörte. Ein schwaches, knurrendes Miauen, fast ein wenig weinerlich. Ich ging zwei Schritte weiter, da hörte ich es wieder. *Brrrrmiauuu.*

Ich blieb stehen und drehte mich um. Norton stand mitten auf dem Gehweg, sechs oder sieben Meter hinter mir. Er versuchte, mir zu folgen, aber ich ging zu schnell.

»Was tust du hier?« fragte ich. »Geh zurück zum Haus.«

Ich ging wieder auf das Geschäft zu und schaffte zwei ganze Schritte, bevor ich wieder ein jetzt wesentlich hartnäckigeres Miauen hörte. Als ich mich umdrehte, war Norton ein Stückchen näher gekommen.

»Dann komm also mit«, rief ich. »Komm.«

Und zu meinem großen Erstaunen lief er, bis er nur noch etwa zwei Meter hinter mir war. Dann blieb er stehen. »Komm«, sagte ich. »Ich gehe langsam.« Aber er rührte sich nicht von der Stelle.

Ich machte wieder ein paar Schritte und schaute mich dann um. Er folgte mir, blieb aber stehen, wenn ich stehenblieb. Ich ging ein Stück weiter und sah mich wieder um. Er hatte mit mir Schritt gehalten.

Ich ging den Rest der drei Blocks zum Geschäft, und Norton folgte mir, immer knapp zwei Meter hinter mir, und in regelmäßigen Abständen miaute er, um mir mitzuteilen, daß er noch da war. Mehrere Einwohner von Fair Harbor kamen vorbei und blieben verblüfft stehen. Ich verhielt mich, als sei es kein bißchen ungewöhnlich, wenn das niedlichste

Kätzchen der Welt zur Lunchzeit einen Spaziergang mit seinem Herrchen macht.

Zweimal surrten Leute auf Fahrrädern vorbei, und Norton erstarrte. Aber er geriet nicht ein einziges Mal in Panik. Als sie vorbei waren, brauchte ich ihn nur zu beruhigen, daß alles okay sei, daß Fahrräder nur gelegentlich ein gewisses Risiko hier draußen in der Welt seien. Danach nahm er seinen Trott wieder auf und vertraute meinen Worten, daß ich seine Sicherheit im Auge behalten würde.

Nach wenigen Minuten waren wir vor dem Eingang zum Supermarkt, wo sich etwa zehnmal soviel Leute aufhielten, wie Norton in seinem ganzen bisherigen Leben gesehen hatte. Kinder rasten umher und spielten Fangen, Fahrräder und Skateboards sausten durch die Gegend, mehrere Leute mit »Das Leben ist ein Strand«-T-Shirts versuchten, mehreren anderen Leuten in *Flashdance*-T-Shirts zu imponieren. Selbst für Norton war es ein bißchen viel.

Als wir uns dem Eingang näherten, wußte ich nicht so recht, was ich mit ihm machen sollte. Abwarten, ob er mir nach drinnen folgen und mit mir durch die Gänge gehen würde? Ihn auf den Arm nehmen und tragen? Jemanden bitten, ihn im Auge zu behalten, während ich einkaufte – ein Zehn-Minuten-Katzensitter?

Norton beendete mein Nachsinnen und nahm die Sache selbst in die Pfoten. Nachdem er die Situation eingeschätzt hatte, schoß er an der Eingangstür vorbei, lief ein paar Meter in Richtung

Dockanlagen und verschwand in einer dichten Reihe von Büschen.

Ich hatte das Gefühl, daß ich den größten Teil meines Nachmittags damit verbringen müsse, ihn wieder unter den Büschen hervorzulocken. Nachdem ich es zwanzig Minuten lang versucht hatte, kam ich zu der Überzeugung, daß da nichts zu machen war. Ich konnte ihn sehen, und er hatte eindeutig nicht die Absicht, irgendwohin zu laufen, darum hielt ich es für risikolos, ihn zurückzulassen, während ich einkaufte. Ich ging in den Supermarkt, kaufte die Zutaten für einen köstlichen Lunch – zwei saftige Knackwürste, deutschen Kartoffelsalat, ein dunkles Heineken, eine Dose Neun-Leben-Putenklein – und marschierte dann wieder nach draußen, um die Katzensituation abzuschätzen.

Die Situation war diese: Die Katze war verschwunden.

Ich stand vor dem Busch, in dem er sich versteckt hatte, und rief ihn. Nichts. Kein Geräusch, kein Rascheln. Ich ließ mich auf alle viere nieder und spähte durch das Dickicht, aber es war nirgends ein graues Fell zu entdecken. Mein Hals fühlte sich an, als sei ein zwei Tonnen schwerer Granitbrocken in ihm steckengeblieben, mein Magen drehte sich schneller als die sieben Santini Brothers. Ich wollte es nicht glauben. Wie hatte ich ihn allein draußen lassen können? Was hatte ich mir eigentlich gedacht? So gescheit er auch war, er war kein Mensch. Er war nicht einmal ein Hund. Er war nur eine Katze! Eine Katze, die noch nie draußen gewesen war, und ich hatte ihn verlassen, im Stich gelassen! Und jetzt versteckte er sich entweder irgendwo, zitternd vor Entsetzen, und war hoffnungslos verloren, würde nie wieder gefunden werden, oder zwei Brüder namens Rick und Mick hatten ihn gekidnappt und schon den ersten Knallfrosch an seinen Schwanz gebunden.

Ich zwang mich, ruhig zu sein, holte tief Luft und rief ihn zum zweitenmal. Es herrschte nur eine schreckliche Stille. Eine lange Sekunde lang. Dann waren es zwei Sekunden ... dann ... *brrrmiauu.*

Ein grauer Kopf mit gefalteten Ohren tauchte aus dem Gebüsch auf – genau dort, wo ich Norton zuletzt gesehen hatte. Der übrige Körper folgte. Norton stand auf dem Gehweg und sah mit einem seiner »Wo liegt das Problem?«-Blicke zu mir auf.

Ich wollte ihn nicht sehen lassen, daß ich völlig das Vertrauen in ihn verloren hatte und in Panik geraten war, darum gestattete ich mir nur einen winzigen Seufzer der Erleichterung. Dann drehte ich mich um, ging am Supermarkt vorbei und blieb kein einziges Mal stehen, bis ich auf meiner eigenen Vorderterrasse stand. Ich brauchte mich nicht umzusehen: Norton hatte natürlich mit mir Schritt gehalten und war mir mit knapp zwei Meter Abstand den ganzen Weg gefolgt.

Im Lauf des Sommers wurden Nortons kleine Ausflüge zu einer ausgesprochen angenehmen Routine. Cindy mußte immer häufiger an Wochenenden arbeiten, und so war Norton alle zwei oder drei Wochen mein einziger Gefährte am Strand. Vormittags begleitete er mich immer zum Supermarkt, gewöhnlich auch zur Lunchzeit, und manchmal ließ er sich dazu herab, auch abends mitzukommen. Nur selten lief er neben mir. Am wohlsten fühlte er sich, wenn er diese knapp zwei Meter hinter mir blieb. In regelmäßigen Abständen miaute er, nur um mich wissen zu lassen, daß er noch da war. Nachdem ich mich daran gewöhnt hatte, drehte ich mich nicht einmal mehr um, um nach ihm zu sehen. Ich ging einfach fröhlich meines Weges, hörte seine Mitteilung, daß alles in Ordnung sei, und rief zurück: »Okay, okay, machen wir weiter so.« Ich gewöhnte mich daran, daß Vorbeigehende zu Freunden, denen fast die Augen aus dem Kopf quollen, sagten: »Siehst du, ich habe es dir ja erzählt.«

Als uns beiden unsere Spaziergänge zur angenehmen Gewohnheit geworden waren, wurde Norton (und ich auch, nehme ich an) abenteuerlustiger.

Mein Partner beim Schreiben heißt David Handler. Wir machen die meisten unserer Film- und Fernsehdrehbücher gemeinsam; in dem Geschäft wimmelt es so von haiartigen Ungeheuern, deren größtes Vergnügen es ist, ihre scharfen Zähne in hilflose Autoren zu schlagen, daß wir das Gefühl haben, zweifellos zu Unrecht, zu mehreren ist man sicherer. David und seine Freundin, Diana, hatten ein Haus vier oder fünf Blocks nördlich von meinem. Norton gewöhnte es sich an, mich an den Tagen, an denen wir dort arbeiteten, zu begleiten. Schon bald kannte er den Weg dorthin sehr genau: mehrere Blocks, geradeaus, dann nach links und den ganzen Weg bis zur Bucht. Er kannte den Weg so gut, daß er anfing, den Ausflug allein zu machen. Nicht selten rief David an, wenn Cindy und ich gerade beim Kochen des Dinners waren, und teilte uns mit, daß Norton sie für ein paar Stunden besucht, sich aber gerade auf den Rückweg gemacht habe, ich könnte also bald mit ihm rechnen. Und tatsächlich, zwanzig Minuten später miaute es an der Tür, und eine gewisse Katze machte klar, daß sie nichts gegen eine Dose mit Käse und Hühnerfleisch hätte, und zwar sofort.

Schon sehr früh lernte ich, daß ich nie befürchten mußte, Norton unterwegs zu verlieren, gleichgültig, wie weit wir liefen. Wenn wir den Central Walk – den unregelmäßig gepflasterten Weg, der mehrere Meilen über die Insel führte – benutzten, um zu David zu gelangen, wurde Norton regelmäßig abgelenkt oder erschreckt, oder er wollte einfach spielen. Wenn zufällig ein Eichhörnchen seinen Weg kreuzte, nahm Norton die Verfolgung auf, manchmal ins Gebüsch, manchmal unter irgendein Haus, manchmal einen Baum hinauf. Wenn ein Hund beschloß, sich wie ein Hund zu verhalten, und bellte oder knurrte, war Norton blitzschnell weg. Ebenso, wenn ein Fahrrad angeklappert und ihm zu nahe kam. Zuerst wartete ich immer ungeduldig, bis er wieder auftauchte, was manchmal bis zu fünfzehn Minuten dauerte, oder ich verbrachte die gleiche Zeit damit, herumzukriechen und zu versuchen, ihn zu erwischen. Einmal hatte ich es besonders eilig. David und ich sollten von einem Produzenten in L. A. in ein Konferenzgespräch eingeschaltet werden; er hatte wohl das Gefühl, er könne uns per Telefon ebenso leicht demütigen wie persönlich. Darum ließ ich Norton einfach dort zurück, wohin er sich abgesetzt hatte, versteckt unter der Veranda von irgendwem. Ich ging zu meinem Konferenzgespräch, verbrachte 45 Minuten mit dem Versuch, die verworrenen Handlungselemente in einer Episode einer superrealistischen Situationskomödie zu glätten (in der es unter anderem um einen College-Studenten ging, der jedesmal Ausschlag bekam, wenn das Mädchen seiner Träume ihn küßte), und überredete David dann, mir bei der Suche nach meinem Kätzchen zu helfen. Wir gingen zu der Stelle, wo ich Norton zuletzt gesehen hatte, ich rief ihn, und Simsalabim, da war er, kam heraus in den Sonnenschein und folgte uns fröhlich zurück zu Davids Haus, wo er den Rest des Nachmittags damit verbringen konnte, im hohen Schilf an der Bucht zu spielen.

Es wurde offensichtlich, daß ich Norton überall und beliebig lange zurücklassen konnte. Auch wenn wir ihn nicht mitnehmen wollten, folgte er mir und Cindy oft, wenn wir das Haus verließen. Wenn wir irgendwo zum Essen eingeladen waren, blieb er bei uns, bis er begann, sich zu langweilen; er miaute laut genug, so daß ich mich umdrehte und sah, wo er war, und zog dann los, um sich auf seine Art zu amüsieren. Stunden später, nach dem Nachtisch und dem Kaffee, ging ich zurück zu der Stelle, rief ihn, und mit einem seiner *Brrmiauuus* tauchte er auf, bereit, zurück nach Hause zu gehen.

Norton gefiel die Kombination aus seiner Freiheit und meiner Gesellschaft zweifellos ebenso gut wie mir. Das ging so weit, daß es nur selten nötig war, ihn in die Schulter-Tragetasche zu stecken. Er wollte überall laufen. Wenn wir meine Wohnung verließen, um nach Fire Island zu fahren, hüpfte er immer sofort in die Tasche, weil es selbst für ihn ein bißchen viel war, auf einem überfüllten Gehweg in Manhattan zu marschieren. Dann, wenn Tommy's Taxi zum Anlegeplatz der Fähre kam, war er ebenso bereit, von meinem Schoß oder meiner Schulter zurück in die Tasche zu schlüpfen – es gab zuviel Fußgänger- und Autoverkehr, ganz zu schweigen von der allgemeinen Hysterie, die von den Horden von Großstadtbewohnern ausging.

Aber wenn die Fähre erst einmal auf dem Weg über die Bucht war, konnte man das alles vergessen. Norton war wieder selbständig.

Sobald wir saßen, war er aus der Tasche heraus und setzte sich entweder auf meinen Schoß oder stützte sich an der Reling ab und überprüfte die faszinierende Bewegung der Wellen. Wenn wir am Kai festgemacht hatten, raste er sofort zur Tür und hüpfte allein auf die Holzplanken des Kais. Er wartete ungeduldig, bis ich und Cindy uns einen Weg durch die Menge gesucht hatten (warum New Yorker sich fünf Minuten lang anstellen auf einem Boot, das man ohnehin nicht verlassen kann, weil es noch im Wasser ist, und dann drängen und schieben, damit sie irgendwo *entspannen* können, werde ich nie begreifen), und sauste dann vor uns her zum Haus, wobei er sich alle drei bis vier Meter vergewisserte, daß wir ihm folgten. Wenn er Hunger hatte, ließ er sich herab, lange genug mit ins

Haus zu kommen, um zu futtern, doch dann miaute er oder kratzte an der Fliegentür, bis wir ihn hinausließen. Es gefiel mir nicht, wenn er die ganze Nacht draußen blieb – okay, okay, vielleicht hatte ich etwas von Jim Backus in *... denn sie wissen nicht, was sie tun* in mir –, und es war anerkennenswert, daß er immer ins Haus kam, wenn es für mich an der Zeit war, zu Bett zu gehen. Auch wenn er einen Blick auf die Welt draußen geworfen hatte, änderte er nichts an unserer üblichen Schlafordnung.

Sonntags abends oder montags morgens, wenn es Zeit wurde, daß wir uns wieder dem Betondschungel zuwandten, lief er mit uns zur Fähre, blieb, kurz bevor wir den Anlegeplatz erreichten, stehen, hüpfte in die Tasche und gestattete mir, ihn zu tragen, bis wir uns in dem Boot einen Platz gesucht hatten.

Je sorgloser ich mit ihm reisen konnte, desto deutlicher erkannte ich, wie sehr ich ihm vertrauen konnte.

Am Anlegeplatz der Fähre war ein großes, billiges Lokal, Restaurant und Pub, Porky's, dessen begehrte gebratene Muscheln ich schon vorher erwähnte. Porky's hatte ein Fenster, an dem über die Straße verkauft wurde, und ich gewöhnte mir bald an, Nortons Tasche – mit Norton darin – auf einer der Bänke am Kai stehenzulassen, während ich Essen holte, bevor wir an Bord gingen. (Sehr zu empfehlen sind die getoasteten hausgemachten Heidelbeerplätzchen, hinuntergespült mit einer langhalsigen Flasche eiskalten Budweisers.) Ich war nie lange unterwegs, vielleicht zehn Minuten, aber gewöhnlich genügte es, daß sich eine kleine Menschenmenge um die graue Katze mit den gefalteten Ohren versammelte, die ganz unbekümmert auf ihrer Tasche lag und ein Nickerchen machte oder interessante Mitreisende beobachtete.

Norton war völlig entspannt und außerordentlich gehorsam, wenn er aufgefordert wurde, an einer bestimmten Stelle zu bleiben. Nach und nach, als die Methoden seiner Beförderung und der Umfang seiner Reisen sich erweiterten, konnte ich ihn in Wartehallen von Flughäfen bis zu zwanzig Minuten zurücklassen, während ich Zeitschriften oder anspruchsvollere Dinge kaufte, und in Restaurants saß er auf seinem eigenen Stuhl, und ich saß auf meinem und konnte ungestört essen.

Besonders stolz bin ich auf eine Leistung, die zu einem der größten Erfolge Nortons führte, nämlich ihn dazu zu bringen, auf dem Strand zu laufen. Aus irgendeinem Grund mögen Katzen den Sand nicht. Vielleicht ist er zu heiß für ihre Pfoten, vielleicht macht das Wasser ihnen Angst, vielleicht nehmen ihnen all die T-Shirts, Sonnenschirme und Handtücher mit »Das Leben ist ein Strand« die Lust. Norton machte jedenfalls keine Ausnahme.

Dies war Norton auf dem Plankenweg, der *zum* Strand führte: großspuriges Auftreten, selbstbewußtes Glitzern in den Augen, das Gehabe von jemandem, der in der Stadt herumstolziert, mit dem Finger auf einen Nachbarn zeigt und Sachen sagt wie: »Tag, Bill, wir haben dich gestern abend bei der Versammlung im Rathaus vermißt.«

Und dies war Norton, wenn ich ihn *mitten auf dem Strand* hinunterplumpsen ließ: Er kauerte sich zusammen, zitterte und raste weg von den Wellen, soweit er konnte, um sich entsetzt gegen die Dünen zu kuscheln. Das durfte nicht wahr sein. *Norton war feige!*

Ich entschied, daß es so einfach nicht ging.

Wenn ein Kind Reitstunden hat und vom Pferd fällt, was sagt man als erstes zu ihm? *Steig sofort wieder auf.* Ich wußte, daß ich Norton nie dazu bringen würde, auf einem Pferd zu reiten – na ja, was heißt schon *nie* –, aber ich sah keinen Grund, warum er den Sand meiden sollte.

Zu meiner eigenen Verteidigung möchte ich hier und jetzt sagen, daß ich nicht zu diesen ehrgeizigen Bühneneltern gehöre. Obwohl Norton durchaus bühnenreif ist, würde ich nicht daran *denken*, ihn zur Schau zu stellen oder ihm Tricks beizubringen. So etwas ist für andere. Dies war für mich und ihn. Er würde es genießen, neue Gebiete zu durchstreifen und zu erkunden. Warum sollte er sich einengen, wenn er mit ein paar Strandkätzchen am Rand des Wassers herumtollen könnte? Um meine eigene Verteidigung abzuschließen, möchte ich sagen, daß ich mir damals ein wenig zu sehr vorkam wie der Vater eines neunjährigen Jungen, der seinen armen Sohn Klavierstunden nehmen läßt und sagt: »Glaubt mir, er wird es mir danken, wenn er älter ist.«

Die ersten wenigen Male, die ich Norton im Sand laufen ließ, war er im Moment, da ich ihn absetzte, verschwunden, auf dem Weg zur beschützenden Sicherheit von Dünen und Plankenweg. Als nächstes setzte ich ihn ab und hielt ihn, damit er sich an das Gefühl gewöhnte. Er wehrte sich nicht, und er machte keinen besonders jammervollen Eindruck. Als ich ihn losließ, zögerte er; vielleicht erkannte er, daß diese ganze Strand-Angelegenheit nicht so schrecklich war, wie er angenommen hatte, aber dann kauerte er sich hin und schlich zurück auf richtiges Land. Er lief nicht gerade, aber er blieb auch nicht stehen, um die Aussicht zu bewundern.

Danach wurde es leichter. Sein Instinkt riet ihm, mir zu folgen. Ich hatte ihn noch nie zuvor irregeführt; er hatte keinen Grund zur Annahme, daß ich jetzt damit anfinge.

Innerhalb einer Woche bewegte Norton sich gelassen über den Strand, seine üblichen zwei Meter hinter mir. Er miaute zwar viel mehr und viel lauter als sonst, aber er war da. Er ging nie den ganzen Weg bis zum Wasser, aber er schaffte den halben und wartete, während Cindy oder ich ein Handtuch ausbreitete, und er blieb etwa eine halbe Stunde in der Nähe, besonders wenn er an unserem Picknick-Lunch teilnehmen durfte. Ich denke noch immer, daß er mehr Zeit dort verbracht hätte, wenn nicht das ewige Plopp-plopp-plopp der Kadima-Bälle gewesen wäre.

An einem Tag gegen Ende August waren Cindy und ich zu einer Party in Seaview eingeladen, einer der anderen Strandgemeinden. Eine Freundin von Cindy hatte einen »Anteil« daran, wobei Anteil bedeutete, daß sechs Leute sich in die Kosten für ein Haus mit drei Schlafzimmern teilen und so komplizierte Dinge berücksichtigen müssen wie abwechselnde Wochenendbesuche, Aufteilen der Lebensmittelkosten, Extrakosten für das größte Schlafzimmer oder das mit Seeblick oder das, das dem Kühlschrank am nächsten liegt.

An diesem Wochenende drängten sich alle Teilhaber in dem Haus, weil es das Wochenende des jährlichen Seaview-Strandpicknicks war. Einmal im Jahr brachte jeder aus der Gemeinde Essen und Trinken zum Strand – Muscheln, Hummer, Burgers, Hot dogs, kleine Bierfässer, Krüge mit Margarita –, hub Gruben zum Grillen und Schmoren aus, kochte ab, trank und war lustig. Dies dauerte den ganzen Tag und einen guten Teil der Nacht. Gewöhnlich gab es Musik und Volleyball und Dreibein-Wettläufe und andere Ereignisse nach Andy Hardys Art; alles in allem war es sehr schwer, sich eine vergnüglichere Methode auszudenken, einen 32°-im-Schatten-Tag eines New Yorker Sommers zu verbringen.

Cindy ging früh, um bei den Vorbereitungen zu helfen. Sie dachte, es würde Spaß machen, von Anfang an dabeizusein. Sosehr ich die Seaview-Party immer genoß – meine gesellschaftsfeindliche Theorie zu großen Ansammlungen von Menschen war und ist: »Weniger ist mehr.«

Ich werkelte herum bis zum späten Vormittag, arbeitete ein wenig und brachte, da Cindy nicht in der Nähe war, meine Rotisserie-Statistik aufs laufende. Die Rotisserie-Liga – für jene unter Ihnen, die noch im finsteren Mittelalter des Baseballs leben – wird manchmal Fantasy Baseball genannt. Das Spiel hat die Nation im Sturm erobert – *USA Today* schätzt, daß es jetzt von 750000 Leuten gespielt wird –, und ich bin stolz darauf, daß ich zu den Mitbegründern der ursprünglichen Liga gehöre. Die Voraussetzungen sind einfach, doch immens befriedigend. Man stellt in einer Auktion ein Team zusammen, indem man gegen neun oder elf andere »Besitzer« bietet, je nachdem, ob man in der Nationalliga oder der Amerikanischen Liga ist. Die Zusammensetzung des Teams wird in einer Liste festgehalten: zwei Fänger, drei Malmänner, fünf Außenfeldspieler, neun Werfer und so weiter. Wenn man Darryl Strawberry kauft – was Gott verhüten möge – und der einen Home Run für die Dodgers macht, macht er auch einen für Ihr Team. Da ich total verrückt nach dem Spiel bin, habe ich *zwei* Teams, was es fast unmöglich macht, während der Sommermonate irgend etwas zu arbeiten. Mein Team bei der Amerikanischen Liga heißt Gethers YeRosebuds, mein Nationalliga-Team ist der Smoked Fish. Ich führte meine Statistik gern, wenn Cindy nicht da war, weil es ihr geradezu unheimlich vorkam, daß ein einigermaßen intelligenter Mensch freiwillig zwei Stunden am Tag damit verbrachte, die Schläge und Läufe pro Spielzeit von Leuten zusammenzuzählen, die sich auf solchen Plätzen wie dem Memorial Stadion und Chavez Ravine abmühten.

Zufrieden, daß die Rosebuds auf eine große Anzahl von Läufen zusteuerten, und etwas deprimiert, daß die Fish's ins Schleudern gekommen waren, und da noch kein Ende abzusehen war, beschloß ich, daß es Zeit war, sich auf den Weg zur Seaview-Party zu machen.

Norton sonnte sich träge auf der Terrasse, als ich hinaustrat. Seine gefalteten Ohren zuckten in müßiger Neugier. Ich glaube, er fragte sich, wie irgend jemand den Wunsch haben könnte, einen so vollkommenen Platz zu verlassen.

»Was meinst du?« fragte ich ihn. »Lust, einen Spaziergang zu machen?«

Nun ist Seaview zwei Meilen entfernt von unserem Haus in Fair Harbor. Die einzige Möglichkeit, auf einigermaßen geradem Weg dort hinzukommen, ist, über den Strand zu laufen. Norton war noch nie mehr als etwa zehn Meter über Sand gelaufen. Es konnte fatal enden. Aber ich dachte, daß ihm die Party gefallen würde, wenn er erst einmal dort war. Es schien einen Versuch wert.

Mein Kumpel war bereit, es zu probieren. Er erhob sich aus seiner ausgestreckten Lage und trottete hinter mir her. Als es einen halben Block weiter Zeit wurde, zum Strand hinunterzugehen, miaute er lautstark.

»Komm, Junge«, redete ich ihm sanft zu. »Was hast du zu verlieren?«

Wenn ich allein gewesen wäre, hätte ich bis zur Party wahrscheinlich fünfundzwanzig Minuten gebraucht. Mit Norton brauchte ich fünfunddreißig. Sein Verhalten war perfekt – er wurde nie langsamer, ließ sich nicht ein einziges Mal ablenken und hielt immer den gleichen Abstand zu mir ein, außer wenn er plötzlich ausgelassen wurde und vorauslief. Er miaute etwas mehr als sonst, aber er schien sich nicht zu beklagen. Er war einfach in einer geschwätzigen Stimmung.

Kurz vor Seaview muß man eine kleine Böschung hinaufklettern. Wenn man oben ist, steht man auf einer Düne, von der aus man den ganzen Strand des Städtchens überblicken kann. Es ist zwar nicht der Grand Canyon, aber es ist sehr hübsch, besonders an einem Tag, an dem dort ein paar hundert Leute fröhlich kochen und servieren und spielen.

Ich kletterte hinauf, blieb einen Augenblick stehen, um die Aussicht zu genießen, und entdeckte Cindy. Sie winkte; ich winkte zurück. Ich schaute hinter mich, warf einen Blick auf das Laufwunder und sagte: »Packen wir's.«

Norton miaute einmal und folgte mir. Die Böschung hinauf, hinunter zu den lachenden Horden. Innerhalb weniger Augenblicke wurde das lauteste Ereignis der Saison unheimlich leise. Ein Partybesucher nach dem anderen drehte den Kopf, man hörte auf zu essen, die Musik verstummte. Diese erfahrenen Fire Islanders hatten in ihrer Mitte Hunde gesehen, die Frisbee spielten. Sie hatten gesehen, wie ein Klammeraffe mit Eimer und Schaufel Löcher in den Strand grub. Sie hatten sogar einmal ein weibliches Mitglied der auf Singles eingestellten Gemeinde Kismet ohne Knöchelkettchen gesehen. Aber sie alle starrten das Kätzchen an, das die sandigen Gestade überquert hatte, um ihnen zu helfen, eine lustige Party zu feiern – Norton of Arabia.

»Woher kommt ihr?« fragte mich der erste, dem ich begegnete.

»Fair Harbor«, teilte ich ihm mit.

»Ihre Katze ist zwei Meilen über den Strand gelaufen?«

Ich nickte. Bis ich bei Cindy und ihren Freunden war, nickte ich wie ein Verrückter, mein Kopf ging nur noch auf und ab, und ich wiederholte immer wieder das gleiche: »Ja, macht er ständig... Scottish Fold. Seht euch die Ohren an... Norton... Zwei Meilen... Fair Harbor... Ja... Seht euch die Ohren an...«

Allmählich kehrte die Party zur Normalität zurück. Die Band legte wieder los, man nahm das Backgammon-Spiel von neuem auf, Garnelen wurden auf den Spieß gesteckt. Norton probierte etwas gegrillten Thunfisch und spielte dann im Gras, weg vom Sand. Ich ging mit ihm zu den Stufen, die vom Strand fortführten, und sagte ihm, daß ich ihn in ein paar Stunden abholen würde. Ich nahm ihn hoch, küßte ihn auf den Kopf und sah ihm nach, als er verschwand; ich wußte, daß er auf mich warten würde, wenn es Zeit war, nach Hause zu gehen.

5
Die Katze, die nach Kalifornien flog

Mein Vermieter auf Fire Island war so nett, unseren Mietvertrag bis Ende September zu verlängern. Aber am Labor Day, dem ersten Montag im September, schoß mir plötzlich die Frage durch den Kopf: Was sollte ich mit Norton machen, wenn ich kein Sommerhaus mehr hatte, wo er den ganzen Tag herumtollen konnte? Wie würde er sich damit abfinden, eine Hauskatze zu sein? Ich hatte erst vor kurzem gelesen, daß die häufigste Todesursache für Katzen in New York der Sprung aus Fenstern von Wohnungen war – Norton eine Hauskatze, deren Herrchen nie wieder ein Fenster auch nur einen Spalt weit öffnen würde.

Bis zum 1. Oktober hatte ich noch keine vernünftigen Lösungen gefunden. Nortons Reisen beschränkten sich auf ein Kommen und Gehen zwischen Cindys und meiner Wohnung. Wenn Cindy die Nacht bei mir verbrachte, kam Marlowe auch mit. Er fühlte sich absolut wohl bei mir, darum schien es nur gerecht, daß Norton Hausgast in Cindys Wohnung war, wenn die Schlafordnung umgekehrt wurde.

Ich begann in dieser Zeit, ziemlich viele Geschäftsreisen zu machen. (Vielleicht sollte ich erklären, daß das Reisen kompliziert war, weil meine Geschäfte kompliziert waren. Ich sage bewußt Geschäft*e* – und vielleicht ist »verwirrend« eine bessere Beschreibung als kompliziert, da ich in Wirklichkeit nicht nur einen Job habe; ich habe mehrere, von denen keiner besonders sinnvoll erscheint. Ein Teil von mir leitet einen Verlag. Dieser Teil erlaubt mir, wirklich erwachsene finanzielle Entscheidungen zu treffen, alle möglichen interessanten Leute kennenzulernen, von denen ich denke, sie hätten vielleicht Lust, ein Buch zu schreiben, und mit sehr talentierten und sehr temperamentvollen Autoren und anderen Persönlichkeiten zusammenzuarbeiten. Ein anderer Teil von mir schreibt und inszeniert Fernseh- und Filmdrehbücher. Dieser Teil gestattet mir, eine Sonnenbrille zu tragen und wirklich ärgerlich zu werden, wenn Produzenten Dinge zu mir sagen wie: »Ich finde es wunderbar! Und machen Sie sich keine Sorgen, ich weiß genau, wie ich das hinbiege!« – was wirklich von dem Produzenten einer Fernsehserie, an der ich arbeitete, gesagt wurde. Der dritte und letzte Teil von mir – wahrscheinlich der, den ich am liebsten mag – schreibt Bücher. Dies ist der Teil, der mir gestattet, allein in einem Zimmer zu sitzen und mich zu quälen mit dem Versuch, Personen und

Handlungen zu erfinden, von denen die meisten Leute niemals hören oder lesen werden. Er gibt mir auch eine Chance, allen möglichen sonst sinnlosen Dingen einen Sinn zu geben. Diese Jobs passen nicht besonders gut zusammen, und ich hatte eigentlich nie die Absicht, zu einem Workaholic zu werden, aber irgendwie ist es passiert, und in gewisser Weise gefällt es mir.) Mein Verlagsjob erforderte meine Anwesenheit bei Verkaufsbesprechungen an verschiedenen Orten, einen Trip nach San Francisco, um mit Agenturen zu verhandeln, einen raschen Besuch bei einem Autor oder einer Autorin, um mich davon zu überzeugen, daß er oder sie sich geliebt und geschätzt fühlte. Auch das Schreiben von Drehbüchern sorgte dafür, daß ich beschäftigt und viel unterwegs war. Lebt man in New York, schreibt aber für Hollywood, muß man den Leuten an den Schaltstellen und in den Studios ständig beweisen, daß sie sich keine Gedanken darüber zu machen brauchen, wenn man dreitausend Meilen entfernt von denen lebt, die einen bezahlen. Der einzige Beweis ist Anwesenheit, und das bedeutete, daß mein Partner David und ich in ziemlich regelmäßigen Abständen in ein Flugzeug steigen und unser Gesicht in Hollywood zeigen mußten.

Norton und Marlowe waren dicke Freunde; so war es nie ein Problem, Norton unterzubringen, wenn ich fortmußte: Cindy nahm ihn zu sich. Sie war fast ebenso hingerissen von meinem Kumpel wie von ihrem eigenen, und sie hatte ehrlich Freude daran, die beiden Katzen spielen zu sehen und sie drei oder vier Tage beide zu haben. Alle drei hatten Spaß, wenn ich nicht da war.

Alles schien ideal, bis dieser angenehme und lockere Ablauf der Dinge ein Ende fand. Cindy eröffnete mir, daß sie ein wenig zuviel Spaß hatte, wenn ich nicht da war.

Wir hatten eine seltsame Beziehung, Cindy und ich. Ich war hingerissen, als ich sie zum erstenmal sah; sie verabscheute mich auf Anhieb. Sie hielt mich für selbstgefällig, egozentrisch und fand, daß ich zuviel Baseball sah. Aber ich war hartnäckig, schrieb ihr, schickte ihr Blumen, rief sie an und tat alles außer weniger Baseball sehen, und schließlich hatte ich Erfolg. Wir hätten nicht verschiedener sein können. Sie war vorsichtig mit Beziehungen und zögerte, sich zu tief hineinziehen zu lassen, überzeugt, daß sie genau zu dem Zeitpunkt, da sie entspannt beschloß, unsere besondere Beziehung für dauerhaft anzusehen, nicht wiedergutzumachenden Schaden erleiden würde. Obwohl ich von dauerhaften Beziehungen nichts hielt und nicht einmal die Möglichkeit einer solchen in Betracht zog, war ich ein unverbesserlicher Romantiker und stürzte mich fröhlich und Hals über Kopf hinein, und die erste rechte Gerade, in die ich hineinlief, schlug mich k. o. Cindy hielt nichts davon, Geld unbesonnen auszugeben, und es kam für sie fast einer Sünde gleich, es für das Vergnügen des Augenblicks oder für Bequemlichkeit auszugeben. Ich war dafür, alles Geld, was ich erhielt, so bald wie möglich auszugeben – und *nur* für Dinge, die mir Vergnügen und Bequemlichkeit brachten. Sie hielt sich für schrecklich – was sie ganz gewiß nicht war –, während ich andererseits mir von niemandem vorstellen konnte, daß er besser und netter als ich war. Sie war ständig deprimiert; ich war fast immer gut gelaunt. Ihr war immer kalt; mir war immer warm. Sie hielt es für wichtig, ernsthaft zu sein – die Zeiten waren schlecht, und nur ernsthafte Gedanken und Verhaltensweisen könnten sie verbessern. Ich gehörte zur *Sullivans-Reisen*-Schule des Verhaltensdenkens – die Zeiten *waren* schlecht, also lachen wir darüber und versuchen, in allem Unterhaltung zu finden. Sie suchte nach einem Sinn. Ich hoffte, nie einen Sinn in irgend etwas zu finden – oder ich würde in große Schwierigkeiten geraten.

Was uns eigentlich zusammenbrachte, war die Tatsache, daß wir eines gemein hatten – wir wollten beide unabhängig bleiben.

Das einzige, worüber wir uns einigen konnten, war, daß wir nichts von einer normalen, altmodischen, monogamen Beziehung hielten. Wir hielten nichts von der Ehe. Leute sollten zusammenbleiben, weil sie zusammenbleiben wollten – nicht weil ein Stück Papier ihnen mitteilt, daß sie eine gesetzliche Bindung eingegangen sind. Wir wollten frei, ungebunden sein. Wenn wir Lust hatten, die Nacht zum Sonntag miteinander zu verbringen, wunderbar. Wenn wir keine Lust hatten, auch wunderbar. Kein Problem. Und keine Fesseln.

Wir gingen nie so weit, die Worte »ich liebe dich« über die Lippen zu bringen. Wir spielten herum mit gescheiten Wendungen wie »ich liebe es wirklich, mit dir zusammenzusein« und »ich liebe es, daß wir nicht sagen müssen ›ich liebe dich‹ und trotzdem wissen, was wir füreinander empfinden«, aber nachdem wir einmal erkannt hatten, daß wir einander ungemein gern hatten und daß wir nicht in einer altmodischen Beziehung leben *mußten*, in der wir uns jeden Samstagabend trafen, stolperten wir in eine sehr bequeme altmodische Beziehung, in der wir uns jeden Samstagabend trafen und ganz allgemein gut füreinander sorgten. Wir dachten beide nie wirklich daran, uns enger zu binden, als nötig war. Zurückschauend scheint mir klar, daß weder Cindy noch ich richtig verstanden, was es bedeutet, eine Bindung einzugehen. Obwohl, wie ich jetzt erkenne, ich im Begriff war, es zu lernen. Nur war es nicht mit Cindy.

Gegen Ende des vergangenen Sommers hatten Cindy und ich weniger Zeit miteinander verbracht als gewöhnlich, aber ich hatte das auf Cindys neue Stellung und die Tatsache, daß sie viel und angestrengt arbeitete, zurückgeführt. Es zeigte sich, daß ich es auf die Tatsache hätte zurückführen sollen, daß sie sich in ihren Arzt verliebt hatte.

Sie hatte irgendwann im Frühling zu ihm übergewechselt. Ich weiß noch, daß sie erzählte, wie großartig er sei und wie clever. Ich weiß auch noch, daß sie irgendwann um den 4. Juli herum anfing, Bemerkungen zu machen wie: »Weißt du, du solltest wirklich kein Popcorn essen. Es führt leicht zu Verstopfung.« Und: »Weißt du, daß im Jahr 2020 der durchschnittliche Arzt fast eine Million Dollar ausgeben wird, um Medizin zu studieren? Könnte man nicht kochen vor Wut, wenn Ärzte als egoistisch und gefühllos hingestellt werden, wenn sie doch ein so großes Risiko auf sich nehmen, um das zu tun, was sie tun?«

Ich sagte gewöhnlich »Ach ja?« oder *»Was?«* und dachte nicht weiter darüber nach. Aber ich dachte ziemlich viel darüber nach, als sie mir wegen des Doc den Laufpaß gab. Besonders weil es kam, nachdem ich sie gerade nach England eingeladen hatte, zu einem einwöchigen Urlaub als Geburtstagsgeschenk für sie.

»Ich kann mit einer Lüge einfach nicht mehr leben«, erklärte Cindy mir.

Ich stimmte bereitwillig zu, daß sie nicht mit einer Lüge leben sollte, obwohl ich mir wünschte, sie hätte es gekonnt, bis wir ein paarmal im ländlichen Devon gefrühstückt hatten. Sie wollte auch meine Zustimmung dazu, wie traurig es sei, daß es mit uns nicht funktioniert habe. Ich brachte es fertig zu sagen, daß es für mein Empfinden mit uns funktioniert *habe.*

»Nein«, sagte Cindy. »Ich weiß nicht, ob du zu der Art von Gefühlen fähig bist, die ich brauche.«

»Du meinst die Gefühle, bei denen es in Ordnung ist, jemanden fallenzulassen, der so unglaublich nette Dinge tut, wie dich nach England einzuladen?«

»Nein, ich meine, sich der Liebe hinzugeben. Du bist ein Beobachter«, erklärte sie mir. »Ich weiß nicht, ob du am Leben teilnimmst.«

Das ließ mich stutzen. Ich hatte mich immer für einen Menschen gehalten, der an den Dingen teilnimmt. Zugegeben, meine Vorstellung von Unterhaltung war, *Die Faust im Nacken* zum zweiundsechzigstenmal zu sehen und dann bei der Sports Line anzurufen, um zu erfahren, wie die Mets gespielt hatten, aber ich würde mich an Lebenserfahrung mit jedermann messen.

»Oh, du nimmst schon teil«, sagte Cindy, »aber du hältst dich zurück. Es ist, als ob du auf etwas wartest.«

»Auf was?«

»Ich weiß es nicht. Auf etwas Besseres. Etwas *anderes*. Etwas, das du nicht hast. Und du hältst dein wahres Ich zurück, bis du es findest.«

»Dies *ist* mein wahres Ich«, versuchte ich ihr klarzumachen. »Es gefällt dir vielleicht nicht so gut wie Dr. Polaros wahres Ich, aber es ist meins.«

»Du verstehst nicht«, sagte sie. Und da mußte ich ihr recht geben. Ich hatte gedacht, Cindy und ich wären auf der gleichen Wellenlänge. Ich hatte gedacht, wir gäben einander, was wir beide brauchten. Ich hatte gedacht, es bestünden Bande der Ehrlichkeit und des Vertrauens zwischen uns. Ich hatte gedacht, wir hätten endlich das behagliche Stadium erreicht, etwas, was Männer und Frauen nur unter großen Schwierigkeiten gemeinsam erreichen, ohne im Altersheim zu sein. Offensichtlich hatte ich falsch gedacht.

Ich blieb nicht viel länger da. Einmal, weil mich eine große Traurigkeit überkam. Zum anderen war ich angesichts der Umstände ziemlich sicher, daß Dr. Polaros wahres Ich bald auftauchen würde, und ich wollte nicht unbedingt dabeisein, wenn das geschah.

Es war nicht leicht, Cindy Lebewohl zu sagen. Seltsamerweise war es noch schwerer, Marlowe Lebewohl zu sagen. Ich hatte im Lauf der Zeit den kleinen Kerl wirklich ins Herz geschlossen. Was Cindy betraf – ich konnte sie wenigstens ein bißchen hassen. Ich wußte, es würde nicht anhalten, aber im Augenblick war es ein kleiner Trost. Ich hatte keine Veranlassung, Marlowe zu hassen. Er hatte nie etwas anderes getan, als mich zum Lachen zu bringen und in gute Stimmung zu versetzen. Ich hatte ihn schließlich, an unserem vorletzten Wochenende auf Fire Island, dazu gebracht, einen kurzen Spaziergang mit Norton und mir zu machen. Er hatte beinahe den ganzen Weg zum Supermarkt geschafft. Jetzt nahm ich ihn hoch und kraulte seine dichtbehaarten, aufrecht stehenden Ohren. »Du kannst jederzeit rüberkommen«, sagte ich zu ihm.

Norton war überrascht, daß wir so bald wieder gingen. Wenn ich ihn erst einmal dorthin geschleift hatte, erwartete er, über Nacht zu bleiben. Er miaute etwas ungehalten, als ich ihn zurück in seine Tasche steckte. Cindy streichelte ihn nicht und sagte ihm auch nicht Lebewohl. Sie sah ihn nicht einmal an. Ich glaube, sie hatte zu große Schuldgefühle. Oder sie dachte, daß sein wahres Ich sie fragen könnte, was zum Teufel sie sich dabei dachte, uns wegen eines Burschen fallenzulassen, der es ablehnte, Popcorn zu essen.

Als letztes sagte Cindy zu mir: »Du wirst nicht lange traurig sein. Du liebst mich nicht wirklich. Du weißt nicht, was Liebe ist.«

Die nächsten Wochen ging es uns ziemlich dreckig. Ich hatte ein komisches Gefühl, als ich mir Samstag abend *Die Faust im Nacken* allein ansah, und Norton verstand nicht, warum er erstens die Wohnung überhaupt nicht verlassen hatte, nicht einmal quer durch die Stadt zu Cindy, und warum zweitens, wenn er schon die Wohnung nicht verlassen konnte, sein Freund Marlowe ihm nicht wenigstens Gesellschaft leistete.

Ich verbrachte die meiste Zeit damit, zu arbeiten und mich selbst zu bedauern. Trost fand ich in kleinen Dingen: Ich erinnerte mich, wie Cindy einmal tatsächlich zu mir gesagt hatte, sie fände das Ende von *Die Faust im Nacken* blöd; Brando hätte sich nicht dafür einsetzen sollen, daß die Männer wieder an die Arbeit gingen; er riskierte damit, ernsthaft verletzt zu werden (und das war vor dem Arzt). Ich erinnerte mich, daß sie beim Kochen gern die Titelmelodie von *The Brady Bunch* sang. Und schließlich wurde mir klar, daß ich jetzt Taxis nehmen konnte, wohin ich wollte, ohne daß jemand in mir das Gefühl erweckte, ich sei persönlich verantwortlich für die Hungersnot in Pakistan. Innerhalb eines Tages gelang es mir, eine Liste von Dingen aufzustellen, die mich so wütend über sie machten, daß ich fast vergaß, darüber nachzudenken, ob ich zu ihr zurückgehen und um eine zweite Chance bitten und betteln sollte.

Nur gut für meine Zurechnungsfähigkeit (und die der Leute in meiner Umgebung), daß ich abgelenkt wurde, weil ich mich auf eine einwöchige Reise nach Kalifornien vorbereiten mußte. Ich war damit beschäftigt, Termine festzulegen, mir zu überlegen, was ich tun und sagen würde ... Erst drei Tage vor meinem Abflug fiel mir ein, daß ich etwas wegen Norton unternehmen mußte.

Ich zog in Erwägung, Cindy anzurufen und sie zu fragen, ob sie ihn noch immer nehmen würde. Ich war mir ziemlich sicher, daß sie es tun würde, aber ich hielt es für etwas unpassend. Sie wissen zu lassen, daß ich nicht ohne sie auskommen könne, gefiel mir nicht. Ich hatte auch Visionen von Dr. Polaro, wie er merkwürdige chirurgische Eingriffe an Nortons zartem und verletzbarem Körper vornahm. Cindy schied also aus. Ich rief fast alle, die ich sonst noch kannte, an, und keiner konnte eine Woche lang katzensitten. Entweder hatten sie auch eine Katze und befürchteten, es würde nicht gutgehen, oder in ihrem Apartmenthaus herrschte striktes Haustierverbot, oder sie hatten eine Katzenallergie, oder sie wagten es nicht, weil sie wußten, was ich ihnen antun würde, wenn Norton etwas zustieß, während er in ihrer Obhut war. Als ich mit meinem Telefonverzeichnis durch war, hatte ich noch zwei Tage Zeit, mir etwas einfallen zu lassen.

Der Grund für meine Reise nach Kalifornien war, daß ich mich bereit erklärt hatte, auf einer Autorenkonferenz in San Diego zu sprechen. Ich würde dort drei Tage verbringen, dann für den Rest der Woche nach L. A. gehen, um zu arbeiten, mich mit ein paar Leuten zu treffen, an ein paar Besprechungen teilzunehmen und meine Familie aufzusuchen. Nichts war zu hektisch, nichts zu offiziell, nichts zu einschüchternd – mit anderen Worten, es sprach absolut nichts dagegen, eine außerordentlich wohlerzogene, anpassungsfähige Katze mitzubringen.

Ich setzte mich sofort ans Telefon. San Diego war ein Kinderspiel. Die Konferenzleitung hatte alle Sprecher und zukünftigen Autoren in einem großen Motel in der Nähe des Universitätsgeländes untergebracht. Das Motel zeigte sich entzückt, eine Katze für ein paar Nächte in seiner Obhut zu wissen. Ich wußte den gelassenen Lebensstil Südkaliforniens plötzlich ganz neu zu würdigen.

Los Angeles war jedoch schwieriger. Mein Stammhotel wollte nichts davon wissen. Käme nicht in Frage. Die nächsten fünf Hotels wollten Norton als Gast auch nicht in Erwägung ziehen. Doch dann hatte ich Erfolg.

Die Four Seasons hatten gerade ein neues Hotel in L. A. gebaut. Es lag sehr günstig, hatte die richtigen Preise und sollte phantastisch sein. Dies war die Eröffnungswoche.

»Wie groß ist sie?« wollten sie wissen.

»Klein«, sagte ich. »Sehr klein für eine Katze.«

»Über vierzig Pfund?«

»Nein. Ich sagte Katze, nicht Löwe. Ich glaube, sie wiegt sechs Pfund.«

»Krallen?«

»Ja«, sagte ich, dann wurde mir klar, daß ich das Blaue vom Himmel hätte lügen sollen. »Aber er kratzt nie etwas an!« fügte ich sofort hinzu. »Und falls er es doch tun sollte, werde ich gern für jeden Schaden aufkommen.« Bei meinen letzten Worten richtete ich den Blick nach oben und betete zu Gott, daß er den Four Seasons keinen Innenarchitekten mit einer Vorliebe für Rupfenbespannung beschert hatte.

»Ich muß mit dem Manager sprechen. Bleiben Sie am Apparat.«

Ich blieb am Apparat, ein Nervenbündel, und legte mir alle möglichen Argumente für den Manager zurecht, die für eine Aufnahme von Katzen in den Hotelzimmern sprachen. »Wie hört sich das an«, wollte ich etwa sagen, »ich zahle für ein Einzelzimmer für Norton für eine Nacht und lasse ihn dort. Dann können Sie ihn als abgereist eintragen ...«

»Hallo?«

»Ich bin noch da«, sagte ich leise.

»Wir würden uns freuen, Ihre Katze bei uns zu haben«, sagte die Dame von der Rezeption. »Wie heißt sie? Ich möchte ihren Namen in die Gästeliste eintragen.«

In diesem Augenblick wurde mir zum erstenmal klar, daß ich vielleicht ohne Cindy überleben könnte.

Am Tag, an dem wir fliegen wollten, war ich völlig unvorbereitet. Ich hatte keine Ahnung, wie man mit einer Katze quer über einen Kontinent fliegt, und war gezwungen zu improvisieren. Ich ging davon aus, daß irgendein unterrichteter Luftlinien-Angestellter mir schon die Meinung sagen würde, wenn ich etwas falsch machte.

Ich flog zusammen mit meiner Agentin, Esther Newberg, die auch auf der Konferenz sprechen würde. Esther hatte zufällig vor zwei Dingen Angst – vorm Fliegen und vor Katzen –, und als ich sie abholte und sie Norton entdeckte, wollte sie die ganze Reise absagen. Aber bis wir beim Flughafen ankamen, war Angst Nummer zwei ausgerottet. Innerhalb von dreißig Minuten entschied Esther, die ihre Meinung etwa so leicht ändert wie seinerzeit der Hunnenkönig Attila, daß Norton das großartigste Tier sei, das sie je gesehen habe. Sie konnte es nicht fassen, wie er die ganze Fahrt auf meinem Schoß saß und aus dem Fenster schaute.

»Ich hoffe, daß er das im Flugzeug auch tut«, sagte ich zu ihr.

»Wie hat er sich bei anderen Flügen verhalten?« fragte sie.

Ich beschloß, es ihr nicht zu sagen. Esther gehört zu den nervösen Typen.

Als wir beim Flughafen ankamen, steckte ich Norton in seine Tasche, hängte mir die Tasche über die Schulter und ging, um mich um unser Gepäck zu kümmern. Die Frau am Schalter gab mir meine Bordkarte, versah meinen Koffer mit einem Anhänger und stellte ihn auf das Förderband; dann sah sie Norton direkt in die Augen. Sie lächelte ihn an, sagte nichts und gab mir mein Ticket zurück.

Anschließend gingen wir zur Sicherheitsüberprüfung. Esther kam ohne Probleme durch. Als Norton und ich an der Reihe waren, rechnete ich damit, daß die Alarmvorrichtung aufheulen würde. Aber nein. Wahrscheinlich reagieren die Dinger eher auf Stahl und Sprengstoff als auf Fell.

Eine der weiblichen Wachen streichelte Nortons Kopf, als er ihn aus der Tasche steckte, um seine Umgebung zu überprüfen – das war alles.

Dann kamen wir zum Gate. Inzwischen hatte ich Zweifel, ob überhaupt jemand etwas dazu sagen würde, daß ich mit einer Katze flog. Vielleicht war es viel üblicher, als ich gedacht hatte.

Und als wir an Bord gingen, kuschelte Norton sich in seine Tasche, während ich der Stewardeß mein Ticket zeigte. Sie sagte lediglich: »Platz 8 C.« Kein Wort über Sie-wissen-schon-wen.

Esther und ich nahmen unsere Plätze ein, und Norton hüpfte aus seiner Tasche und ließ sich in seiner Lieblingsstellung auf meinem Schoß nieder – der Länge nach über meinen übereinandergeschlagenen Beinen, den Kopf auf meinen linken Fuß gestützt. Ich nahm mir eine Decke und legte sie über ihn, da ich annahm, daß er so leichter zu halten wäre, wenn wir starteten.

Wir sahen einen kurzen Film, in dem uns gezeigt wurde, wie man die Sicherheitsgurte richtig anlegt. (Meine Theorie ist, wenn man es als erwachsener Mensch nicht fertigbringt, seinen Sicherheitsgurt richtig anzulegen, ist es sehr wahrscheinlich, daß man nicht fähig war, einen Flug zu buchen und überhaupt zum Flughafen zu gelangen, was bedeutet, daß man gar nicht in die Lage kam, diese großartige filmische Erfahrung zu genießen.) Dann kam eine Stewardeß vorbei und überzeugte sich, daß alle es fertiggebracht hatten, den Film zu verstehen und sich richtig anzuschnallen. Sie schaute direkt auf meinen Schoß, wo Norton saß, lächelte, sagte nichts und ging weiter, um auf den nächsten Schoß zu schauen. Noch immer hatte niemand ein Wort über Norton gesagt.

Zwei Stunden lang saß Norton dort, der perfekte Gentleman, und starrte aus dem Fenster, fasziniert von dem ersten Eindruck von Wolken aus nächster Nähe. Er regte sich nicht, er gab keinen Piepser von sich. Ich begann mich zu entspannen.

Zwei Stunden und eine Minute nach Beginn des Fluges machte endlich jemand die allererste Bemerkung über die Tatsache, daß eine Katze an Bord war. Es war die Chefstewardeß, eine Frau von etwa fünfzig, die das zarte gute Aussehen von Marie Dressler und das reizende Wesen von Schwester Ratched hatte.

»Sie haben eine Katze«, waren ihre exakten kreischenden Worte.

Ich sah von meinem Buch auf. Norton wandte sich vom Fenster ab und guckte, was da los war.

»Schaffen Sie sie hier raus!« zischte sie.

Ich schaute hinüber zu Esther, dann zurück zur Stewardeß.

»Wohin denn, meinen Sie?« fragte ich.

»Das ist mir egal«, sagte die Frau. »Schaffen Sie sie einfach raus!«

»Öffnen Sie doch die Tür«, sagte ich, »und ich schmeiße sie über Cleveland hinaus.«

Ich hatte nicht einen Augenblick Zeit, meine Gelassenheit und meinen Witz zu bewundern, weil an dieser Stelle die Entwicklung sich beschleunigte. Der Mann hinter mir stand auf und sagte: »Oh, mein Gott! Da ist eine Katze! Ich habe eine Katzenallergie! Schaffen Sie sie hier raus!« Der Bursche begann zu niesen wie ein Wahnsinniger.

»Die Katze sitzt schon seit zwei Stunden hier«, sagte ich und versuchte, die Stimme eines Predigers in der Wüste zu sein. »Warum zum Teufel niesen Sie *jetzt*?«

Der Bursche konnte mir jedoch leider nicht antworten, weil er damit beschäftigt war, zu niesen, zu keuchen, zu husten und sich mit seinem Gurt abzumühen, damit er vor dem gefürchteten Katzenhaar fliehen konnte. Ich zog in Erwägung, der Stewardeß vorzuschlagen, einen kurzen Film zu zeigen über das Öffnen der Sicherheitsgurte, nahm aber Abstand davon.

»Schaffen Sie die Katze unter den Sitz!« fauchte die Frau mich an.

»Ich glaube nicht, daß Sie das wollen«, erklärte ich ihr.

»Haben Sie gehört, was ich gesagt habe?«

»Habe ich. Aber wenn Sie einen Augenblick zuhören würden...«

»Schaffen Sie sie unter den Sitz!«

Ich nahm Norton – der auf die Krise reagierte, indem er sich besonders fügsam und niedlich gab – herunter von meinem Schoß und setzte ihn auf den Boden unter meinen Sitz. Als ich ihm befahl, dort zu bleiben, bekam die Stewardeß fast einen Tobsuchtsanfall.

»In ihre Kiste! Stecken Sie sie in ihre Kiste!«

Nun bin ich nicht besonders gut bei öffentlichen Szenen. Ich würde sie auf meiner Liste negativer Erfahrungen direkt unter »Auf heißen Kohlen laufen« und »Bette-Midler-Filme von Anfang bis zum Ende ansehen« einordnen. Aber langsam wurde ich ärgerlich.

»Ich *kann* sie nicht in ihre Kiste stecken. Sie *hat* keine Kiste. Darum habe ich Ihnen gesagt, Sie werden nicht wünschen, daß ich sie unter den Sitz schaffe.«

Die reizende Person hätte nicht heftiger reagieren können, wenn ich gesagt hätte: »Ich habe eine Bombe bei mir. Geld raus, oder der Flieger ist Konfetti.« Was sie betraf, so war ich der Salman Rushdie unter den Passagieren, und sie der Ayatollah.

»Was soll das heißen, Sie haben keine Kiste?!« fragte sie herrisch. An diesem Punkt wurde mir klar, daß es keine Möglichkeit gab zu verhindern, daß die ganze Angelegenheit völlig aus dem Ruder lief, und ich dachte, was zum Teufel, und beschloß, zum Angriff überzugehen.

»Sie kennen diese kleinen Käfige, in die Katzen gestopft werden? Die, die unter den Sitz passen? Ich habe keinen dieser Käfige. Das soll es heißen!«

Ich erwartete nicht, daß es noch schlimmer werden könnte. Ich irrte mich. Esther beschloß, sich einzumischen.

»Sehen Sie«, sagte sie – und wenn Esther am Anfang eines Satzes »Sehen Sie« sagt, ist das einzige, was einem in den Sinn kommt und was vielleicht ebenso gruselig sein könnte, der Augenblick in *Der Pate II*, in dem Al Pacino hört, daß Diane Keaton abgetrieben hat –, »eine der anderen Stewardessen hat vorhin die Katze auf seinem Schoß gesehen. Sie schien das nicht für ein Problem zu halten.«

»Stewardeß?!« Die Frau platzte jetzt fast vor Wut. *»Stewardeß?!!«*

Esther und ich sahen einander an, nicht sicher, was jetzt das Problem war. Esther, stets die energische Agentin, machte einen Versuch. »Ja, stimmt. Die andere Stewardeß ging vorbei und ...«

»Wir sind keine Stewardessen! Wir sind *Flugbegleiterinnen!*«

Die nächsten fünf oder zehn Minuten sind verschwommen. Ich weiß noch, daß ich kicherte. Dann weiß ich noch, daß die Stewardeß ... hm ... Flugbegleiterin behauptete, ich hätte Norton an Bord geschmuggelt. Ich erinnere mich vage, daß ich versuchte, ihr zu erklären, daß sie sich irre, daß sie mir erklärte, ich bräche das Gesetz, daß ich sie aufforderte, nur zu, solle sie mich doch ins Flugzeuggefängnis werfen. Ich erinnere mich sehr deutlich, wie Esther zu Nortons Verteidigung antrat und eine Reihe von Kraftausdrücken losließ, die John Gotti hätten erröten lassen. Sie schienen jedoch keinen großen Eindruck auf den Drachen zu machen.

Abgesehen von der Tatsache, daß ein wildes, ungezähmtes Dschungeltier frei herumlief, jeden Moment bereit, die Fluggäste zu terrorisieren – wenn man unserer Begleiterin glaubte, verwandelte der Flug sich rasch in einen dieser Katastrophenfilme mit Helen Hayes und George Kennedy –, schien das größte Problem, daß sie im Begriff waren, uns von ihrem tollen Bordessen zu reichen. Offenbar gestatten die Gesundheitsvorschriften auf amerikanischen Flugzeugen es nicht, daß während der Essenszeit sich Tiere außerhalb ihrer Käfige aufhalten.

Wir schlossen schließlich einen Kompromiß, zu dem leider nicht gehörte, daß ich unserer Flugbegleiterin die Lippen mit einer Heftmaschine zuklammern konnte. Ich erklärte mich einverstanden, auf das köstliche Mahl zu verzichten, wie es meine loyale Agentin auch tat. Dafür brauchte ich meine Katze nicht aus dem Fenster zu werfen. Norton durfte auf meinem Schoß bleiben. Der Typ hinter mir konnte Plätze tauschen mit einem anderen Passagier, der Verständnis für meine mißliche Lage hatte. Und unser Flugzeug konnte ohne weitere hysterische Anfälle an Bord nach San Diego weiterfliegen.

Und das taten wir auch. Norton schaute aus dem Fenster, vollkommen zufrieden, bis wir landeten. Mr. Allergie zog sich nach hinten zurück und verbrachte den Rest des Fluges damit, saubere, katzenfreie Luft einzuatmen. Esther war so wütend über das Verhalten von Schwester Ratched, daß sie vergaß, Angst vor einem Absturz und dem Sterben zu haben; sie ließ es sogar zu, daß Norton eine Weile auf ihrem Schoß saß. Die böse Stewardeß – allein aus Prinzip weigere ich mich, sie Flugbegleiterin zu nennen – ging uns für den Rest des Fluges aus dem Weg und lehnte es sogar ab, uns Kaffee zu bringen oder kleine Erfrischungstücher.

Die drei letzten Stunden des Fluges waren ruhig.

Die Hysterie begann erst wieder, als wir landeten.

Bis wir unsere Taschen hatten, zwei andere Leute aus dem Verlagsgeschäft auftrieben, die mit uns fahren wollten, uns an die Schlange am Leihwagenschalter anstellten, unser Auto fanden und uns hatten erklären lassen, wie wir am besten zur Konferenz kämen, waren wir neun Stunden unterwegs gewesen. Dies war meine zweite Lektion (die erste war, eine Tragetasche zu kaufen, die unter den Sitz paßt) bezüglich des Transports von Katzen über Staatsgrenzen hinweg: Neun Stunden ist zu lange ohne ein Katzenklo. Vier Menschen und eine Katze drängten sich in einen auf Hochglanz polierten Oldsmobile. Die Menschen begannen sofort, über Hunger zu klagen und Südkalifornien abzulehnen. Die Katze begann, ganz gegen ihre Art, zu miauen wie verrückt. Norton setzte sich auf die Ablage unter dem Heckfenster und heulte. Er heulte etwa fünfzehn Minuten. Ich glaube, er brauchte so lange, um zu erkennen, daß wir noch ein Stück fahren mußten, bis wir beim Motel ankamen. Aber nachdem ihm das einmal klar war, beschloß er, etwas zu unternehmen.

Er pinkelte den ganzen Rücksitz voll.

Unnötig zu erwähnen, daß das bei meinen Reisegefährten nicht so gut ankam. Besonders weil wir ihn nicht dazu bringen konnten aufzuhören. Ich hatte noch nie ein Tier gesehen, zwei- oder vierbeinig, das so lange pinkeln konnte.

Ich wurde nicht wütend. Ich konnte es nicht. Es

war sehr schwer, Norton zu tadeln. Und nach seinem jammervollen Aussehen zu urteilen, gefiel es ihm eindeutig genausowenig wie uns. Er wußte nur nicht, was sonst er tun sollte.

Als wir an einer Tankstelle hielten, in einem verzweifelten Versuch, das Auto sauberzumachen, wurde mir klar, daß ich überhaupt nicht darauf eingestellt war, eine Woche lang eine Katze bei mir zu haben. Ich hatte nicht nur kein Katzenklo, ich hatte auch keine Streu dafür. Ich hatte auch kein Katzenfutter, keine Schüsseln für Katzenfutter und keine kleinen Katzen-Leckerbissen. Im Grunde, so wurde mir klar, hatte ich wegen meines selbstsüchtigen Wunsches, ihn bei mir zu haben, meine geliebte Katze gerade durch einen Intensivkurs in Katzenquälerei gejagt.

Norton war offensichtlich gedemütigt und beschämt wegen seines öffentlichen ... hm ... Mißgeschicks. Er schien nicht zu begreifen, daß es nicht seine Schuld war. Er versteckte sich unter dem Fahrersitz, bis wir beim Motel vorfuhren. Und nachdem ich meine verstimmten Fahrgäste hinausgelassen hatte, unternahm ich sofort Schritte, meine Gedankenlosigkeit wiedergutzumachen.

Als erstes fuhr ich zu einem Supermarkt, wo ich einen großen Pappkarton besorgte. (Ich bin seitdem viel erfahrener im Umgang mit diesem latent vorhandenen Problem geworden. Ich habe jetzt immer einen Vorrat von zwanzig tragbaren, faltbaren Pappkartons. Jede Tierhandlung verkauft sie. Sie sind stabil genug, ein oder zwei Wochen zu halten, und sie lassen sich leicht in der Akten- oder

der Reisetasche unterbringen. Ich kann sie nur wärmstens empfehlen.) Ich kaufte Streu. (Zwei kleine Fünfpfundbeutel Streu passen leicht in meinen Koffer. Sobald wir den Leihwagen besteigen, öffne ich den Faltkarton, reiße einen der Beutel auf, und voilà – Norton hat alles, was er braucht, *sofort* auf dem Boden vor dem Rücksitz ausgebreitet. Es ist nicht nötig, ihn für die ganze Fahrt zu unserem Bestimmungsort zu quälen, und es macht es sehr viel leichter für mich, für den Rest meines Aufenthaltes mit ihm durch die Stadt zu fahren. Wenn ich in mein Zimmer komme, nehme ich einen zweiten Karton und reiße den zweiten Beutel mit Streu auf. Nicht nur Norton weiß diese Extraeinrichtung zu schätzen; ich bin überzeugt, auch die Leihwagenfirma und das Hotel sind sehr froh darüber. Ich weiß, daß die Hotelboys es sind. Als ich das erste Mal einen Pappkarton in das Auto stellte, hatte ich keinen zweiten. Als ich mich in dem Hotel anmeldete, mußte ein nicht sehr glücklich aussehender Bursche in Uniform einen benutzten Katzenkarton in mein Zimmer schleifen. Ich kaufte in dem Supermarkt auch eine Schaufel, damit ich den Karton saubermachen konnte, Katzenfutter für eine Woche und einen Behälter mit Katzen-Leckerbissen.

Wieder beim Hotel, meldete ich mich an und brachte Norton stilvoll unter. Zwei Aschenbecher dienten als Futter- und Wasserschüssel. Ich gab ihm Futter, zeigte ihm, daß ich sein Katzenklo neben dem Waschbecken aufstellte, und setzte ihn dann auf das Bett, streichelte ihn und erklärte ihm, absolut aufrichtig, daß er, sehr wahrscheinlich, das großartigste Tier sei, das je gelebt habe. Es dauerte nicht lange, bis er zu schnurren begann. Nach einer halben Stunde hielt ich es für nicht mehr riskant, mit dem Auspacken anzufangen. Ich war ziemlich sicher, daß mir verziehen worden war.

Eine meiner Aufgaben bei der Konferenz war es, einen Teil jeden Tages damit zu verbringen, Manuskripte kritisch zu bewerten. Studenten, die an meiner Meinung interessiert waren, konnten 15 bis 25 Seiten zur Beurteilung einreichen; dann verbrachte ich mehrere Stunden am Swimmingpool, und jeder oder jede von ihnen konnte eine Viertelstunde mit mir über seine oder ihre schriftstellerischen Fähigkeiten diskutieren (oder zumindest über meine auf gewisse Sachkenntnisse gestützte Meinung von seinen oder ihren schriftstellerischen Fähigkeiten). Dieser Teil der Autorenkonferenzen gefällt mir immer besonders gut. Es ist interessant zu sehen, was Leute zu schreiben versuchen, und zu hören, was sie *glauben* zu schreiben. Manchmal jedoch kann sich eine gewisse Feindseligkeit in diese Besprechungen einschleichen. Viele Redakteure gehen den Studenten direkt an die Gurgel und sagen wirklich die Wahrheit. Das ist keine Handlungsweise, die sich empfiehlt. Nicht alle Studenten nehmen auch nur die leiseste Kritik an ihren kostbaren Worten gut auf. Man muß Wahrheit und Ermutigung vorsichtig ausbalancieren. Es ist nicht immer leicht. (Stellen Sie sich vor, Sie müßten, ohne den Autor zu beleidigen, den wahren Bericht eines Zahnarztes aus Oklahoma über die vergnügte Welt der Zahnstein-Kontrolle, *Weit öffnen* betitelt, kritisieren.) Ich versuche, mit meiner Kritik milde zu sein, da ich es meistens mit Amateuren zu tun habe. Bei einem Profi kann ein Redakteur mit der Wahrheit herausrücken und sagen: »Dieser Absatz stinkt. Streichen Sie ihn.« Der Profi wird sich gewöhnlich den Absatz unvoreingenommen noch einmal ansehen und ihn, wenn er wirklich stinkt, streichen oder zumindest neu schreiben. Bei einem Amateur kann eine so barsche Kritik alle möglichen Reaktionen hervorrufen, von Tränen bis zum Schießeisen. Darum versuche ich, Negatives *und* Positives zu finden. Im Grunde versuche ich, den zukünftigen Autoren für ihr Geld auch etwas zu bieten.

Aus dem gleichen Grund dachte ich, ich sollte versuchen, auch Norton für *sein* Geld etwas zu bieten. Nachdem er die lange Reise gemacht hatte, schien es töricht, ihn im Motelzimmer einzusperren. Am Tag meiner ersten Sitzung am Swimmingpool trug ich Norton mit mir, setzte ihn neben meinen Stuhl und wünschte ihm viel Vergnügen für die nächsten Stunden.

Sobald er gehen konnte, wohin er wollte, machte er sich auf den Weg zur anderen Seite des Motels, wo es einen Rasen und Gebüsch zum Herumstreifen gab. Bevor er zur Ecke und außer Sicht kam, miaute er einmal, laut. Ich schaute auf, unsere Blicke trafen sich (ich schwöre, das ist nicht erfunden), er vergewisserte sich, daß ich zur Kenntnis nahm, wo er war, dann war er verschwunden.

Eine Redakteurin aus New York, die auch an der

Konferenz teilnahm, kam herüber zu mir und fragte, ob ich wisse, daß an der anderen Seite des Motels eine Schnellstraße sei. Ich erklärte ihr, daß ich es nicht eilig hätte, irgendwohin zu fahren, und sie sagte, sie sei nicht besonders interessiert an meinen Reiseplänen, sie sei daran interessiert, daß meine Katze nicht als Verkehrsopfer ende. Ich versicherte ihr, daß Norton okay sei, daß er zu Hause auf Fire Island ständig so etwas tue, und dann vergaß ich die Sache.

Ich begann mit meinem ersten Gespräch, der Kritik eines Buches, das ein Roman sein sollte, aber offensichtlich und kaum verschleiert eine wahre Geschichte aus den dreißiger Jahren war – eine stürmische Liebesaffäre zwischen einem jungen jüdischen Mädchen und einem älteren Italiener. Das Buch hatte den poetischen Titel *Matzen und Spaghetti*, und die Verfasserin war eine siebzigjährige Frau, die Naomi Weinblatt hieß. Meine hilfreichen Kommentare (»Der Dialog ist stark, aber sind Sie ganz sicher, daß er den Ton der damaligen Zeit trifft?«) wurden von der besorgten Redakteurin unterbrochen, die bei uns stehenblieb und mir mitteilte, daß sie gerade nach meiner Katze Ausschau gehalten habe, die offensichtlich auf und davon sei. Sie habe Nortons Namen gerufen, aber er sei nirgends zu finden. Ich sagte ihr noch einmal, sie solle entspannen, und wandte mich wieder meiner Schülerin zu, die ihren Roman verteidigte mit den Worten: »Aber das ist wirklich passiert!«

Während ich mich zu dem nächsten Manuskript äußerte, einem Roman, der im Bürgerkrieg spielte und in dem es um eine schöne, ungestüme Frau ging, die Scarlett hieß und einen gutaussehenden, hartgesottenen Gauner liebte (»Sie haben ein gutes Gefühl für die Epoche, aber es scheint ein bißchen abgeleitet«), hörte ich die Stimme der Redakteurin »Norton ... Norton ...« rufen. Ich schaute hin, und tatsächlich, sie kroch in der Nähe der Stelle, wo er verschwunden war, durch die Büsche und versuchte, ihn zum Herauskommen zu überreden. Ich schüttelte den Kopf und wandte mich meinem nächsten eifrigen Autor zu.

Eine Stunde und mehrere Manuskripte später (ein Science-fiction-Roman, in dem Computer, die in Wirklichkeit Menschen sind, Menschen erschaffen, die in Wirklichkeit Computer sind; eine Reihe von aufbauenden Essays, gedacht, die einfachen Freuden des Lebens zu übermitteln, und betitelt *Hey. Es spielt keine Rolle, wenn du dick bist*; eine Kurzgeschichte von einer außerordentlich tugendsamen Frau namens Joy über eine außerordentlich tugendsame Frau namens Jill, die am Rand einer matschigen Straße vergewaltigt wird, dann meilenweit kriecht, bis sie an einen Müllhaufen kommt, in den sie hineinstolpert, sich in Unrat eingräbt und stirbt, mit dem einzigen Wunsch, den Namen des Vergewaltigers zu kennen, damit sie ihm vergeben kann. Mein außerordentlich hilfreicher Rat: »Schreiben Sie über das, was Sie kennen.«) hatte meine freundliche Redakteurin einen kleinen Suchtrupp organisiert. Jetzt krochen vier oder fünf Studenten um den Rasen herum, schrien Nortons

Namen und flehten ihn an, nach Hause zu kommen.

Am Ende der nächsten Stunde (ein Drehbuch, in dem die Filmzeit die *wirkliche* Zeit spiegelte – mit anderen Worten, es geschah *nichts*; ein Dutzend Gedichte über das Alltagsleben, von denen ich nur noch weiß, daß der Autor tatsächlich »Blusen« mit »schmusen« reimte, und ein Thriller, der so begann: »Die Kugel streifte seine Stirn, und er fühlte sich schwindelig, hatte kaum noch die Kraft, die Handgranate abzuziehen, die in seiner Uniform versteckt war, die er auf die anstürmenden Krauts schleuderte und sie zur Hölle jagte, was sie verdienten.« Mein einziger Kommentar hierzu war: »Schleuderte er die Handgranate oder die Uniform auf die Krauts?«) konnte ich nicht länger dastehen und mit ansehen, was jetzt zu einem Schleppnetz für Norton geworden war. Offenbar war halb San Diego auf der Suche nach meiner verlorenen Katze. Obwohl ich äußerlich kühl, ruhig und gefaßt war, fing ich an, mir innerlich ziemlich große Sorgen zu machen. Was, wenn Südkalifornien nicht wie Fire Island war? Was, wenn Norton beschloß, Fire Island zu suchen, und die Schnellstraße für die beste und schnellste Methode hielt?

Ich entschied, daß diese Grübeleien mich nicht weiterbrachten, obwohl ich einigermaßen sicher war, daß einer meiner Studenten eine schlechte Prosadichtung aus der Situation machen könnte. Ich entschied, selbst herauszufinden, ob mein Vertrauen in Norton unangebracht gewesen war.

Ohne meine Angst eine Sekunde zu zeigen, ging

ich dorthin, wo ich ihn zum letztenmal hatte miauen hören, und rief seinen Namen ein einziges Mal. Ohne einen Augenblick zu zögern, sprang meine kleine graue Katze aus dem Gebüsch und miaute aufgeregt, glücklich, daß ich gekommen war, um ihn vor all dem Lärm in Sicherheit zu bringen. Ich streichelte ihn voller Stolz; dann machte ich kehrt und ging in Richtung der Treppe zu unserem Zimmer im zweiten Stock. Vom Swimmingpool kam nichts als Schweigen, als Norton hinter mir hertrottete, bereit für sein Nikkerchen vor der Cocktailzeit. Als ich die Tür öffnete, um ihn ins Haus zu lassen, brach spontaner Beifall aus.

Während Norton nach drinnen hüpfte, fragte ich mich, ob es möglich wäre, ihm beizubringen, sich zu verbeugen. Ich kam zu dem Entschluß, daß es sich wahrscheinlich lohnte, dem Versuch ein paar Minuten zu widmen.

Für den Rest der Konferenz ging alles glatt. Norton verbrachte je nach Laune einen Teil des Tages dösend im Zimmer, einen Teil herumstreifend in der Nähe des Swimmingpools. Er nahm an einem meiner Seminare teil; die meiste Zeit saß er dabei schlafend auf dem Podium, direkt auf meinen Notizen.

Als die Vorträge und Seminare und Vorlesungen und Gespräche am Swimmingpool beendet waren, schien mir die Reaktion auf meine Teilnahme eindeutig gemischt. Manche hielten mich für zu streng; für manche war ich eine willkommene Dosis verlegerischer Wirklichkeit. Ich beurteilte meine Aussichten, im nächsten Jahr wieder eingeladen zu werden, etwa fifty-fifty. Die Reaktion auf Norton war viel einhelliger. Es war völlig klar, daß er jederzeit willkommen war.

Bevor Norton jedoch nach San Diego zurückkehren konnte, mußte er die einzigartige Stadt Los Angeles kennenlernen.

Er, Esther und ich stiegen wieder in unseren Leihwagen und machten uns auf den Weg, die Küste entlang. Wir hielten nur ein einziges Mal, bei dem ersten Supermarkt, zu dem wir kamen, bevor wir auf die Schnellstraße stießen. Ich erklärte dem Manager, warum ich zwei leere Kartons brauchte, und er war so nett, mir den Gefallen zu tun, ohne etwas dafür zu verlangen. Wir kamen schnell nach Los Angeles; die Fahrt war nur bemerkenswert, weil Norton beschloß, die halbe Zeit auf meiner Schulter zu hocken, den Kopf aus dem offenen Vorderfenster gesteckt, und weil Esther beschloß, sich die ganze Zeit darüber zu beklagen, daß der Wagen noch immer eindeutig nach unserer letzten Fahrt mit Norton roch.

Ich setzte Esther am Beverly Hills Hotel ab und fuhr mit Norton weiter zu den Four Seasons. Noch immer ein wenig argwöhnisch nach unserer Begegnung mit der Flugbegleiterin, war ich sehr erleichtert, als die Angestellte an der Rezeption mit einem breiten Lächeln sagte: »Und das muß Norton sein.«

Während Norton auf der Tischplatte saß, füllte ich die Anmeldeformulare aus, rasch und ohne

Schwierigkeiten, und dann zeigte man uns unser Zimmer. Ich war zufrieden mit der Welt, und nachdem ich das Katzenklo und die Aschenbecher für Futter und Wasser aufgestellt hatte, war meine Katze es auch.

Norton schloß L. A. bald ins Herz. Sein einziges Problem war das Haus meiner Eltern. Ich sollte sagen, seine einzigen Probleme. Das erste Problem war unlösbar. Das Haus meiner Eltern lag oben zwischen den Hügeln über dem Coldwater Canyon, und es gab dort Kojoten, die die Gegend durchstreiften. Einmal, als meine Eltern gegen Mitternacht von einer Dinnerparty nach Hause kamen, standen zwei Kojoten direkt vor dem Garagentor. Zum Glück hatten die Tiere ebensoviel Angst vor meinen Eltern wie meine Eltern vor ihnen, und niemand kam zu Schaden. Aber viele kleinere Tiere in der Umgebung *waren* zu Schaden gekommen. Die nächsten Nachbarn von meinen Eltern hatten einen hinreißenden Pudel. Sie ließen den Hund nachts nicht raus, weil sie befürchteten, daß die Kojoten im Schutz der Dunkelheit angreifen könnten. Aber sie hielten es für ungefährlich, den Hund tagsüber herumtollen zu lassen. Eines Morgens ließen sie den Pudel um zehn Uhr hinaus. Mittags, als sie nach draußen gingen, um ihn zu suchen, fanden sie nur noch den Kopf und die vier Pfoten. Es war ziemlich scheußlich.

Es ist schwer, Mitleid mit Kojoten zu haben, weil sie weder nett noch anziehend sind, aber ein wenig Mitleid sollte man schon haben. Um Los Angeles herum wird so viel gebaut und umgestaltet, daß die

Kojoten praktisch heimatlos geworden sind. Ihr Land ist verschwunden, sie haben kein Territorium mehr, wo sie leben und jagen können. Sie haben kaum eine andere Wahl, als um die Häuser der Reichen herumzustreifen und es auf deren Abfall und auf die Haustiere abzusehen. Ich versuchte, Norton das alles zu erklären, aber ich kam damit nicht sehr gut an. Die mißliche Lage der Kojoten interessierte ihn nicht besonders. Ihn interessierte nur, daß er nicht in den Garten hinter dem Haus durfte, der ihm unglaublich einladend schien. Aber ich entschied, daß es besser sei, wenn er drinnen frustriert als wenn er draußen zu Kojotenfutter wurde.

Das zweite Problem war, daß meine Eltern zwei Retriever hatten, die so groß und so intelligent wie Dinosaurier waren. Dolly und Rewrite sind so gutmütig, wie Hunde nur sein können. Aber in ihrer Nähe zu sein ist, als hätte man zwei Clowns um sich. Sie wedeln mit dem Schwanz, und kostbares Kristall zerschmettert auf dem Boden. Sie springen hoch, um dich zu begrüßen, und dein weißer Leinenanzug ist mit den Abdrücken dreckiger Pfoten übersät. Versucht man, sie zu streicheln, verbringt man die nächsten zehn Minuten damit, sich ein paar Liter Hundesabber von Händen, Armen und sogar vom Hals zu waschen. Meine Eltern waren ganz närrisch auf diese Hunde. Mein Vater hatte sich angewöhnt, sie seine »Kinder« zu nennen, und wenn ich aus New York anrief und nicht nach ihnen fragte, wurde ich scharf getadelt. Ich war ziemlich sicher, daß Dolly und Rewrite inzwischen in seinem Testament vor mir und meinem Bruder lagen.

Ich gebe gern zu, daß ich meine vierbeinigen »Geschwister« mochte, aber Norton fiel es schwer, sich für sie zu erwärmen, hauptsächlich, weil es ihre Lieblingsbeschäftigung war, ihn mit Höchstgeschwindigkeit die Treppe hinaufzujagen, ihn unter mein Bett zu treiben und so laut zu bellen, wie sie konnten, was so ungefähr das Lauteste ist, was ich je gehört habe, von einem Konzert der »Who« im Jahre 1972 abgesehen.

Norton vertrug sich mit den wenigen Hunden, denen er auf Fire Island begegnete. Er war gewöhnlich vorsichtig, wenn er auf sie traf, entschied sich im Zweifelsfall jedoch zu ihren Gunsten. Ich würde nicht sagen, daß Hunde zu seinen besten Freunden gehörten, aber ich hatte ihn mehr als einmal friedlich neben einem der Hunde meiner Nachbarn auf Fire Island im Garten liegen sehen. Dolly und Rewrite waren etwas anderes. Es gab nie Frieden, wenn die drei im selben Haus waren.

Die Angelegenheit regelte sich ziemlich einfach von selbst. Wenn Dolly und Rewrite draußen waren (die Kojoten hielten sich freiwillig zurück, wenn diese beiden Tolpatsche umherrannten und -sprangen), kam Norton nach unten und tappte durch Küche, Arbeitszimmer und Wohnzimmer. Wurden die Hunde hereingelassen, ging ein Gitter hoch und schloß sie vom oberen Teil des Hauses aus. Norton lag auf der Treppe gleich hinter dem Gitter, fühlte sich sicher in dem Bewußtsein, daß sie ihn nicht erreichen konnten, und genoß es, daß seine Anwesenheit dort sie fast verrückt machte.

Das dritte Problem war etwas delikater.

Mein Vater verabscheute, haßte und verachtete Katzen.

Ich tat alles nur Erdenkliche für seine erste Begegnung mit Norton. »Bring ihn mir nicht ins Haus«, sagte er. Ich erklärte ihm, daß mein Kumpel anders als andere Katzen sei, unglaublich gescheit, daß er meinen Vater nicht belästigen würde, daß auch ich einmal gedacht hätte, ich könne Katzen nicht leiden, doch daß sich alles geändert hätte, als ich Norton kennenlernte. Das alles beeindruckte meinen Dad etwa so, wie es eine Marmorplatte beeindruckt hätte. Er blieb ungerührt und wiederholte nur seine Anweisung: »Bring ihn mir nicht ins Haus.«

Ich muß hier ein paar Worte über meinen Vater sagen. Er war der vollkommenste Vater, den man sich nur denken kann. Wir verstanden uns großartig, und ich hätte mir keinen besseren Vater vorstellen können. Viele Jahre lang war er einer der besten Fernsehautoren in L. A., dann wurde er, er war Ende Fünfzig, auch einer der besten Fernsehregisseure. Er war ein Bär von einem Menschen und beherrschte einen Raum mit seinem Aussehen wie auch mit seiner Persönlichkeit. Es war seine Masche, schroff und zynisch zu erscheinen, und oberflächlich betrachtet war er das auch, aber in Wirklichkeit war er der fürsorglichste und großzügigste Mensch, der mir je begegnet ist. Er löste Probleme und erteilte Ratschläge und war gewöhnlich gerade streng und unnachgiebig genug, um die richtige Art von väterlicher Unterstützung zu gewähren. Gewiß machte er viele Fehler im Leben und in seinem Beruf, aber seine richtigen Entscheidungen machten seine Fehler mehr als wett. Cindy, die sich während der ersten beiden Jahre ihrer Bekanntschaft von ihm völlig einschüchtern ließ, sagte einmal, er sei der erste überlebensgroße Mensch, den sie je kennengelernt habe. Ich fand ihn immer witzig und gescheit und begabt und außerordentlich moralisch, und ich war mit ihm und meiner Mutter ebenso gern zusammen wie mit meinen engsten Freunden. Aber er war immer noch mein Vater, und ich war immer noch sein Sohn, und als solche konnten wir einander beim kleinsten Anlaß total verrückt machen.

Als ich Norton zum erstenmal zum Haus meiner Eltern brachte, hatte ich das komische Gefühl, er würde zu einem dieser verrückt machenden Anlässe werden.

Das einzige, was ich noch hinzufügen kann zu dem Bild, wie Norton im Begriff ist, der Familie vorgestellt zu werden, ist eine kurze Beschreibung meiner Mutter, die zufällig die perfekte Ma ist. Während mein Dad zum Poltern neigte, verhielt meine Ma sich ruhig und sorgte hinter den Kulissen dafür, daß alles wirklich in Ordnung war. Sie war immer die stille Kraft im Hintergrund, obwohl sie stets darauf sah, daß allen anderen das Verdienst angerechnet wurde.

Meine Mutter hatte, als sie fünfundfünfzig Jahre alt war, offiziell keinen Tag ihres Lebens gearbeitet. Eines Nachmittags – sie hielt sich in einem Restaurant auf, das zu der Zeit sehr »in« war, Ma

Maison – beschloß sie, eine perfekte Köchin für die französische Küche zu werden, und fragte den Besitzer Patrick, wie sie das anstellen sollte. Ich denke, sie hatte etwas Amateurhaftes im Sinn, etwa für ein paar Wochen nach Frankreich zu gehen und Kochunterricht zu nehmen. Patrick aber sagte, sie solle dreimal die Woche in seinem Restaurant arbeiten – ohne Bezahlung –, dann wäre sie in sechs Monaten eine großartige Köchin. Genau das tat sie. Sie begann damit, dreimal die Woche als unbezahlte Praktikantin zu arbeiten, und innerhalb eines Jahres war sie nicht nur eine großartige Küchenchefin, sie gründete und leitete auch eine Ma-Maison-Kochschule. In den etwa zwölf Jahren, die seither vergangen sind, ist sie eine Königin der L. A.-Kochmafia geworden, hat mehrere vielbeachtete Kochbücher geschrieben und eng mit Leuten wie Wolfgang Puck zusammengearbeitet und sich mit Julia Child und Maida Heatter angefreundet. Der einzige Haken an der Sache scheint mir, daß meine Mutter jetzt fast besessen vom Kochen ist. Ich kann anrufen und sagen: »Ma, es geht mir nicht besonders – sie haben mich aus meiner Firma rausgeschmissen, meine Freundin hat mich sitzenlassen, und eben bin ich von einem LKW angefahren worden« – sehr wahrscheinlich wird sie ein oder zwei Minuten lang ihr Mitgefühl ausdrücken und dann sagen: »Habe ich dir schon von der Crème brûlée erzählt, die ich gestern abend gemacht habe? Sie war köstlich. Ich habe etwas Zitrone dazugegeben und ...« und loslegen mit genauen Anweisungen für die Zubereitung einer vollkommenen Eiercreme.

Meine Mutter ist ziemlich unerschütterlich. Kaum etwas kann sie aus der Ruhe bringen, und besonders seit sie im Lauf der Jahre selbstsicherer geworden ist, scheint sie die Dinge immer mit Ruhe und Vernunft zu betrachten. Der Unterschied im Wesen meiner Eltern läßt sich gut anhand ihrer Reaktion auf meine erste Wohnung in New York City illustrieren.

Vermutlich hat jeder, der den Anspruch erhebt, Künstler zu sein, und nach New York gezogen ist, irgendwann einmal in einer Wohnung wie meiner gelebt. Aber, um die Wahrheit zu sagen, das scheint fast unmöglich. Ich denke, man kann davon ausgehen, daß meine Wohnung die schlimmste war, die es jemals in New York City gegeben hat. Sie war in der Perry Street, in der Nähe der Seventh Avenue, mitten im Herzen von Greenwich Village. Es war ein Keller. Ich meine nicht eine Kellerwohnung – ich meine einen Keller. Ein gutes Stück von dem, was das Wohnzimmer sein sollte, hatte keinen Boden. Es war einfach Dreck, und man konnte ohne große Anstrengung darin herumstochern und einen Blick auf die Untergrundbahn werfen. Als ich die Wohnung übernahm, gab es keine Küche, kein Bad und nicht einmal eine Dusche. Es gab auch kein Licht. Die beiden einzigen Fenster gingen auf die Straße, waren aber von den riesigen Mülltonnen des Gebäudes verstellt. Das Haus war auch nicht sehr gut konstruiert. An besonders regnerischen oder verschneiten Nächten bestand immer gute Aussicht, daß die Elemente einen Weg durch die Risse in den Wänden finden würden. Es gibt kein Gefühl, das so ganz mit dem zu vergleichen ist, das man hat, wenn man um zwei Uhr in einer verschneiten, eisigen Winternacht aus einer Bar in Greenwich Village nach Hause kommt, ins Bett kriecht – und feststellt, daß die Laken völlig durchnäßt sind von dem Schnee, der die ganze Nacht in die Wohnung geweht ist.

Zur Verteidigung meiner Wohnung muß ich jedoch erwähnen, daß sie eine großartige gestrichene Blechdecke, Backsteinwände und einen erstklassigen Holzdielenboden hatte (in den Teilen, die überhaupt einen Boden hatten). Außerdem befand sie sich mitten im Village. *Und* kostete nur 105 Dollar im Monat. Aber selbst ich wußte, daß es nicht die Art von Wohnung war, in der Eltern ihr Kind gerne wohnen sehen.

Ich hatte damals versucht, meine Leute darauf vorzubereiten, was sie erwartete, wenn sie New York besuchten. Später fand ich heraus, daß meine Mutter meinen Vater schon Wochen vorher fast wahnsinnig gemacht hatte mit Äußerungen wie: »Vergiß nicht, wenn Pete uns seine Wohnung zeigt, ihm zu sagen, daß du begeistert bist, wie immer du sie auch finden magst.« Nach Darstellung meines Vaters redete sie den ganzen Tag davon, wie wichtig es für mich sei, daß sie meine Art zu leben und meinen Geschmack unterstützten. Schließlich versprach mein Vater, daß er sich von seiner besten Seite zeigen und meine Umgebung gutheißen werde – egal, wie sie aussähe.

Als der Zeitpunkt kam, da sie meine Wohnung endlich selbst in Augenschein nehmen sollten, verbrachte meine Mutter die ganze Taxifahrt in die City damit, meinem Vater die Spielregeln zu wiederholen. »Sage ihm, wie großartig du alles findest ... Sage ihm, daß du begeistert bist ... Versuche, dich an deine eigene Jugend zu erinnern ...« Sie hatte sich selbst so lange hochgeputscht, daß es, als ich endlich ihr Klopfen hörte und ihnen die Tür öffnete, aus ihr heraussprudelte: »O Gott! Es ist wunderschön! Es ist vollkommen! Ist es nicht großartig? Was für eine tolle Wohnung!« Ich sagte geistesgegenwärtig: »Willst du nicht erst mal reinkommen, Ma, und dir die Wohnung ansehen, bevor du entscheidest, ob sie dir gefällt?« Verlegen kam sie herein. Mein Vater folgte ihr. Nachdem er sich zwei Sekunden lang umgesehen hatte, brach er sein Versprechen und sagte: »Verdammt noch mal! Was für ein Scheißhaus!«

Ich kam zum Dinner zu ihrem Haus, Norton hockte zufrieden in der Schultertasche. Ich dachte daran, daß mein Vater gesagt hatte, ich solle ihn nicht mitbringen, doch ich war überzeugt, daß er es nicht ernst meinte.

Meine Mutter machte den angemessenen Wirbel, als sie Norton sah. Obwohl sie selbst sich nicht viel aus Katzen machte, wußte sie die beiden Dinge zu würdigen, die sofort offensichtlich waren – daß er ausgesprochen hübsch anzusehen und sanftmütig geartet war. Sie streichelte ihn zaghaft; sie war an Katzen nicht gewöhnt. Sie entspannte sich, als

Norton ihre Hand mit der Nase rieb. Während er ihre Hand rieb, rief mein Vater von oben herunter: »Hast du diese *Katze* mitgebracht?« Als ich hinaufrief, ja, das hätte ich, brüllte er als nächstes: »Gut, dann sorge dafür, daß ich sie nicht sehe, wenn ich runterkomme!«

Nach einer gewissen Verwirrung und weiterer Diskussion kamen wir alle schließlich überein, daß ich unmöglich garantieren könne, mein Vater werde Norton nie sehen, aber versuchen wolle, Norton von ihm fernzuhalten. Zuerst versuchte ich, meinem Dad klarzumachen, wie ungewöhnlich diese Katze sei, aber er schien der erste Mensch zu sein, der Nortons Charme widerstehen konnte.

Norton zeigte meinem Vater sein süßestes Gesicht. Er rollte sich auf den Rücken und forderte meinen Vater auf, ihm den Bauch zu kraulen. Er versuchte, sich am Bein meines Vaters zu reiben. Er versuchte, sich an ihn zu kuscheln. Man konnte es vergessen. Der Mann war aus Eis. Er mochte Katzen wirklich nicht, und Norton war eine Katze. Es würde nie etwas anderes daraus werden als ein ungleicher Waffenstillstand zwischen Mensch und Tier.

Ich ging damit um, so gut es ging, aber ich war außerordentlich enttäuscht. Es bereitete mir Kummer, daß mein Dad sich den besonderen Freuden, die Norton mir brachte, nicht öffnen konnte. Aber offensichtlich konnte er es nicht.

Nach dem Dinner brachte ich Norton zurück ins Hotel und versicherte ihm, daß es nicht seine Schuld sei, wenn mein Vater ihn nicht zu würdigen wußte. Während der nächsten Tage machte ich meine Runde durch L. A., traf mich mit Agenten, Autoren, Film- und Fernsehleuten – einer Menge Leuten, die mich »Babe« nannten, mir erklärten, sie hätten mich so gern wie die eigene Familie, und mich wissen ließen, daß ich ein »heißer Tip« sei. Glücklicherweise verhinderte ein Agent, daß mir das zu Kopf stieg, indem er mir erklärte, daß es leicht sei, zu einem heißen Tip zu werden. Schwierig sei es, ein heißer Tip zu bleiben.

Manchmal begleitete Norton mich im Auto, manchmal hing er im Hotel herum. Wenn er im Auto war, ging er seiner neuen, auf der Fahrt nach San Diego entdeckten Lieblingsbeschäftigung, den Verkehr zu beobachten, nach und kauerte auf meiner Schulter, den Kopf aus dem offenen Fenster gestreckt. Inzwischen befürchtete ich nicht mehr, daß er hinausspringen könnte. Das war einfach etwas, was Norton nicht tun würde. Selbst in L. A., wo die Leute mehr oder weniger alles gewohnt sind, schauten einige überrascht ein zweites Mal hin, wenn sie uns entdeckt hatten.

Alles in allem, entschied ich, war es sehr einfach, Norton von Küste zu Küste zu transportieren, und mit wachsender Erfahrung von uns beiden konnte es nur noch einfacher werden. Und gerade, als ich entschieden hatte, daß eigentlich nichts dagegen sprach, gab es ein größeres Mißgeschick.

Ich erhielt einen Anruf von meinem Büro. Wir wollten die Autobiographie eines Prominenten herausbringen. Wie so oft schrieb der Prominente das Buch nicht selbst; er sprach einfach auf Band und unterhielt sich mit einem Ghostwriter, von dem erwartet wurde, daß er ein Buch schrieb, das den Eindruck erweckte, es könne nur von dem Prominenten selbst geschrieben sein. Das ist ziemlich üblich, da die meisten Prominenten, zumindest Schauspieler und Sportler, große Schwierigkeiten haben, etwas anderes als »ich«, »mich«, »meins« oder »mehr« zu schreiben. Ich hatte gedacht, daß gerade dieses Prominentenbuch unter Kontrolle sei. Der Ghostwriter hatte großartige Arbeit geleistet, das Buch war amüsant, das Timing war richtig – dieser Prominente hatte es geschafft, ein heißer Tip zu *bleiben*. Aber wie es so oft geschieht, dieser prominente Mann hatte kalte Füße bekommen. Als er sein Buch ein letztes Mal durchlas, bevor wir es in Druck gaben, entschied er – obwohl er uns während der ganzen Zeit immer wieder versichert hatte, wie großartig er das Buch finde, das seinen Namen trage –, daß er all diese Dinge nicht wirklich sagen könne. Wir müßten kürzen und umschreiben und drastische Änderungen vornehmen, oder er würde nicht gestatten, daß wir das Buch herausbringen. Wenn wir es doch herausbrächten, lehne er es ab, Werbung für das Buch zu machen, was wirkungsvoll jede Chance, das verdammte Ding zu verkaufen, vereiteln würde.

Dieser bezaubernde Mensch lebte in Santa Barbara, nur ein paar Autostunden von L. A. Da ich ohnehin in der Nähe war, hatten die maßgeblichen Stellen entschieden, daß ich mich in mein Auto setzen, an der Küste entlangdüsen und mich sofort an die Arbeit machen solle. Ich hatte fünf Tage Zeit, das Buch völlig umzuschreiben, so daß wir den zugesagten Erscheinungstermin einhalten konnten.

Kein Problem.

Oder gab es doch eins?

Da unser Prominenter bereits nahe der Hysterie war und da ich bei ihm wohnen sollte – dieser Bursche trank so viel, daß man es für wünschenswert hielt, wenn ich rund um die Uhr in seiner Nähe blieb – sonst würden wir nie fertig werden –, wußte ich nicht, was zum Teufel ich mit Norton machen sollte. Mein Autor war so durcheinander, daß er behaupten könnte, er habe eine Katzenallergie, und imstande war, mich aus dem Haus zu werfen, was jede Aussicht auf Erfolg meiner Mission vernichten würde.

Mir fiel nur eines ein, was ich tun könnte.

Meine Mutter schluckte, erklärte sich aber einverstanden, Norton für die fünf Tage, die ich in Santa Barbara sein würde, bei sich aufzunehmen.

»Willst du nicht... hm... mit Dad darüber sprechen?« fragte ich zaghaft. »Nur, um ganz sicher zu sein?«

»Nein«, sagte meine mutige Mutter. »Ich halte es für besser, wenn wir ihn überraschen.«

Ich mußte ihr beipflichten. Da mein Vater in einer Besprechung war, brachte ich Norton also so schnell wie möglich zu ihr, verabschiedete mich noch schneller und machte mich auf den Weg zu den vermutlich fünf scheußlichsten Tagen meines Lebens – aber immer noch besser, als in der Nähe zu sein, wenn mein Vater feststellte, daß er eine Woche mit Norton leben mußte.

Ich hatte recht. Als ich am gleichen Abend anrief, berichtete Ma, daß es nicht so gutgegangen sei, wie sie gehofft hatte. So etwas zuzugeben bedeutete für meine Mutter, daß es in ihrem Haus am Hazen Drive aussehen mußte wie nach einer Atombombenexplosion. Sie versicherte mir aber, daß Norton noch da sei – und noch immer willkommen.

Als ich am zweiten Abend anrief, berichtete sie, daß Norton einen Teil des Tages auf der Couch im Schlafzimmer meiner Eltern verbracht und daß mein Vater ihn nicht hinausgeworfen habe.

Am dritten Abend – der gekränkte Autor hatte mich fast in den Wahnsinn getrieben – war ich sicher, daß ich meine Mutter nicht richtig verstanden hatte, als ich sie sagen hörte: »Dein Vater hat gesagt, Norton sei recht hübsch – für eine Katze.«

Am vierten Abend war ich überzeugt, fünfzig Seiten am Tag neu zu schreiben müsse mich irrsinnig gemacht haben, denn ich war ganz sicher, daß meine Mutter sagte: »Norton hat letzte Nacht bei uns geschlafen.«

Am fünften Abend war ich zu erschöpft, zu Hause anzurufen. Ich schloß meine Neufassung irgendwann gegen fünf Uhr morgens ab, stopfte das Manuskript in meinen Koffer und lief sofort zu meinem Auto. Gegen sieben Uhr morgens war ich wieder in L. A.

Meine Mutter, die gewöhnlich um sechs Uhr aufsteht, war schon munter. Ich küßte sie zur Begrüßung und erkundigte mich nervös nach Norton. Sie lächelte, gab mir ein Zeichen, leise zu sein, und ging vor mir die Treppe hinauf zum Schlafzimmer meiner Eltern. Dort erwartete mich einer der großartigsten Anblicke, die mir je gewährt wurden. Auf dem Bett lag mein Vater, zugedeckt und fest schlafend. Auf seiner Brust, auf den Decken, lag Norton, ebenfalls fest schlafend. Ein Arm meines Vaters schaute unter der Decke hervor, und seine Hand ruhte sanft auf Nortons Rücken.

Wir verließen das Zimmer auf Zehenspitzen, und meine Mutter erzählte mir, daß Norton im Verlauf eines jeden Tages immer wieder versucht habe, meinem Dad näherzukommen. Zuerst hatte mein Dad ihn weggescheucht. Als Norton sich weigerte aufzugeben, wurde mein Vater neugierig. Sobald der arme Mensch schwach wurde, ging Norton aufs Ganze. In der fünften Nacht hatte mein Vater Norton stundenlang gestreichelt, und Norton hockte dabei direkt auf der Brust meines Vaters. Und so schliefen sie auch ein. Meine Mutter erzählte mir, daß Dad Norton tatsächlich einen Gutenachtkuß gegeben habe.

Ich trank eine Tasse Kaffee und wartete darauf, daß die beiden Kumpel aufstanden. Norton freute sich, als er mich sah, aber nicht annähernd so sehr, wie ich es erwartet hatte. Mein Dad sprach nur davon, wie erstaunlich Nortons Schnurren anzuhören sei. »Er muß sich hier wohl fühlen«, sagte er immer wieder. »Er hat die ganze Zeit geschnurrt.«

»Ich glaube auch, daß es ihm hier gefällt«, räumte meine Mutter ein.

Das letzte, was mein Vater zu mir sagte, bevor

ich zum Flughafen fuhr, war: »Wann kommst du wieder her?«

»Ich denke, in etwa einem Monat«, sagte ich. »Warum?«

Er streichelte Norton. »Willst du ihn nicht hierlassen, bis du das nächste Mal kommst?«

6

Die Katze, die sich verabredete

Als ich von Kalifornien zurückkehrte, ereigneten sich zwei bedeutsame Dinge, die nicht ohne Beziehung zueinander waren. Norton entdeckte Pounce. Und ich entdeckte das fast vergessene, unangenehme, doch unbestreitbar aufregende Ritual des Sich-Verabredens wieder.

Für jene unter Ihnen, die Pounce, diesen Nektar unter den Leckerbissen für Katzen, nicht kennen: Pounce besteht aus bißgroßen Stücken in Keksform. Es ist von guter Qualität und geringem Nährwert, Futter für die kritische Katze. Pounce wird in kleinen Pappbehältern geliefert, die je nach dem Geschmack (Huhn, Leber, Garnelen oder Rindfleisch) verschiedene Farben haben. Ich entdeckte sie eines Nachmittags auf den Regalen eines Supermarktes, und, immer auf der Suche nach neuen erfreulichen Erfahrungen für meinen grauen Kumpel, beschloß ich, einen Versuch damit zu machen.

In jener Nacht gab ich Norton zwei Pounce, bevor ich zu Bett ging, und stellte den Behälter in den Küchenschrank. Ich zog mich aus und las noch in einem Manuskript. Nach etwa einer halben Stunde war ich bereit, das Licht auszumachen. Norton lag nicht in seiner gewohnten Stellung auf dem Kissen neben mir, darum rief ich ihn. Er kam angelaufen wie gewöhnlich und sprang auf das Bett. Aber er legte sich nicht wie gewöhnlich sofort zum Schlafen zurecht. Statt dessen trippelte er hin und her, strich um mich herum und rieb mein Gesicht mit seiner Nase, bis mir klarwurde, daß er mir etwas mitteilen wollte. Ich kam mir vor wie in einer *Lassie*-Fortsetzung, nur daß Norton nicht versuchte, mir klarzumachen, daß Timmy in Gefahr sei, als ich endlich aufstand und mich bereit fand, Norton zu folgen. Er wollte mir klarmachen, daß er noch ein Pounce wollte.

Ich öffnete zuvorkommend den Schrank, gab ihm eins, erklärte ihm, daß ich dieses Verhalten nicht als Regelfall billigen könne, und ging wieder ins Bett. Als ich am Morgen aufwachte, mich reckte und die Hand ausstreckte, um ein vertrautes Kinn zu kraulen, war da nichts. Irgendwoher – ich bin sicher, es sollte mich etwas beunruhigen, wie sehr Norton und ich auf der gleichen Wellenlänge liegen – wußte ich, wo er war: Norton saß auf meiner Arbeitsplatte in der Küche und starrte begierig hinauf zur Tür, hinter der sich das Pounce befand.

Ich gab ihm zwei der Kekse und begann damit ein tägliches Ritual, das bis heute andauert. Bevor ich morgens zur Arbeit gehe, gebe ich Norton als letztes zwei oder drei Pounce. Bevor ich nachts zu Bett gehe, bekommt er noch einmal zwei oder drei. Ich habe keine Ahnung, warum ihm das Zeug so gut gefällt, es sei denn, es ist das toll knisternde vorgelatinierte Weizenfuttermehl oder das ebenso köstliche Eisensulfat. Aber ich weiß, daß der Gedanke an Pounce mein Kätzchen wild vor Verlangen macht. Zwischen seinen kleinen Imbissen am Morgen und spätabends scheint Norton viel Zeit mit dem Versuch zu verbringen, sich einen Weg durch meinen Küchenschrank zu graben und selbst an das Pounce zu gelangen. Nach den Kratzern auf dem Kiefernholz zu urteilen, ist er im Begriff, es dem Grafen von Monte Christo nachzumachen. Ich rechne mit einem größeren Durchbruch in wenigen Monaten; dann sollte er eigentlich das Pounce oder die Wohnung auf der anderen Seite des Flurs erreichen.

Zum erstenmal seit mehreren Jahren hatte ich keine feste Beziehung. Es war ein sehr seltsames Gefühl. Sosehr Cindy und ich uns gegen den Begriff »Paar« gewehrt hatten – es war nicht zu bestreiten, daß wir ein echtes Paar gewesen waren, und das für eine lange Zeit. Und als solches hatten wir zu unseren eigenen Gewohnheiten gefunden und waren in die Gewohnheiten anderer einbezogen worden.

Wir hatten abgemacht, daß es, obwohl wir den anderen nicht bei jedem kleinen gesellschaftlichen Anlaß einbeziehen mußten, Situationen gab, die als

Muß zu gelten hatten. Wenn es etwas besonders Gutes oder Interessantes gab, von dem ich wußte, daß sie es genießen würde (und umgekehrt natürlich), hatte sie (oder ich) als erster Anspruch dabeizusein. Das gleiche galt für unwichtige, schrecklich langweilige oder scheußliche Dinge, die auf unserem gesellschaftlichen Terminkalender auftauchten, Situationen, wo einer des anderen Unterstützung brauchte. Wenn andererseits einer von uns an einer ganz normalen, durchschnittlichen, alltäglichen Veranstaltung teilnahm, klebten wir nicht aneinander, weder mit dem Einladen noch mit dem Eingeladenwerden. Wenn ich Karten für die Premiere des neuen Musicals von Sondheim hatte, *mußte* ich Cindy mitnehmen. Wenn ich von einem befreundeten Schauspieler zu der allsommerlich stattfindenden Wiederaufnahme eines Stückes, in dem er mitspielte, eingeladen wurde, konnte ich mitnehmen, wen ich wollte. Wenn Cindy zu einer schrecklichen Hochzeit gehen mußte, wozu eine zweieinhalbstündige Autofahrt nach New Jersey nötig war, war ich dabei. Wenn sie einmal im Monat zu dem ziemlich langweiligen Dinner mit ihrem Onkel ging, der immer erzählte – lautstark –, daß er ständig auf der Straße angesprochen und für Rouben Mamoulian gehalten werde, wußte sie es zu schätzen, wenn ich sie begleitete, aber es *mußte* nicht sein. Es schien damals sinnvoll, und es schien zu funktionieren, jedenfalls eine ganze Weile. (Tatsächlich ging ich erstaunlich oft zum Dinner mit Onkel Max, aber nie, jedenfalls während ich da war, sprach jemand ihn an und nannte ihn Mr. Mamoulian. Er mochte mich, weil ich der einzige ihm bekannte Mensch war, der wirklich wußte, wie Rouben Mamoulian aussah. Falls es Sie interessiert, ja, er war ihm wie aus dem Gesicht geschnitten.) Als es *nicht* mehr funktionierte, mußte ich als erstes einen Partner für den Besuch besonderer Veranstaltungen suchen, wenn ich nicht allein gehen wollte. Sosehr Norton die Premiere von *Cats* zu schätzen gewußt hätte – ich glaube nicht, daß er mit den meisten Theaterereignissen oder sehr vielen Wohltätigkeitsessen fertig geworden wäre.

Ich denke, ich habe den Bruch mit Cindy einigermaßen gut in den Griff bekommen. Am Abend, als es passierte, ging ich zurück in meine Wohnung und heulte mich erst einmal aus. Norton krabbelte aufs Bett und ließ sich von mir streicheln und umarmen, soviel ich nur wollte. Er schaute immer wieder zu mir auf, betroffen, und versuchte zu ergründen, was vielleicht schiefgegangen sein könnte. Ich kann wohl nicht behaupten, daß er es wirklich herausfand, aber eine Zeitlang schnurrte er besonders laut, eine offene Einladung für mich, mich gehenzulassen, den Kopf auf seinen Bauch zu legen und ihn als Kissen zu benutzen, was ich dankbar und für eine ziemlich lange Zeit annahm.

Als ich endlich den Wunsch verspürte, mit einem menschlichen Wesen zu sprechen, rief ich meinen ältesten Freund, Paul Eagle, in Los Angeles an. Paul war jedoch nicht zu Hause; so mußte ich mich mit seinem Anrufbeantworter begnügen. Ich hinterließ ihm eine Nachricht, etwas Feinsinniges etwa in dieser Art: »Hallo, ich bin's. Wollte mich nur mal melden. Was zum Teufel ist mit den Giants los? Die Rams stinken zum Himmel. Übrigens, Cindy hat mir den Laufpaß gegeben, und ich spiele mit dem Gedanken an Selbstmord. Rufst du mich an?«

Der nächste auf meiner Liste war mein Bruder Eric, auch in L. A. Die Nachricht, die ich *ihm* hinterließ, war etwas mehr von Vernunft gesteuert: »Hey. Wollte dir nur mitteilen, daß ich Frauen hasse. Reden wir später miteinander.«

Nach dem Heulen, dem beruhigenden Schnurren und dem seelischen Schock der Ereignisse des Tages war ich jetzt bereit, schlafen zu gehen. Ich freute mich sogar darauf, mehrere Stunden im Dunkeln zu liegen, mit einem gespenstischen Blick vor mich hin zu starren und über die Sinnlosigkeit des Lebens nachzudenken, um anschließend in gequälte Träume zu sinken. Das hörte sich schon fast wie ein Vergnügen an. Ich machte also das Licht aus, küßte und umarmte Norton noch einmal und begann zu leiden.

Ich hatte etwa eineinhalb Minuten gelitten, als das Telefon klingelte. Ich machte das Licht wieder an und nahm den Hörer auf. Es war Eric, mein Bruder, der die Hysterie in meiner Nachricht gescheiterweise gespürt hatte und wissen wollte, was los war. Ich erzählte es ihm. Die ganze Geschichte. Sie noch einmal laut zu wiederholen, anstatt nur in meinem Kopf, brachte noch ein paar Tränen. Als ich fertig war, begann Eric, mir gut zuzureden.

Nun müssen Sie eines verstehen: Mein Bruder ist ein großartiger Bursche, und wir haben einander immer nahegestanden. Aber er lebt in L. A. Und er ist Drehbuchautor. *Und* er hat eine Therapie gemacht (und, noch schlimmer, er hat Schauspielunterricht genommen). Addiert man all das zusammen, so hat man jemanden, der leidenschaftlich gern gut zuredet. Er umarmt Leute gern, teilt ihre Gefühle und sagt ihnen, daß er sie liebt.

Was alles sehr nett ist, muß ich sagen, aber ich bin nicht so. Ich umarme niemanden besonders gern, es sei denn, es gibt eine Chance, daß wir uns auch sonst körperlich näherkommen. Ich finde meine Gefühle wirklich nicht besonders interessant, und sie mit jemandem zu teilen scheint mir etwa so reizvoll wie der Gedanke, mit Leon Spinks die Zahnprothesen zu teilen. Ein anderer Grund, warum ich nicht so versessen auf diese ganze Gefühlsteilerei bin, ist meine Feststellung, daß die meisten Leute gar nicht wirklich deine Gefühle mit dir teilen möchten. Sie wollen *ihre* Gefühle teilen, und dann mußt du ihnen erklären, daß du ganz genauso fühlst. Wenn es zu Gefühlen kommt, bin ich im allgemeinen mehr für Zeigen als für Teilen.

Trotzdem hatte ich keine Veranlassung, mich über das gute Zureden meines Bruders zu beklagen. Ich hatte ihm gerade mein Herz ausgeschüttet. Als Gegenleistung konnte ich zweifellos ein wenig echten emotionalen Kontakt ertragen. Eric erklärte mir also, daß er für mich da sei. Er sagte mir, daß er mich liebe. Er sagte, daß ihm die ganze Geschichte mit Cindy leid tue, er aber gleichzeitig froh sei, weil es ihm Gelegenheit gebe, mir zu sagen, daß er mich liebe, und diese Gelegenheit habe er nicht oft genug. Ich wußte meinerseits all die ausgesprochenen Empfindungen zu schätzen, mit Ausnahme vielleicht der letzten, die für meinen Geschmack ein wenig zu weit ging, und sagte ihm, daß ich ihn auch liebe, was ich wirklich tat.

Nach einer halben Stunde von Äußerungen dieser Art legten wir auf.

Ich war jetzt erschöpft. All die Teilerei hatte mich viel Kraft gekostet.

Das Licht ging aus, ich bettete den Kopf auf das Kissen und schloß die Augen. Der Schlaf war sehr nahe.

Aber nicht nahe genug. Das Telefon klingelte wieder.

Es war Eric. Er fragte mich, ob er nach New York kommen solle. Um mir beizustehen. Ich war ehrlich gerührt, erklärte ihm aber, daß es nicht nötig sei. Ich hätte viele Leute in New York, mit denen ich meine Gefühle teilen könnte, wenn ich wirklich das Bedürfnis spürte.

»Ich liebe dich«, sagte er.

»Ich weiß«, sagte ich, bevor ich auflegte. »Noch einmal herzlichen Dank.«

Ich glaube, ich nickte tatsächlich für dreißig oder vierzig Sekunden ein, bevor das Telefon klingelte. Es war jetzt nach zwei Uhr morgens.

»Was ist?« seufzte ich ins Telefon.

»Pete«, sagte Eric, »ich hoffe nur, du weißt, daß ich für dich da bin, ohne Wenn und Aber.«

»Ich weiß«, sagte ich. »Ohne Wenn und Aber.«

»Ich mache mir nur solche Sorgen. Du hörst dich nicht gut an.«

»Na ja, im Augenblick bin ich ziemlich müde. Aber schon morgen früh werde ich mich viel besser anhören.«

»Bist du sicher?«

»Ziemlich sicher. Was jetzt wichtig ist, ist Schlaf.«

»Ich liebe dich«, sagte Eric. »Ich liebe dich wirklich.«

»Gute Nacht«, sagte ich.

Diesmal gab ich mir nicht einmal die Mühe, so zu tun als ob. Ich saß im Bett, steif wie ein Brett, die Lampen an, und wartete. Ich brauchte nicht lange zu warten.

»Hallo«, sagte ich in den Hörer.

Diesmal war es Paul. Er hatte meine Nachricht gerade empfangen. Er war bestürzt, wie schrecklich ich mich anhörte, und wollte genau wissen, was passiert sei. Inzwischen war ich zu erschöpft und zu schlecht gelaunt, um mich noch großartig mit Einzelheiten abzugeben. Außerdem hatte ich mein Herz schon einmal ausgeschüttet; es zweimal an einem Tag zu tun, war fast unmöglich. Ich erklärte ihm also, daß er sich mit der gekürzten Fassung zufriedengeben müsse und am nächsten Vormittag eine genaue Schilderung bekommen würde. Er verstand das, und ich gab ihm eine Kurzfassung von dem Bruch mit Cindy: Geburtstag, Blumen und Champagner, böser Arzt, Heulen, Heulen, Schnurren und Heulen, Telefonanruf, Telefonanruf, Telefonanruf, ich liebe dich, ich bin für dich da, ich liebe dich, müde, Ende.

Paul zeigte für genau die richtige Zeit Mitgefühl

– etwa fünfzehn Sekunden lang – und sagte dann auf Wiedersehen. Aber bevor ich auflegen konnte, schaffte er noch ein schnelles »Ich liebe dich«.

Ich saß eine Minute im Bett, das Licht noch an, und wartete. Ich kannte meinen Freund Paul. Dies war eine Situation, der er nur schwer würde widerstehen können. Schließlich hatte er, als ich ihn einmal per Ferngespräch von New York angerufen hatte, um ihn zu fragen, ob er die Nummer von einem Blumengeschäft in L. A. habe, weil ich meiner Mutter Blumen zum Muttertag schenken wollte, ein großes Theater gemacht, um die richtige Nummer zu finden, mich mehrere Minuten lang am Telefon festgehalten und mir endlich die Nummer eines Tiergeschäfts gegeben. Als ich zurückrief, die richtige Nummer verlangte und ihn anschrie, er habe mich wie einen Idioten aussehen lassen, der versuchte, bei Phil von Phils Tierladen Rosen zu bestellen, entschuldigte er sich für seinen pennälerhaften Sinn für Humor, durchblätterte die Gelben Seiten und gab mir eine andere Nummer, die sich als die einer Kegelbahn erwies. Inzwischen war mir die Telefonrechnung egal; ich rief ihn ein drittes Mal an, schrie, und er schwor, er würde es richtig machen – und gab mir die Nummer eines koreanischen Massagesalons. Darum war ich ziemlich sicher, daß er jetzt in meinem Augenblick der Verzweiflung einem Anschlußanruf kaum würde widerstehen können. Eine so gute Gelegenheit vergeudete man nicht.

Ich hatte recht. Nach zwei Minuten klingelte das Telefon. Müde nahm ich den Hörer auf.

»Willst du mir mitteilen, daß du mich liebst?« fragte ich.

»Woher weißt du das?« fragte die Stimme einer Frau.

»Wer ist dort?« fragte ich.

»Laurie.«

Pauls Frau. Sie liebe mich genauso, wie Eric mich liebe, sagte sie.

Aber nicht so sehr wie der nächste Anrufer, ein alter Freund vom College, den Paul sofort nach Ende unseres Gesprächs angerufen hatte. Und dieser alte Freund liebte mich nicht annähernd so sehr wie die drei nächsten alten Freunde, die anriefen. Als schließlich Paul wieder anrief, um mir mitzuteilen, je mehr er darüber nachdenke, desto klarer werde ihm, daß er mich *möge*, Cindy aber *liebe*, entschied ich mich, daß meine Trauer um Cindy sich ihrem Ende näherte.

Mir ist klar, daß das ziemlich kurz erscheint – eine Nacht Trauer nach mehreren Jahren Liebe –, aber ich muß gestehen, daß ich trotz des emotionalen Aufruhrs ein gewisses Gefühl der Erleichterung empfand, als die Beziehung endete. Es war ein wenig wie Wiedergeburt, obwohl, zugegeben, wie eine Wiedergeburt mit einem Schatten von Traurigkeit. Um diese Traurigkeit abzuschütteln, begann ich umgehend, mich all meinen Single-Phantasien hinzugeben: Ich kaufte mehrere Kartons Sugar Pops und Cocoa Puffs und aß das Zeug schüsselweise – *ohne* Gemüse. Ich schaltete nie das nichtkommerzielle Fernsehprogramm ein, sondern sah praktisch jede wache Minute Sport. (Mir wurde klar, daß ich etwas zu weit gegangen war, als ich begann, mir echt Sorgen zu machen – tiefe Sorgen –, welche Frau das Dinah-Shore-Open-Golfturnier gewinnen würde.) Ich machte mein Bett nicht. Und ich ließ all die kleinen Haarteilchen nach dem Rasieren im Waschbecken – tagelang.

Natürlich kamen dann auch andere Phantasien und Sehnsüchte.

Zu dieser Zeit hielt ich nicht Ausschau nach einer ernsthaften oder tiefen Verbindung. Ich interessierte mich mehr für das Seichte, Oberflächliche und, vorzugsweise, für das Schwitzende.

Es fiel mir nicht leicht, mich mit Frauen zu verabreden. Leute meiner Generation verabredeten sich eigentlich nie. Wir trieben uns herum, wir stellten verrückte Dinge an, wir nahmen psychedelische Drogen, und wir rollten zusammen auf Wasserbetten herum, aber wir verabredeten uns nicht. Das war eine ganz neue Erfahrung, und ich war entschlossen, das meiste daraus zu machen.

Als erstes stellte ich fest, daß attraktive Frauen (und hier halte ich mich an die folgende, etwas begrenzte Definition: Modelle, Schauspielerinnen und jede Frau, die ihren eigenen Jeep fährt und nicht Gutty, Rocky oder Gertie heißt) gern mit Autoren ausgehen. Wohlgemerkt, nicht alle von ihnen. Eine Menge von ihnen bevorzugt Investment-Banker oder potthäßliche Rockstars oder Fotografen, die nur Vornamen oder Nachnamen haben, nie beides, aber im großen und ganzen halten sie Autoren für intelligent, und intelligente Männer ziehen sie an. Das trifft sich gut, denn ich habe auch festgestellt, daß die meisten Autoren gern mit attraktiven Frauen ausgehen. Tatsächlich wage ich zu behaupten, daß Autoren, vielleicht mit Ausnahme von Václav Havel und Oscar Wilde, eigentlich *nur* schreiben, um Frauen zu imponieren. Warum sonst sollte man die Höllenqualen einsamer Tage auf sich nehmen, um zu versuchen, etwas zu erschaffen – ganz zu schweigen von einem Leben in Armut und oft auch in Lächerlichkeit. Es geschieht alles in der Hoffnung, daß eine Ophelia, eine Emma oder Daisy einen in der Bar anspricht und sagt: »Entschuldigen Sie, sind Sie nicht Fjodor Dostojewskij? Ich fand die *Brüder Karamasow* einfach toll. Dieser Aljoscha war so sexy. Stimmt es, daß Schriftsteller ihre Charaktere nach ihrem eigenen Ich schaffen?«

Modelle fliegen auf intelligente Männer, glaube ich, weil sie ihre eigene Schönheit nicht zu schätzen wissen. Wie sollten sie? Sie sind den ganzen Tag mit Frauen zusammen, die sogar noch schöner als sie sind. Wo ich Vollkommenheit sehe, sehen sie, daß ihr Haar nicht so dicht wie Paulinas ist. Ich sehe unvergleichliche Anmut, sie sehen, daß ihre Haut nicht so fest ist wie die von Christie. Ihre Schönheit birgt kein Geheimnis für sie, keinen Zauber, weil sie sie als etwas betrachten, über das sie keine Kontrolle haben. Sie ist ein äußerliches Merkmal. Autoren andererseits vergöttern Schönheit mehr als alles andere. Das liegt teilweise daran, daß die meisten von uns häßliche kleine Nagetiere sind, mit schlechter Haltung und krankem Zahnfleisch, deren einziges Wertgefühl auf dem beruht, was wir im Kopf produzieren können. Und teilweise liegt es daran, daß wir fast unser ganzes Leben über einen Textverarbeitungscomputer gebeugt verbringen und verzweifelt versuchen, Schönheit zu *schaffen* – und wir wissen, wie fast unmöglich und absolut höllisch das ist.

So ergibt sich also, daß Autoren auf attraktive Frauen fliegen und attraktive Frauen auf Autoren. Aber es gibt noch etwas anderes, auf das Frauen gern fliegen, um das sie einen Wirbel machen und bei dessen Anblick sie schmelzen.

Richtig. Süße graue Katzen mit rundem Kopf und gefalteten Ohren.

Der erste Schritt zur Umgestaltung meines geselligen Lebens war die Entscheidung, wie der Sommerurlaub zukünftig aussehen sollte. Das kleine blaue Haus in Fair Harbor war weniger *mein* Haus als *unser* Haus gewesen. Cindy und ich hatten es gemeinsam gefunden und gemeinsam Freude daran gehabt. Es schien irgendwie nicht richtig, wenn Norton und ich ohne sie und Marlowe wieder dorthin gingen.

Machen Sie Bekanntschaft mit Norm Stiles, einem Mann, der dazu bestimmt war, in die Geschichte Fire Islands einzugehen.

Norm war schon seit vielen Jahren unser Freund und hatte uns während der verschiedenen Sommeraufenthalte mehrere Male in dem Haus besucht. Jetzt hatte er beschlossen, den Sprung zu wagen und die Wochenenden regelmäßig auf Fire Island zu verbringen. Er fragte, ob ich gemeinsam mit ihm ein Haus mieten wollte.

Je länger ich darüber nachdachte, um so besser schien mir der Vorschlag. Es würde Spaß machen, ein richtiges Haus zu haben anstatt des blauen Puppenhauses. Es wäre großartig, immer einen Tennispartner zu haben. Wir könnten Partys veranstalten – Leute einladen, die zur Erholung und um sich zu amüsieren zu Pete und Norm kämen. Hinzu kam, ich kochte gern, und Norm sagte, er räume gern auf.

Es war abgemacht.

Wir nahmen nicht nur ein größeres Haus, wir nahmen eins, das uns vertraut war. David, mein Drehbuchpartner, und Diana entschlossen sich, nach Connecticut zu übersiedeln, und wir übernahmen ihr Haus. Norton wußte die neue Unterkunft offensichtlich zu schätzen, da er den Weg zu dem Haus aus allen Richtungen schon kannte. Sein einziger Vorbehalt war ein gewisser Blauhäher, der in der Gegend lebte. Dieser Vogel hatte es auf meine Katze abgesehen; er umkreiste Norton, verspottete ihn mit lauter Stimme und stieß gelegentlich herab und pickte nach Nortons Kopf. Norton haßte diesen Vogel. Ich versuchte ihm immer wieder zu erklären, daß *er* die Katze sei und daß man von ihm erwarte, daß er mit einem Vogel fertig werden könnte, aber meine anfeuernden Worte hatten nie eine Wirkung. Bis zu dem Tag, als wir Fire Island verließen, war Norton völlig eingeschüchtert von dem Blauhäher.

Meine ursprünglichen Vermutungen bezüglich

des Umzugs waren richtig gewesen. Ein größeres Haus war ein echter Luxus. Norm und ich spielten Tennis. Ich lernte, ein passables gegrilltes Huhn zu machen, und Norm erwies sich als der beste Spülmaschinen-Geschirrstapler, den ich jemals gesehen habe. (Ich schwöre es, es sah so aus, als könnte er die ganze Einrichtung, einschließlich der Couch im Wohnzimmer, in das Ding stopfen.) Aber an etwas mußte ich mich gewöhnen: an Menschen.

Ich hatte vier Jahre lang den Sommer in Fair Harbor verbracht. In dieser Zeit hatte ich niemand anders als die beiden Burschen, die den Supermarkt betrieben, die Rockerlady und meine Entschuldigung fürs Nichtschreiben, die Klatschtanten, kennengelernt. Das ist zum großen Teil darauf zurückzuführen, wie Ihnen inzwischen sicher klargeworden ist, daß ich neue, enge Beziehungen in meinem Leben etwa so herzlich begrüße, wie das achtzehnte Jahrhundert Leprakranke begrüßte. Norm andererseits war etwa eineinhalb Minuten Weekender, da kannte er schon jede einzelne Person, die in der Gemeinde ein Haus hatte, die meisten ihrer Stammgäste und all ihre persönlichen Gewohnheiten. Mit Norm die Straße hinunterzugehen war eine erstaunliche Erfahrung. Er war so beliebt, daß ich ihn den »Mayor« nannte, den »Mayor von Fair Harbor«. Sich Norman als den Ed Koch vom Strand vorzustellen war gar nicht so weit hergeholt.

»Hey, Norm! Wie geht's denn so?«

Ich konnte es nicht fassen, daß fast Fremde stehenblieben und ihm auf die Schulter klopften.

Frauen versammelten sich in Scharen um ihn. Norm ist der Hauptautor der »Sesamstraße«, was nicht nur der angenehmste Job der Welt ist, sondern auch bedeutet, daß Frauen ihn automatisch für intelligent, sensibel und witzig halten. Er ist tatsächlich all das, aber falls Sie ihn jemals kennenlernen sollten, fragen Sie ihn, was er eigentlich neulich nachts mit dem Fernglas auf der Veranda getan habe.

»Norman, du wilder Mensch, gehst du heute abend zur Disco?«

Hier mußte ich mich einmischen und ihn fragen, wo zum Teufel in Fair Harbor eine Disco sei. Norman erklärte mir, daß sie das Restaurant um elf Uhr nachts in eine Disco umfunktionierten. Ich fragte ihn entgeistert, wann sie damit angefangen hätten – vor ein oder zwei Wochen? Nein, sagte Norman, vor vier Jahren.

Na ja. Ich blieb im Sommer eben nicht gern länger als bis zehn auf.

Ein kleines Kerlchen aber war offensichtlich länger aufgeblieben und hatte sich umgesehen, ein gewisser unternehmungslustiger Scottish Fold.

Norton marschierte gewöhnlich mit, wenn ich mit Norman zum Tennisplatz, zum Supermarkt oder zur Bucht ging. Es war unglaublich, wie viele Leute in Fair Harbor ihn kannten. Es kam mir so vor, als ob jeder zweite, dem wir begegneten, zuerst hallo zu Norm sagte, dann Norton herzlich begrüßte – mit seinem Namen – und anschließend mir einen fragenden Blick zuwarf, als wolle er sagen: »Hm, kommt mir irgendwie bekannt vor, der Typ. Na ja, vielleicht auch nicht.«

Manchmal begann ich die Unterhaltung und fragte, woher sie meine Katze kannten. Eine häufige Antwort war: »Oh, er besucht uns ständig.«

Wenn die Leute mich direkt ansprachen, bekam ich gewöhnlich zu hören: »Oh, Sie sind der Bursche, von dem Norm uns erzählt hat. Stimmt es, daß Sie Ihre Veranda nie verlassen?« Oder, was ich besonders gern hörte: »Ohhhh, Sie sind Nortons Herrchen!« Erst nachdem viele Leute Norton auf unseren Spaziergängen begrüßt hatten, fiel mir ein, daß er ja kein Namensschild trug. Woher sollten also die Nachbarn, die er besuchte, seinen Namen kennen, wenn er nicht mit ihnen *sprach*?

Ich beschloß, dieser Frage nicht weiter nachzugehen. Es schien mir ungesund.

»Normie, sehen wir uns beim *Sixish* ce soir?«

Das muß ich näher erklären.

Es gab ein seltsames und unheimliches Ritual in der Art von Stephen King, das jeden Freitag- und Samstagabend in Fair Harbor stattfand. Während ich entspannt auf meiner Veranda saß, ohne Schuhe, und an einem Bier nippte, sah ich Hunderte von Leuten, die wie fürs Ballett gekleidet waren – oder, schlimmstenfalls, wie für eine Vorsprechprobe für *Miami Vice* –, in Richtung Hafen vorbeistolzieren. Die meisten Frauen trugen so viel Make-up, daß Schauspieler des Kabuki-Theaters vor Neid erblaßt wären. Die meisten Männer trugen Hemden, die so viel Haar auf Brust, Schultern und Rücken zeigten, daß man damit den Rasen eines mittelgroßen Baseballstadions hätte erneuern können. In einer Hand trugen alle Drinks, und alle hatten den Arm in einem Winkel von 45 Grad gebeugt; ich nehme an, daß dies der bestmögliche Winkel ist, um ein Verschütten der Getränke zu vermeiden.

Erst als Norm da war, um mir die Geheimnisse von Fire Island zu erklären, verstand ich wirklich, wovon ich Zeuge war.

Vom Hafen aus sah man die wunderschönen Sonnenuntergänge am besten in der ganzen Stadt. Darum versammelten sich die Bewohner von Fair Harbor dort, unter dem Vorwand, das Naturschauspiel zu genießen, doch in Wirklichkeit, um zu versuchen, ein Mitglied des anderen Geschlechts an Land zu ziehen, das nicht an Sonnenbrand litt und bereit war, die Nacht mit ihm oder ihr zu verbringen. Diese Versammlungen begannen gewöhnlich gegen sechs Uhr, darum der Ausdruck *Sixish*.

Es gab reguläre *Sixishes* und besondere (wie der 4. Juli, an dem neben Feuerwerk auch von lokalen Künstlern Fotografien, Schmuck, T-Shirts und Kadima-Paddel mit persönlicher Note angeboten wurden), und es gab *Sixishes*, die unter einem Motto standen. Es war schon eindrucksvoll, wenn am jährlich stattfindenden *Sixish* zugunsten des Tierasyls einigermaßen erfolgreiche Rechtsanwälte, Verleger oder Immobilienmakler oder was sonst noch in wallenden Togen herumstanden, an ihren Drinks nippten, sich nach angenehmer Gesellschaft umschauten und in Sprechchören riefen: »Par-ty ... Par-ty.«

Ich ließ mich von Norm zu einem *Sixish* mitnehmen, wider bessere Einsicht. Ich mische mich nicht gern unter Leute, die sich in Togen werfen (selbst wenn sie zu dem Zeitpunkt keine Togen trugen, genügte mir schon zu wissen, daß sie es irgendwann im Sommer tun würden), aber Norm entschied, es sei etwas, was ich tun müsse. Dies sollte ein neues Leben sein.

Ich nahm Norton mit, weil ich annahm, daß er es gern sehen würde. Warum auch nicht – er kannte die meisten Leute ja schon.

Ich muß sagen, ich verstand es nicht so recht. Die ganze Idee leuchtete mir nicht ein. Warum kamen Leute von New York City – der Streß- und Dreßhauptstadt der Welt – an den denkbar schönsten, ruhigsten, entspannendsten Strand und erschufen New York neu? Warum trugen Leute bei 30 Grad Celsius an einem Samstagabend Strümpfe, wenn sie es nicht mußten? Oder seidene Sportjacketts? Warum trugen sie nicht Shorts oder ein T-Shirt? Und warum die Angst davor, einen Abend allein zu verbringen? Nachdem man sich fünf Tage lang auf wenigen Quadratmeilen durch Millionen von Leuten geschoben und gedrückt hat – warum sollte man sich dann auf wenigen Quadratmetern durch mehrere Hundert derselben Leute schieben und drücken?

Norton war bei seinem ersten *Sixish* ein großer Erfolg; er bekam von alten wie von neuen Freunden viele Komplimente – wegen seiner Ohren wie auch wegen seiner Persönlichkeit. Ich war weniger erfolgreich. Niemand machte mir Komplimente wegen meiner Ohren oder meiner Persönlichkeit.

Ich glaube, es fiel mir etwas zu schwer, mein Entsetzen zu verbergen. Es war, als sei ich plötzlich in Jack La Lannes persönliche Hölle befördert worden.

Norton schien anerkennenswerterweise ebensowenig Interesse wie ich am *Sixish* zu haben. Es waren auch keine anderen Katzen da, mit denen er sich hätte anfreunden können. Der einzige andere Vierfüßer war ein kleiner Hütehund, dessen Vorstellung von Spaß darin bestand, laut zu bellen und Norton in die Büsche hinter dem Supermarkt zu hetzen. Wir verließen das Straßenfest, nachdem ich eine Unterhaltung zwischen Norm und einer Psychologin mitbekommen hatte. Ihr Spezialgebiet waren Leute mit Ego-Problemen. »Manchmal«, sagte sie, »möchte ich diese Leute schütteln und zu ihnen sagen: ›Verstehen Sie denn nicht? Ich bin verdammt noch mal die beste Psychologin in New York! Warum werden Sie nicht einfach gesund?‹«

Nach dieser Bemerkung ließ Norton es zu, daß ich ihn trug. Wir wollten beide so schnell wie möglich nach Hause.

Norm, Norton und ich teilten drei Jahre lang ein Sommerhaus. Norms Beliebtheit auf der Insel erreichte neue Rekorde, und er schrieb einige seiner besten Sketche für *Oscar the Grouch*. Ich bilde mir ein, daß das Zusammenleben mit mir da eine gewisse Hilfe war. Norton fiel der Übergang vom Kätzchen zum Heranwachsenden sehr leicht, und er gewöhnte sich alle Eigenschaften eines Teenagers und dann eines Twens an. Er wurde ein unglaublicher Besserwisser. Es war unmöglich, ihm irgendwelche Vorschriften zu machen. Wenn es regnete und er gern nach draußen wollte, konnte ich mir alle Erklärungen, wie naß er werden und wie jämmerlich er sich fühlen würde, wenn ich die Tür öffnete, ersparen. Er bestand darauf, jede Erfahrung selbst zu machen. Er wurde auch viel unabhängiger und gewöhnte sich an, die ganze Nacht draußen zu bleiben, wenn wir am Strand waren (oder fast die ganze Nacht; gewöhnlich miaute er um fünf Uhr morgens sehr laut, damit ich ihn hereinließ). Ich erkundigte mich nie, wo er gewesen war; zu seinen Gunsten nahm ich an, daß er die während der ganzen Nacht geöffnete Disco mied. Das wahrscheinlich traumatischste Ereignis dieser Zeit war die Entfernung seiner... hm... Männlichkeit. Obwohl ich schrecklich gern ein Kätzchen gehabt hätte, dessen Vater Norton war (ich versuche, jeden Großvatervergleich zu vermeiden), rieten mir alle, die jemals eine Katze gehabt hatten, mit Nachdruck, alles zu vermeiden, was mit der Aufzucht von jungen Katzen zu tun hatte. Es war die Vorstellung, daß eine Katze (und während dieses Gedankengangs wurde Norton *eine* Katze, nicht *meine* Katze oder der niedliche kleine Bursche oder etwas Derartiges) meine ganze Wohnung verschmierte, meine Sachen, meine Arbeit, mein ganzes Leben, die mich schließlich zu einer Entscheidung kommen ließ. Ich konnte es nicht ertragen. Ich machte also einen Termin aus und brachte Norton zum Tierarzt.

Nortons Arzt, der seine Praxis im Village hat,

sieht aus wie der Nikolaus. Er ist beleibt, fröhlich und hat langes weißes Haar und einen weißen Bart. Er ist ein großartiger Arzt und geht mit seinen Patienten sehr verständnisvoll um. Als ich Norton für die gefürchtete Operation hinbrachte, brauchte ich dieses Verständnis sehr.

»Wirklich«, sagte er zu mir, »es verursacht keine Schmerzen. Er wird überhaupt nichts spüren.«

»Vielleicht sollte ich bei ihm bleiben«, sagte ich. »Ich könnte mir ein Klappbett besorgen, es in seinem Zimmer aufstellen ...«

»Er braucht nicht über Nacht hierzubleiben«, erklärte der Nikolaus mir. »Sie können ihn um fünf abholen.«

»Kann ich irgend etwas für ihn tun? Ihm ein weiches Bett kaufen?«

»Es wird ihm ausgezeichnet gehen«, sagte der Tierarzt. »Es wird keine traumatische Erfahrung für ihn sein.«

Der Tierarzt hatte recht. Norton ging damit um wie ein Weltmeister. Ich jedoch war das reinste Nervenbündel. Ich verbrachte den größten Teil des Tages zusammengekrümmt, mit Schmerzen in der Leistengegend. Ich war auch überzeugt, daß Norton mich hassen würde, wenn ich kam, um ihn abzuholen. Ich war sicher, daß es eine Menge Ressentiments geben würde. Ich sah schon mit Entsetzen den Rechnungen von seinem Psychiater entgegen.

Punkt fünf Uhr war ich bei dem Tierarzt, und da hockte Norton, etwas schwach auf den Beinen, aber nicht übermäßig mitgenommen. Der Nikolaus zeigte mir den Einschnitt, und als das Zimmer sich nicht mehr um mich drehte, mußte ich zugeben, daß es nicht schlimm aussah. Er sagte, ich solle dafür sorgen, daß Norton sich über Nacht ausruhe – danach wäre die ganze Sache vergessen und Norton wieder völlig normal.

Damit hatte er vollkommen recht. Die Operation hatte bei Norton keine negativen Auswirkungen hinterlassen, weder psychischer noch physischer Art. Es hielt ihn gewiß nicht davon ab, auf Fire Island die ganze Nacht herumzustreichen. Er nahm nicht einmal zu, was sicherlich auf sein Leben im Freien mit dem Erklimmen von Bäumen und dem Herumkriechen im Unterholz von Fair Harbor zurückzuführen war.

Was mich betrifft: Während dieser Jahre, in denen ich das Haus mit Norm teilte, verbesserte mein Tennis sich gewaltig, ich machte vom gegrillten Hähnchen Fortschritte zu einem ausgezeichneten (wenn ich das sagen darf) pochierten kalten Lachs mit einer Aïoli-Soße, und wir hatten unglaublich viel Spaß. Aber ich schaffte es nie, ein Stammgast der *Sixishes* zu werden. Ich hatte auch nie Verabredungen mit selbstgefälligen Psychologinnen.

Aber ich begab mich voll und ganz in die Welt des verlegenen Räusperns und Hüstelns, der ungeschickten Umarmungen und der zaghaften Intimität. Tatsächlich begab ich mich nicht nur in sie, ich stürzte kopfüber hinein.

Die erste Frau nach Cindy, mit der ich eine echte Beziehung hatte, hieß Sarah. Sarah und ich, das sollte sich später herausstellen, hatten etwa soviel miteinander gemein wie Madonna und der Papst. Aber während unserer ersten drei Monate hielt ich sie für vollkommen.

Um mit dem Äußerlichen zu beginnen, sie sah umwerfend aus. Sie hatte dunkles Haar und eine Haut, die tiefbraun wurde. Sie hatte lange, vollkommen geformte Beine, und sie trug die kürzesten Röcke, die ich nach der Twiggy-Ära gesehen habe. Sie war sinnenfroh und sinnlich, und um all das zu krönen, hatte sie nichts dagegen, einen Teil ihrer Kleidung beim Versandhaus zu bestellen, wie ich herausfand, als sie sich entschloß, mir zu vertrauen.

Nachdem ich mit dem Äußerlichen begonnen habe, fällt mir unglücklicherweise nichts anderes ein. Und was immer wieder zum Vorschein kam und ernsthaft Schwierigkeiten verursachte: Es gab zwei Gebiete, auf denen wir unsere unterschiedlichen Auffassungen nie unter einen Hut bringen konnten. Eines war der Sinn für Humor. Sarahs Meinung – die sie ziemlich oft verkündete – war: »Ein Sinn für Humor ist schon in Ordnung, aber es gibt Zeiten im Leben, in denen Humor einfach nicht angebracht ist.« Sie geriet ziemlich außer Fassung, wenn ich *meine* Lebensphilosophie zum Ausdruck brachte, nämlich, daß sie wahrscheinlich recht habe, daß ich aber »bisher noch keine dieser Zeiten entdecken konnte«.

Das andere Gebiet unserer Auseinandersetzungen war niemand anders als Norton. Sarah war schrecklich eifersüchtig auf ihn, ganz besonders, weil ich ihn oft als Entschuldigung benutzte, wenn ich die Nacht nicht in ihrer Wohnung verbrachte. Sie war überzeugt, daß ich Norton benutzte, um eine feste Bindung zu vermeiden. Wenn ich gezwungen würde, genau darüber nachzudenken, käme ich vermutlich zu dem Ergebnis, daß sie recht hatte, obwohl ich lieber davon ausgehe, daß ich ihn benutzte, um Sarah nicht *sagen* zu müssen, daß ich versuchte, eine feste Bindung zu vermeiden. Meine Entschuldigung, wenn ich nicht die ganze Nacht in ihrer Wohnung verbrachte, war, daß ich Norton nicht gern allein ließ.

»Er wird es überleben, wenn er eine Nacht allein ist«, sagte sie oft.

»Ich weiß«, erwiderte ich dann. »Aber es gefällt ihm nicht.«

Was Ausreden betrifft, so entsprach diese einigermaßen der Wahrheit. Ich ließ ihn nicht gern allein. Aber es gab auch andere Gründe. Sarahs Wohnung gefiel mir nicht. Sie befand sich in einem dieser neuen weißen Backsteingebäude, die soviel Wärme ausstrahlen wie das Rußland Stalins. Sarah hatte sie vollgestopft mit kleinem Schnickschnack, kinetischen Objekten und modernen Drucken.

Wir hatten einmal eine heftige Auseinandersetzung, als ich um zwei Uhr morgens aus dem Bett stieg und Sarah sagte, daß ich nach Hause gehen würde. Sie war außer sich vor Zorn. Ich erzählte ihr von meinem Norton und der Raubtiertheorie. Sie wurde noch zorniger. Schließlich brach sie in Tränen aus und sagte, daß sie mich nicht mehr sehen wolle. Sie mache Schluß mit mir. Etwas erstaunt über ihre heftige Reaktion, fragte ich sie, was genau sie zu diesem Schritt veranlasse.

»Norton ist nur eine Katze«, schniefte sie. »Und er hat nur die Gefühle einer Katze. Ich bin ein Mensch. Ich habe menschliche Gefühle. Aber meine Gefühle interessieren dich nicht. Sie interessieren dich wirklich nicht.« Inzwischen weinte sie. »Ich glaube, du magst deine Katze lieber als mich«, sagte sie schluchzend.

»Sarah, das stimmt einfach nicht«, sagte ich.

»Was stimmt nicht?« fragte sie erwartungsvoll.

»Ich glaube nicht, daß Norton nur die Gefühle einer Katze hat.«

Es erübrigt sich zu sagen, daß das Ganze sich zu einem jener Momente entwickelte, in denen Humor völlig unangebracht war. Danach lehnte Sarah es zwei Monate lang ab, mich zu sehen.

Sarah lehnte es ständig zwei Monate lang ab, mich zu sehen, oder verkündete, daß unsere Beziehung beendet sei. Aber irgendwie kamen wir doch immer wieder zusammen. Gewöhnlich kam es zu einer Versöhnung, wenn wir uns in einem Restaurant begegneten und feststellten, daß wir einander lieber mochten als die Personen, die sich in unserer Begleitung befanden, oder wenn ihr Job sie deprimierte und sie jemanden brauchte, mit dem sie reden konnte, oder wenn ich den neuen Versandhauskatalog zugeschickt bekam und ihn vorm Schlafengehen durchblätterte. Wir schienen es zusammen nicht auszuhalten, und getrennt hielten wir es auch nicht aus.

An einem Valentinstag beschloß ich spontan, über das Wochenende mit Sarah zum Skilaufen nach Vermont zu fahren. Sie war so empfänglich für solche Gesten, daß es fast ein wenig unheimlich war. Wir machten selten gemeinsam Urlaub oder kleinere Reisen. Vielleicht lag auch das wieder an meinem Bestreben, eine feste Bindung zu vermeiden. Einmal wären wir fast für ein paar Tage nach Arizona gereist, in das Phoenix Biltmore, das neben dem Liberace Museum in Vegas zu meinen Lieblingsaufenthaltsorten in Amerika gehört. Aber das Biltmore weigerte sich, Katzen zu nehmen, darum sagte ich empört ab. Als Folge sagte Sarah mir drei Wochen lang ab. Jetzt, mit der Aussicht auf ein langes, verschneites Wochenende vor uns, schien Sarah mir glücklicher und zärtlicher als je zuvor. Selbst ich fühlte mich ein wenig schuldbewußt, als ich sah, daß ich dafür lediglich kurzfristig ein ländliches Gasthaus in Vermont, das Katzen nahm, ausfindig machen mußte.

Nach meinem zwanzigsten Telefonanruf war Sarah wesentlich weniger glücklich und nicht mehr annähernd so zärtlich. Als ich meinen einundzwanzigsten Anruf machte, war ich ein verzweifelter Mann. Die Wirtin meldete sich, und ich brachte wieder meine inzwischen einstudierte Norton-Platte. Ich spürte, wie sie zögerte – was wesentlich besser war als die sofortigen Ablehnungen bisher –, und ich legte richtig los. Ich war schon fast bereit, aufs Ganze zu gehen – und zu erzählen, wie

Norton meine arme Großmutter, die sich verlaufen hatte, aus jenem schrecklichen Schneesturm rettete –, da gab die Wirtin nach.

Und so kam mein Scottish Fold zum Skilanglauf.

Am ersten Tag nach unserer Ankunft im Gasthaus sagte Sarah mir, daß sie ganz gut im Abfahrtslauf sei, mit Langlauf aber gar keine Erfahrung habe. Wir machten uns daran, das zu ändern. Vorher aber wollten wir ein Experiment mit Norton und dem Schnee machen. Er war noch nie im Schnee gewesen; seine meisten Erfahrungen im Freien hatte er im Sommer gemacht. Aber in Vermont war der Sommer eine ferne Erinnerung. Alles lag unter einer dreißig Zentimeter hohen Decke von weichem Pulverschnee, und wir warfen Norton sanft aus der Eingangstür des Gasthauses und warteten mit angehaltenem Atem.

Als erstes sank er ein, ohne eine Spur zu hinterlassen. Er war so leicht, und der Schnee war so hoch und so weich, daß Norton einfach eingehüllt wurde. Im nächsten Augenblick aber machte er einen Satz und schoß in die Höhe, weiß vor lauter Schnee.

Sehr zu meiner Überraschung war er begeistert vom Schnee. Er lief zum nächsten Baum, kletterte halb hinauf und sprang wieder in den Schnee hinein. Er grub sich ein wie ein Ziesel und bahnte sich mit Nase und Gesicht einen Tunnel. Er rollte sich auf den Rücken und griff mit den weißen Pfoten nach dem blauen Himmel. Ich glaube, ich habe noch nie ein Tier gesehen, das soviel Spaß hatte.

Nach etwa einer halben Stunde wurde es wohl zu

kalt für ihn. Er kam wieder ins Gasthaus; Schneeflocken und winzige Eiszapfen fielen von seinem Fell. Ich wickelte ihn in ein Handtuch und trocknete ihn ab, wofür er dankbar zu sein schien, und dann legte er sich vor das Feuer im Wohnzimmer, um ein Schläfchen zu halten. Inzwischen war die Wirtin natürlich so weit, daß sie Norton am liebsten adoptiert hätte.

Nach dem Lunch schnallten Sarah und ich unsere Langlaufskier an und zogen los. Norton folgte uns, wie üblich, wenn ich einen Spaziergang auf dem Lande machte. Ich versuchte, es ihm diesmal auszureden, aber er bestand darauf. Schnee oder kein Schnee, kalt oder nicht kalt, er war bereit, die Gegend zu erforschen.

Als wir zum nahe gelegenen Wäldchen kamen, blieb Norton nicht eben genau auf unserer Spur. Er lief im Zickzack umher wie ein Geistesgestörter, hüpfte auf Bäume, sprang in Schneewehen und blieb dann plötzlich stehen und miaute wie wild, bis ich kam und ihn eine Weile trug.

Aber alles in allem war er glücklich. Und er war noch glücklicher, als wir zwei Stunden später das Abreiben mit dem Handtuch wiederholten und er sein Nickerchen vor dem Kamin halten konnte. Selbst Sarah war glücklich und gab zu – nach einem Cognac spät am Abend und einem Spiel Backgammon –, daß Norton eine lohnende Ergänzung zum Valentinstag bildete. Sie seufzte zufrieden und sagte, sie habe das Gefühl, sie sei im Begriff, sich zu verlieben.

Zwei Tage später jedoch, als ich mich weigerte,

die Nacht in ihrer Wohnung zu verbringen, beschloß sie, daß sie mich nie wieder sehen wollte.

Zwischen den verschiedenen romantischen Intermezzos mit Sarah gab es andere romantische (und nicht so romantische) Intermezzos. Norton brachte es fertig, sich in fast alle einzumischen.

Etwa sechs Wochen lang war ich verliebt in eine Sportjournalistin, die in Boston lebte. Das bedeutete einiges Hin- und Herpendeln am Wochenende, entweder nach Boston oder zu irgendeinem College-Baseballspiel im Süden.

Als ich sie das erste Mal in Boston besuchte, kam ich mit zwei Steaks, einer Flasche Rotwein und einer Katze.

Norton mochte Boston (die Pan-Am-Shuttle-Stewardessen – nein, Flugbegleiterinnen – sind *sehr* nett zu kleinen, freundlichen Tieren), aber die Sportjournalistin sah sich nicht mit einer Katze auf der Schulter Dean Smith interviewen, und so kühlte die Affäre ziemlich schnell ab.

Ich verabredete mich mit einer Redakteurin eines Konkurrenzverlages, die die Worte »wie bei Dickens« häufiger als irgendwer sonst, den ich kannte, benutzte. Als Norton ihr vorgestellt wurde, bewunderte sie sein Aussehen, machte aber den Fehler zu fragen, ob ich ihn nach Norton Simon genannt hätte. Die Vorstellung, jemand könnte denken, ich hätte meine Katze wirklich nach dem langweiligsten Milliardär der Welt genannt, war für mich ein erschütternder Gedanke. Wenn sie wenigstens Kenny Norton gesagt hätte,

hätte sie vielleicht eine angemessene Zeit bleiben können. So aber dauerte es nur zwei Wochen.

Eine Woche verbrachten wir in der Gesellschaft einer Modezeichnerin. Sie hätte es wahrscheinlich nicht die ganze Woche geschafft, aber wir lernten uns ein paar Tage vor Halloween kennen, und sie gestand mir bei unserem ersten Lunch, daß sie im vergangenen Jahr zu Halloween völlig nackt zu einer Kostümparty gegangen sei – ausgenommen einen Anstrich mit Körperfarbe. Der Grund, warum unsere Beziehung nur eine Woche dauerte, war eine tätowierte Schlange auf ihrer Schulter, und Norton sprang mitten in der Nacht immer wieder auf ihre Schulter und versuchte, die Schlange zu entfernen. Aus irgendeinem Grund reichte das der Modezeichnerin als Anlaß, unser kurzes Abenteuer zu beenden.

Zu den interessantesten Dingen bei Verabredungen mit Frauen gehörte es, Nortons Reaktion auf sie zu beobachten, wenn ich sie mit nach Hause (oder, wie im Fall der Sportjournalistin, ihn zu ihnen) brachte. Meistens mochte er sie. Normalerweise lief es so ab: Ich kam nach dem Dinner nach Hause und führte die Frau in meine Wohnung. Norton bekam als Spät-Imbiß ein Pounce; ich machte ihn mit der Frau bekannt. Wir ließen die »Oh, was für komische Ohren!«-Masche ablaufen, während Norton die Frau eintaxierte. Wenn sie ihm gefiel, rieb er den Kopf an ihr, fast verführerisch. Das half mir nicht unbeträchtlich, sie ernsthafter über meinen Charme nachdenken zu lassen.

Saßen sie und ich dann auf der Couch, hörten

Musik, redeten und versuchten herauszufinden, was der Abend noch für uns bereithielt, saß Norton ein paar Fuß entfernt von uns – wiederum nur dann, wenn die Frau seinen Beifall fand – und schaute zu uns herauf. Das sah so umwerfend niedlich aus, daß, wenn der Augenkontakt zwischen der Frau und der Katze erst hergestellt war, fast alle weiblichen Vorbehalte überwunden werden konnten.

Wenn Norton allerdings jemanden *nicht* mochte, konnte man die Angelegenheit vergessen. Kein niedliches Kopfreiben, keine allerliebsten Seitenblicke. O nein. In diesen Fällen gab es viel Hin- und Hergelaufe, Kratzen an den Beinen der Couch (und manchmal auch denen der Frau) und möglicherweise sogar ein wenig Erbrechen. Wir hatten gewöhnlich den gleichen Geschmack bei Frauen, Norton und ich; wenn sein Verhalten sich also änderte, fiel es mir schwer, ärgerlich zu werden. Im Gegenteil, abgesehen vom Kratzen an der Couch hatte ich oft das Bedürfnis, es ihm gleichzutun.

Cindy und Norton hatten sich geschickt an eine für beide Seiten angenehme Schlafordnung gewöhnt. Keine ihrer Nachfolgerinnen war fähig, die Probleme ähnlich glatt zu lösen. (Besonders eine, sie hieß Michelle, wachte jede volle Stunde auf, spuckend, nach Luft schnappend und wild um sich schlagend.) Norton war im Gegensatz zu seinem Herrchen sehr eigen, wenn es darum ging, von wem er sich unter dem Kinn kratzen ließ.

Ich neigte dazu, mich auf Nortons Urteil zu verlassen, wenn es Frauen betraf, und im Zweifelsfall entschied er zu meinen Gunsten. Nur ein einziges Mal hatten wir eine ernsthafte Meinungsverschiedenheit – bei Karyn.

Karyn war ein dänisches Fotomodell, das wir in Paris kennenlernten (auf einer der ersten Reisen Nortons). Sie war zweiundzwanzig, 1,82 Meter groß und die hinreißendste Frau, zu der ich je gesprochen hatte, ohne ins Sabbern zu geraten. Außerdem sprach und las sie mehrere Sprachen, war überaus elegant, hatte einen scharfen und boshaften Sinn für Humor und... vermutlich haben Sie die Vorstellung, daß ich schon bei unserer ersten Begegnung entflammt war. Wunderbarerweise war auch sie entflammt. Das Leben schien vollkommen.

Es gab nur ein Problem.

Ein gewisses Mitglied meiner Familie entschied, daß es die hochgewachsene blonde Frau, die gelegentlich seine Seite des Bettes beanspruchte, nicht ausstehen konnte. Norton haßte Karyn.

Mein Norton faucht nicht, aber Karyn fauchte er an. Norton beißt nicht, aber Karyn biß er. Am liebsten wartete er, bis sie fest eingeschlafen war, und dann sprang er auf ihr Kissen und miaute, so laut er konnte, und sie erschrak zu Tode. Einmal pinkelte er in ihren Schuh – gerade als sie es ohnehin schon eilig mit einem Fototermin hatte.

Ich versuchte, ihn davon zu überzeugen, daß er sich irre. Ich versuchte auch, Karyn zu überzeugen, daß ich ihn nicht in New York lassen konnte, wenn ich für einen kurzen Abstecher nach Paris kam. Ich konnte sie beide nicht überzeugen.

Glücklicherweise mußte ich mich nie zwischen ihnen entscheiden. Wahrscheinlich ist es krankhaft, ich weiß, aber bei der Wahl zwischen einer Frau, die Miß Universum hätte werden können, und einer temperamentvollen Scottish Fold hätte meine kleine Katze mühelos gewonnen. Ich hätte Norton vielleicht umgebracht – aber er hätte gewonnen. Bevor es jedoch dazu kam, lernte ich ein für alle Mal, mich an Nortons Urteil zu halten, wenn es um Frauen geht.

Bei meinem ersten Zusammensein mit Karyn – das eine Woche dauerte – verbrachten wir eine einmalig schöne Zeit. Wir aßen in kleinen, abgelegenen Pariser Restaurants, tranken edle Weine, ich probierte meinen ersten echten Champagner, wir tanzten Wange an Wange, wir hielten Händchen in *caveaux des jazz.* Dann flog ich zurück nach New York. Wir schrieben uns lange Briefe, unsere Telefonrechnungen stiegen ins Unermeßliche, wir machten Pläne für Treffpunkte an allen möglichen exotischen Orten.

Beim zweiten Mal war es ebenfalls phantastisch. Es dauerte nur fünf Tage, weil ich nicht länger Urlaub machen konnte. Während dieser Reise waren zwei Freunde, Nancy und Ziggy Alderman, zufällig auch in Paris. Nancy, außerordentlich attraktiv, aber nur 1,62 Meter, mit dunklem, lockigem Haar, war etwas verwirrt, als sie in mein Zimmer im Trémoille kam, um ein Glas Sekt zu trinken, und dort auf eine blonde Göttin stieß, deren einziges Bekleidungsstück nicht viel größer als Kapitän Hooks Augenklappe war. Zig, in einem seiner höflicheren Momente, geriet beim Anblick Karyns völlig in Panik und erklärte, er müsse kurz ins Badezimmer. Sein einziger Fehler war, daß er in den Wandschrank trat, und das war ihm so peinlich, daß er über fünf Minuten dort blieb, vermutlich in der Annahme, niemand würde es merken.

Als ich das nächste Mal nach Paris kam, gingen Karyn und ich zum Dinner aus, um meinen ersten Abend nach mehreren Monaten und unser herbeigesehntes Wiedersehen zu feiern. Sie sah so schön und verführerisch wie immer aus – und Norton fauchte so laut wie immer, als sie ins Hotel kam.

Nach dem Dinner schlenderten wir durch die Straßen um die *Halles* zurück, hielten Händchen und küßten uns alle paar Schritte zärtlich. Wir kamen zurück ins Trémoille und gingen nach oben. Ich rechnete mit einer Nacht voller Leidenschaft. Dann sagte sie beiläufig: »Oh, übrigens, mein Freund ist etwas verstimmt, daß ich mich mit dir getroffen habe.«

Es ist erstaunlich, wie eine Bemerkung dieser Art die heftigste Leidenschaft dämpfen kann.

»W-was willst du damit sagen, dein Freund?« fragte ich. »Du hast gesagt, ihr hättet euch schon vor langer Zeit getrennt.«

Sie sah mich verwirrt an. »Getrennt?«

»Genau. Als wir das erste Mal ausgingen ... als wir eine Woche miteinander verbrachten ... Du sagtest, ihr hättet eure Beziehung gerade beendet, und ...«

»Oh, *das*«, sagte sie. »Ich mußte nur warten, bis er Paris verließ. Er war eine ganze Woche fort. Ich habe mich nicht richtig von ihm getrennt.«

»Und bei meinem letzten Besuch?«

»War er auch fort.«

»Warum hast du mir das nicht gesagt?«

»Weil ich dachte, daß du dich dann nicht mit mir treffen würdest.«

Ich begann, im Zimmer hin und her zu wandern. Ich sah Norton nicht an, weil ich sicher war, daß er grinste.

»Wie heißt er?« fragte ich. »Dein Freund.«

»Robert.«

»Was macht er?«

»Er ist Fußpfleger.«

Wenn er Rennfahrer oder ein international bekannter Modedesigner gewesen wäre, hätte ich mich vielleicht irgendwie auf elegante, wenn auch schmerzliche Weise mit ihm arrangieren können. Ich hätte wenigstens einen Teil meines Stolzes gerettet. Aber ein Fußpfleger?!

»Woher ... hm ... woher weiß Robert, daß wir uns getroffen haben?« fragte ich.

»Oh, diesmal mußte ich es ihm sagen; er ist in Paris.«

»Und was hat er gesagt?«

»Robert gerät sehr leicht in Wut«, sagte Karyn und zuckte mit den Schultern.

»Was hat er gesagt?«

»Irgendwas von dich umbringen.«

»Hat Robert auch viel Sinn für Humor?« wollte ich wissen.

»Robert hat überhaupt keinen Sinn für Humor«, sagte Karyn.

Das war das Ende mit Karyn. Es zeigte sich, daß Robert wirklich keinen Sinn für Humor hatte und mich wirklich umbringen wollte. Offenbar hatte er etwas arabisches Blut, und das Umbringen schien dort, wo er herkam, eine akzeptable Lösung zu sein. Selbst wenn er mich nicht tatsächlich umbringen sollte, muß ich sagen, daß mir einige sehr unangenehme Bilder vor Augen standen – ich an einen Stuhl gefesselt, barfuß, die Anwendung der Marterinstrumente eines Fußpflegers... Ich hatte nicht die Absicht, mein weiteres Leben ohne Füße zu verbringen, selbst für ein wunderschönes dänisches Modell nicht.

Norton, und das rechne ich ihm hoch an, zeigte nie hämische Freude. Ich bin aber bewußt nie mit ihm nach Dänemark gereist, und ich bezweifle, daß ich das jemals tun werde. Das letzte, was ich von Karyn hörte, ist, daß sie nach Rom zog und mit einem Grafen zusammenlebt. Ich kann nur hoffen, daß es Dracula ist.

Eine von Nortons regelmäßigen Reisen war der Abstecher zum Baseball-Frühlingstraining in Florida. Im März flog ich immer dorthin, zusammen mit den neun anderen Burschen von der Rotisserie-Liga. Ursprünglich hieß es, nur für Männer, und es ging um ernsthaften Baseball. Nach und nach kamen Ehefrauen und Freundinnen mit; schließlich, als wir alle etwas älter wurden, begann Golf irgendwie dazuzugehören. Im Lauf der Jahre, wie wir im Jahrbuch der Rotisserie-Liga festhielten, tauchten Spieler von anderen Ligen auf. Jetzt ist es zu einer großen Sache geworden – eine Tradition der Rotisserie-Liga, zu der Hunderte von statistiksüchtigen Fans aus dem ganzen Land kommen, um zuzuschauen und mit uns über Baseball zu reden.

Das Rotiss-Wochenende ist ungeeignet für die Zufallsfreundin. Sarah war einmal dabei (und schaffte es, mehr Rotisserie-Liga-T-Shirts zu verkaufen, als man je für möglich gehalten hatte; sie sah wesentlich besser in ihnen aus, als einer von uns es tat), aber gewöhnlich fiel dieses Wochenende in eine der Perioden, in denen sie nicht mit mir sprach. Darum war einige Jahre Norton mein einziger Begleiter. Er liebte das Hotel, in dem wir alle wohnten, das Belleview Biltmore, ein wirklich sehenswertes, sich rekelndes Monster von einem Gebäude aus der Zeit der Jahrhundertwende mit all dem Charme der Südstaaten, den man sich nur wünschen konnte. Ein Teil des Charmes war, daß die Leute, die in dem Hotel arbeiteten, Norton auch liebten.

Im zweiten Jahr, in dem Norton mich begleitete, nahm ich auch ein befreundetes Ehepaar mit, Nancy und Ziggy Alderman, die Karyn in Paris kennengelernt hatten. (Er heißt in Wirklichkeit nicht Ziggy, sondern John, und weil er in dem sehr sittenstrengen Geschäft eines Investmentmaklers arbeitet, will er nicht, daß sie dort erfahren, daß er für die meisten Leute jemand aus einem Album von David Bowie ist – und das macht es etwas kompliziert, mit ihm befreundet zu sein. Wenn er mit seinen Berufskollegen zusammen ist, sollen wir ihn John nennen, auch wenn er von ihnen Aldy genannt wird. Und als ob das nicht schon verwirrend genug wäre – es gibt noch ein anderes großes Tier namens John in der Firma, ein großes Tier, das älter als Ziggy ist, darum haben Ziggys Bosse ihm erklärt, sie würden ihn Jack nennen, um Mißverständnisse zu vermeiden, wenn jemand im Büro nach John schrie. Also heißt er jetzt für einige Leute Ziggy, für einige Aldy, für einige John und für einige Jack.)

Auf dem Weg hinunter nach St. Petersburg mit den Aldermans (oder, wenn Ihnen das lieber ist, mit den Alderleuten) setzte Ziggy/John/Aldy/Jack mir gewaltig zu, weil ich Norton mitgebracht hatte. Er verstand nicht, wie ich eine Katze mitzerren konnte zu einer so reinen Machoangelegenheit wie dem Frühlingstraining. Während des ganzen Flugs wurde ich der Lächerlichkeit preisgegeben – etwas, worin mein Freund Zig Experte ist. Vor mehreren Jahren flogen wir drei für fünf Tage Tennis und Golf nach Arizona, ins Arizona Biltmore (stimmt, Sarah sprach in der Woche nicht mit mir). An unserem zweiten Tag dort kamen drei Freunde von mir zum Dinner von Tucson herunter. Wir alle aßen und tranken eine Menge in dem ziemlich teuren Speisesaal des Hotels. Als wir alle fertig waren, bestand Ziggy darauf, die Rechnung an sich zu nehmen. Ich machte Einwände – schließlich waren es meine Freunde; er hatte sie noch nie zuvor gesehen –, ohne Erfolg. Er unterzeichnete die Rechnung schwungvoll und sonnte sich den Rest des Abends in unserem überschwenglichen Dank. Die beiden nächsten Tage tat ich schuldbewußt, was ich konnte, um für alles zu zahlen – Nancys und Zigs Frühstück vor dem Golf, die Golfrunde selbst, Drinks am neunzehnten Loch, was Sie wollen. Als wir abreisten und mir meine Rechnung überreicht wurde, sagte Nancy zu ihrem Mann: »Meinst du nicht, wir sollten es ihm jetzt erzählen?« Zig stimmte zu und eröffnete mir, daß er zwar die große Dinnerrechnung unterschrieben hatte – aber mit *meinem Namen.*

Jedenfalls entschädigte sein Gesichtsausdruck in der Lobby unseres Hotels in Florida mich nicht ganz für die Riesensumme, die er mich in Arizona hatte blechen lassen, aber doch beinahe. Nachdem ich stundenlang seinen spöttischen Bemerkungen ausgesetzt gewesen war, weil ich meine Katze mitgebracht hatte, mußte Zig jetzt am Empfangstisch stehen und zusehen, wie jede attraktive Frau, die im Hotel arbeitete (höchstens zehn oder fünfzehn), mit lauter Stimme rief: »Norton? Ist das nicht Norton?« Dann mußte er zusehen, wie sie alle vorkamen, mit Norton spielten, mich anlächelten und sagten: »Nicht vergessen, wenn Sie etwas brauchen, rufen Sie einfach an.«

Wenn ich jetzt darüber nachdenke – es *hat* mich für die Rechnung entschädigt.

Das jährliche Rotisserie-Treffen war auch die Stätte von Nortons vielleicht größtem Abenteuer.

Vor ein paar Jahren flog ich hinunter wie gewöhnlich, um mich bei der Liga umzusehen. Und wie gewöhnlich kam Norton mit. Mein Flugzeug hatte sich verspätet, und wir kamen erst nach acht Uhr abends im Hotel an. Nach der feierlichen Begrüßung Nortons am Empfangstisch brachte ich ihn in unser Zimmer im zweiten Stock, stellte ihm sein Essen und das Katzenklo hin und ging dann zum Dinner nach unten. Nachdem ich ein paar Stunden mit ganz passablem Essen, gutem Bier und zünftigem Baseballklatsch verbracht hatte, war ich müde und ging hinauf in mein Zimmer. Der Rest unserer Clique ging hinaus zum Terrassenrestaurant, um weiterzumachen.

In diesem Jahr hatte ich einen Balkon vor dem Zimmer. Als ich das Zimmer betrat, stand Norton an der Balkontür und wollte unbedingt hinaus. Er war es gewöhnt, überall auf dem Gebiet des Belleview Biltmore frei herumzulaufen. Rund um den Swimmingpool gab es eine Menge Gras und viele Büsche, wo er sich verstecken konnte. Sein Lieblingsteil des Hotels war aus irgendeinem Grund der Keller. Er hat schon so manchen Tag damit verbracht, die Winkel und Spalten dort zu durchwandern; im besonderen mag er eine bestimmte, staubige Betonecke; sie scheint besonders geeignet für ein Nickerchen zu sein. Aber er hat noch nie, jedenfalls soviel ich weiß, oben zwischen den verschiedenen Türmen und Dachebenen gespielt.

Nach kurzer Überlegung kam ich zu dem Entschluß, daß ich einen Versuch machen sollte. Was konnte schon schiefgehen? Ich öffnete also die Tür. Norton flitzte auf den Balkon, hüpfte über das Gitter und begann, die spitzen Dächer zu erkunden, die sich meilenweit zu erstrecken schienen. Ich wartete zehn oder fünfzehn Minuten, rief probeweise nach ihm, und tatsächlich, er kam angelaufen. Ich wußte jetzt, daß es sicher war, und sagte ihm, er könne frei umherstreifen.

Eine Dreiviertelstunde später wollte ich schlafen. Als ich auf die Balkontür zuging, um Norton hereinzurufen, ging das Telefon. Ich nahm den Hörer ab und hörte die Stimme von Glen Waggoner. Glen ist ein echter Rotisserianer und einer meiner besten Freunde.

»Ich glaube, du kommst besser runter.«

»Was ist denn los?«

»Norton ist gerade durch das Dach des Speisesaals gefallen.«

Kennen Sie den Cartoon von dem Rennkuckuck, der über die Straße zischt und in Sekundenschnelle viele Meilen zurücklegt? Dann wissen Sie, wie ich die Treppe hinunterraste, um zu meiner Katze zu kommen.

Als ich auf die Terrasse kam, schüttelte die ganze Rotiss-Clique sich vor hysterischem Gelächter. Glen führte mich zur Mitte der Restaurantfläche und zeigte nach oben. Drei Meter über meinem Kopf klaffte ein Loch in der grünweiß gestreiften Markise. Offensichtlich war Norton, gelangweilt vom Dach, hinaus auf die Markise gekrabbelt. In der Mitte kam er an eine schwache Stelle, und das Ding gab nach. Er stürzte fünf Meter hinunter und landete zehn Zentimeter entfernt von einem Tisch, an dem zwei siebzigjährige Damen dabei waren, ihr Dinner zu beenden. Verständlicherweise schrien sie laut auf – Sie würden auch aufschreien, wenn Sie in einem Restaurant ruhig beim Dinner säßen und plötzlich eine Katze durch die Luft geflogen käme und zehn Zentimeter neben Ihrem Kopf landete. Eine der Damen war einem Herzinfarkt nahe. Sie waren aber sehr nett, als ich begann, mich zu entschuldigen, und meinten, daß ich meinen Norton suchen solle, der zweifellos viel entsetzter sein müsse als sie.

Glen, den Norton gut kannte, hatte nach dem großen Sturz versucht, Norton festzuhalten, aber Norton ließ sich nicht festhalten. Er raste durch die Dunkelheit, bis Glen ihn aus den Augen verlor.

Da ich keine Ahnung hatte, wo er hingelaufen sein könnte, stolperte ich über den riesigen Rasen und rief nach ihm. Keine Antwort. Ich stolperte fünfzehn oder zwanzig Minuten lang weiter, ohne eine Spur von Norton, bis mir plötzlich klarwurde, wohin er verschwunden sein mußte. Ich ging zur knarrenden Holztür zum Keller, öffnete sie und trat in den Keller. Meine Augen brauchten ein paar Minuten, um sich an die Dunkelheit zu gewöhnen; dann schob ich mich langsam vor zu der vertrauten, staubigen Ecke. Dort schlief Norton tief und fest.

»Pst«, sagte ich.

Nortons Augen öffneten sich. Er brrrmiaute und sprang in meine geöffneten Arme.

Den Rest des Wochenendes machten die Leute viel Aufhebens und Theater um ihn. Aber Norton blieb die ganze Zeit in meiner Nähe. Er hatte genug von Abenteuern. Ich sah nur einen Menschen, an dem er den Kopf rieb – eine sehr attraktive blonde

Frau, die am Empfang arbeitete. Als ich hinging, um den kleinen Unruhestifter zu holen, lächelte sie erst ihn, dann mich an.

»Gehört er Ihnen?« fragte sie. »Er ist so niedlich!«

Wenn ich es nicht besser gewußt hätte, hätte ich schwören können, daß Norton uns beiden zublinzelte.

7

Die Katze, die nach Paris reiste

Während seiner ersten Jahre auf Erden und in meiner Obhut führte Norton für eine Durchschnittskatze ein ziemlich aufregendes Leben. Er war in einer Manteltasche durch die Straßen von Manhattan geschleppt worden. Er war in Taxis, in Booten und in Zügen gefahren. Er hatte die Strände von Fire Island erkundet, die verschneiten Gipfel von Vermont und die Antiquitätenläden von Bucks County, Pennsylvania (ein Ausflug, der nicht besonders ereignisreich war, abgesehen davon, daß ich eine wunderschöne Ahornwiege aus dem 18. Jahrhundert kaufte, die zu Nortons Lieblingsplatz für ein Nickerchen wurde). Er war auch zu einem Stammgast in meinem Büro geworden – er verbrachte dort etwa einmal die Woche den Tag mit mir –, und sobald das fest eingeführt war, kam er auch zu den Verkaufskonferenzen der Firma mit. Als Gast der Firma war er in Phoenix, Arizona, in Laguna Beach, Kalifornien, auf den Bermudas und in verschiedenen Orten in Florida gewesen. Wenn die Reise nicht länger als ein oder zwei Flugstunden dauerte, kam er im Grunde immer mit mir. Wenn eine Reise quer durch das Land führte oder aus anderen Gründen eine Strapaze für ihn bedeutete (zum Beispiel mehr als fünf Stunden ohne Katzenklo), nahm ich Norton nicht mit, außer wenn ich mindestens fünf oder sechs Tage unterwegs sein würde.

Eine meiner Phantasievorstellungen in der Zeit vor Norton war es gewesen, einen Hund zu besitzen, den ich eines Tages mit nach Frankreich nehmen könnte. Die Franzosen lieben Tiere; sie behandeln sie wesentlich besser, als sie Touristen behandeln. Selbst die feinsten Restaurants gestatten es, daß Hunde mitgebracht werden und sich während der Essenszeit ganz wie zu Hause fühlen. Es ist nicht ungewöhnlich, im Jamin oder Ambroisie Herren im Smoking und Damen in Abendrobe essen zu sehen, während ihr Pudel oder ihr Dackel unter dem Tisch vor sich hin döst. Vor einigen Jahren brachte ein französischer Verleger einen Restaurantführer heraus, in dem sämtliche Restaurants in Paris danach eingeordnet wurden, wie sie Hunde behandelten: welche Speiseabfälle man ihnen gab, ob sie ohne Leine hereindurften, wie freundlich die Kellner waren, wenn Streicheln angesagt war.

Es war mir nie wirklich in den Sinn gekommen, Norton mit nach Übersee zu nehmen. Ich weiß nicht, woher dieser geistige Lapsus kam. Vielleicht lag es einfach daran, daß ich in seinen ersten Jahren nicht häufig nach Europa flog.

Das alles änderte sich sehr schnell.

Es begann damit, daß Roman Polanski mich anrief.

»Peter«, sagte er mit seinem unverwechselbaren Akzent, der etwas von einem polnischen Rebellen hat, etwas von einem französischen Intellektuellen, von einem englischen Dandy, einem amerikanischen Gauner und einem jüdischen Onkel, »hast du Paris schon einmal zur Weihnachtszeit gesehen?«

Roman und ich hatten zum erstenmal 1982 zusammengearbeitet, an seiner Autobiographie. Wir waren ein sehr gutes Team gewesen und aus irgendeinem unbekannten Grund sofort enge Freunde geworden. Ich weiß, er ist immer umstritten gewesen, aber ehrlich gesagt, ich habe nie verstanden, warum er so umstritten war. Wir hatten die gleiche Meinung zu vielen Fragen, die gleiche Neugier, verbunden mit etwa dem gleichen Maß an Zynismus. Aus der Sicht eines Freundes ist er ein ungewöhnlich großzügiger Mensch – es gibt nichts, was er nicht für andere tun würde, wenn er sie mag –, und er hat einen wunderbaren Sinn für Humor. Er erzählt herrliche Geschichten, und nichts gefällt ihm besser, als in La Coupole herumzusitzen, Champagner zu nippen, Austern zu schlürfen und gute Witze auszutauschen.

Ich bin einer Menge sehr gescheiter Leute begegnet, aber Polanski ist wahrscheinlich das einzige Genie, das ich kenne. Er spricht so um die zwölf

Sprachen, besitzt ein erstaunliches Interpretationstalent, hat einige der besten, ungewöhnlichsten Filme unserer Zeit gemacht und, um das Ganze zu krönen, kennt an die tausend langbeinige Modelle namens Suzette. Mit all dem will ich sagen, daß er nicht Fragen wie »Hast du Paris schon einmal zur Weihnachtszeit gesehen?« stellt, ohne damit eine Absicht zu verbinden.

»Hm... nein«, sagte ich diplomatisch. »Ich glaube nicht.«

»Es ist wunderschön. Wunderschön. Der Schnee rieselt, die Lichter gehen an. Ohhh, die Lichter von Paris, mmmm, prachtvoll. Sie bringen dich zum Weinen. Und die Frauen... Weihnachten gibt es einen riesigen Zustrom von attraktiven Frauen, Peter.«

»Darf ich dir eine Frage stellen, Roman?« fragte ich von meiner Wohnung in New York City.

»Was du willst. Was du willst.«

»Warum erzählst du mir all das?«

»Wie würde es dir gefallen, Weihnachten in Paris zu verbringen und mir zu helfen, meinen neuen Film für Harrison Ford zu schreiben?«

Der Mann hat Stil, *non*?

Natürlich zierte ich mich etwas. Ich bin nicht so leicht zu haben. Ich sagte ihm, daß ich mindestens vier oder fünf Sekunden brauchte, um zu packen und ein Flugzeug zu erwischen. Tatsächlich brauchte ich etwas länger, aber nicht viel. Innerhalb einer Woche waren Norton und ich auf dem Weg nach Europa.

Viele Leute denken, ein Tier mit nach Übersee zu nehmen, sei eine größere Transaktion. Viele denken, daß es eine Quarantäne gibt (nur für England trifft das zu) oder daß die Reisevorbereitungen außerordentlich kompliziert sind oder daß es unmöglich ist, Tiere mit ins Hotel zu bringen. In Wahrheit ist nichts einfacher, als eine Katze an ferne Gestade mitzunehmen – wenn man es richtig macht. Als ich Norton das erste Mal mitnahm, machte ich natürlich alles falsch.

Polanski würde in Amsterdam sein, um für seinen neuesten Film zu werben. Während ich meine – Entschuldigung, *unsere* – Vorbereitungen traf, sagte er: »Peter, warum fliegst du nicht bis Amsterdam? Wir werden groß essen, unser möglichstes tun, um in Schwierigkeiten zu geraten, und dann am nächsten Tag in Paris mit der Arbeit anfangen. Amsterdam ist bestens geeignet, wenn man sich vom Jet-lag erholen will.«

Das leuchtet ein, nicht wahr? Mir leuchtete es jedenfalls ein. So fand Nortons erster Aufenthalt in Europa – nach einer Stunde Zwischenstation auf dem Flughafen Charles de Gaulle – in Amsterdam statt.

Bevor wir abreisten, mußte ich meinen Kumpel zum Tierarzt bringen, damit er seinen Katzenpaß bekam. Das war sehr einfach: Der Tierarzt gab Norton eine Spritze, tupfte seine Ohren mit einem Q-Tip aus, sah ihm in den Hals und füllte dann eine kleine grüne Karte aus, auf der stand, daß Norton Gethers, eine acht Pfund schwere Scottish Fold, in Los Angeles geboren, aber in New York lebend, gesund und fähig sei, nach Belieben seines Besitzers auf einen anderen Kontinent zu reisen. Der Flug war ein Kinderspiel, mit einer winzigen Ausnahme. Norton war schon mit verschiedenen amerikanischen Fluggesellschaften geflogen. Wegen ihrer starren Vorschriften hatte ich mir angewöhnt, diese strikt zu befolgen. Gewöhnlich setzte ich Norton in seinen Karton, ließ ihn während des ganzen Fluges unter meinem Sitz und wagte nur, ihn hervorzuholen und auf meinen Schoß zu nehmen, wenn eine – okay, jetzt bringe ich es über die Lippen – Flugbegleiterin nach ihm fragte, was nicht eben oft geschah. Aber bei Air France wurde Norton so herzlich empfangen, als hätte er den vollen Preis bezahlt. Die Begleiterinnen freuten sich, daß ein Tier an Bord war, und forderten mich sofort auf, ihn aus dem einengenden Karton zu nehmen und es ihm gemütlich zu machen. Wir flogen erster Klasse, dank Warner Brothers, und wir wurden beide den ganzen Flug über erstklassig behandelt. Als ich Champagner und Kaviar bekam, erhielt Norton eine kleine Schüssel mit geräuchertem Lachs und eine Tasse Milch. Als es Zeit für den Nachtisch wurde, erwähnte ich, daß Norton gern Schokolade aß, und, *voilà*, seine persönliche *mousse au chocolat* wurde *tout de suite* gebracht. Sie waren so unglaublich nett zu meinem Reisegefährten, daß ich entspannte. Ich entspannte so sehr, daß ich über dem Atlantik zwei Stunden lang tief und fest schlief, während Norton zufrieden auf meinem Schoß hockte. Ich hätte bis nach Holland geschlafen, wenn mir nicht irgendwann einer der

Stewards sanft auf die Schulter geklopft und mich geweckt hätte. Als ich mir die Augen gerieben und mich orientiert hatte, stellte ich fest, daß Norton nicht auf meinem Schoß saß. Ich schaute auf und sah, daß der Steward ihn an seinen kleinen grauen Genickfalten hielt. Entsetzt packte ich Norton, setzte ihn wieder auf mein Knie und begann mich beim Steward zu entschuldigen. Ich war so eingeschüchtert von der Strenge der amerikanischen Stewardessen, daß ich mich gute fünf Minuten lang ausgiebig entschuldigte, bevor ich den freundlichen französischen Steward sagen hörte: »Es ist in Ordnung. Wir 'aben nichts dagegen. Er 'at einen netten Spaziergang gemacht.« Allmählich wurde mir klar, daß der Steward wirklich nichts dagegen hatte. So faßte ich Mut, die einzige Frage zu stellen, auf die ich gern eine Antwort gehabt hätte: »Wohin ist er gelaufen?«

Der Steward rümpfte die Nase mißbilligend. Offensichtlich hatte Norton etwas getan, was dieser Mann abstoßend fand. Nach französischem Standard hatte meine Katze eine Todsünde begangen.

»Er war 'inten bei den Touristen«, sagte der Steward geringschätzig. »Er 'at sich mit einem *'und* unter'alten.«

Für den Rest des Fluges blieb ich wach. Norton verbrachte den größten Teil der Zeit damit, aus dem Fenster zu schauen, hinunter auf den Atlantik. Er schien ihn ebenso faszinierend zu finden wie die Bucht von Fire Island.

Als wir in Amsterdam landeten, nahmen wir ein

Taxi zum Amstel, das sich als wundervoll erweisen sollte. Ich war ganz darauf vorbereitet, Norton entweder zu verstecken oder das Blaue vom Himmel herunterzulügen, zu behaupten, daß er hier nicht über Nacht bleiben würde, daß ich ihn nur zu einem niederländischen Freund bringen wollte. Aber es gab keine Veranlassung für solche Märchen. Die Frau, bei der wir uns anmeldeten, lächelte Norton freundlich an, sagte mir, ich solle ihn aus der Tasche nehmen, und sah dann belustigt zu, wie Norton sich auf den Empfangstisch fallen ließ und es sich gemütlich machte. Der Manager des Hotels kam sofort zu uns, um Norton den Kopf zu tätscheln, und das taten auch ein paar Hotelpagen. Die Dame am Empfang fragte, ob Norton über Nacht bleibe, und als ich zögernd nickte, erkundigte sie sich sofort, ob er einen kleinen Teller Fisch möge. Ich fühlte, daß Nortons Ohren – was es an Ohren gab – sich bei dem Wort »Fisch« ein wenig aufstellten, darum sagte ich, daß das sehr nett sei.

Oben im Zimmer stellte ich Nortons erstes internationales Katzenklo auf, wartete, bis der Fisch kam, und rief dann Roman an. Nach einem kurzen Schläfchen war ich bereit, mich auf den Weg zu machen.

Norton war es zufrieden, seine erste Nacht in Europa schlafend auf unserem Daunenbett zu verbringen, während ich von einigen niederländischen Journalisten in einem beeindruckenden indonesischen Restaurant groß zum Abendessen eingeladen wurde. (Okay, es war Roman, der eingeladen wurde – aber sie ließen mich mitkommen, nicht wahr? Und das zählt!) Der nächste Tag war etwas ereignisreicher, zumindest für meinen kleinen grauen Gefährten.

Ich wußte vor unserer Ankunft in Amsterdam nicht genau, wie unsere Pläne aussahen, aber das fand ich bald heraus. Wir würden unser Hotel mittags verlassen, uns eine für die größten niederländischen Filmverleiher vorgesehene Vorführung von Romans letztem Film ansehen, zur Aufnahme einer niederländischen Quizsendung gehen, in der Roman auftreten würde, um für den Film zu werben, mit den TV-Leuten und einigen der Verleiher zu Abend essen und dann einen späten Flug nach Paris nehmen.

Alles hörte sich großartig an – mit einer Ausnahme. Was in aller Welt sollte ich von mittags bis zehn Uhr abends mit Norton machen?

Da ich wirklich keine andere Wahl hatte, nahm ich ihn einfach mit.

Wir wurden den Verleihern vorgestellt; das war der erste Höhepunkt des Tages. Wir befanden uns in einem großen Vorführraum und saßen auf einem Podium an der Vorderseite des Raums. Der Roman zugeteilte PR-Mann des Studios hielt eine kleine Ansprache, in der er den Zuhörern mitteilte, wie begeistert sie alle seien, einen neuen Polanski-Film zu verleihen. Er zählte Romans Erfolge in Holland auf – von *Das Messer im Wasser* über *Chinatown* zu *Tess.* »Und jetzt«, sagte er zu den Anwesenden, »würde ich gern einige ganz besondere Gäste vorstellen. Rechts von mir sitzt ein Mann, der keiner

Vorstellung bedarf. Einer der großen Regisseure unserer Zeit, Roman Polanski.«

Es gab stürmischen Beifall.

»Rechts von Mr. Polanski sitzt der Drehbuchautor von Mr. Polanskis neuem Film, den sie in Paris in Angriff nehmen werden, Peter Gethers.«

Ich erhielt höflichen Applaus, sehr freundlich, wenn man bedenkt, daß keiner je von mir gehört hatte und wahrscheinlich auch nie wieder von mir hören würde. Und dann kam die beste Ansage, als dem PR-Mann klarwurde, daß er noch jemanden vorstellen mußte.

»Und rechts von Mr. Gethers sitzt... seine *Katze*???«

Ich habe selten jemanden so verwirrt gesehen. Und selten war ich so stolz auf meine Katze. Norton verbeugte sich nicht gerade, als er hörte, daß er erwähnt wurde, aber er setzte sich so aufrecht wie möglich, als ein sehr verdutzt klingender Beifall ertönte.

Den Rest des Tages verbrachten wir mit der Aufnahme der Quizsendung *Wanna Bet*.

Der Titel der Sendung lautet übersetzt »Wetten, daß?« Es war die beliebteste TV-Sendung in Holland (und auch in Deutschland und Belgien).

Wanna Bet dauert 90 Minuten, und die Aufnahme dauert etwa drei Stunden. Von diesen drei Stunden verbrachte Norton zweieinhalb neben mir im Auditorium sitzend – die Leute von der Aufnahme waren so nett, ihm seinen eigenen Platz zu geben – und starrte die meiste Zeit auf die Leuchtschrift, die, vermute ich, »Applaus« auf niederländisch bedeutete.

Die andere halbe Stunde hielt er sich im Umkleideraum auf – zu dem ich keinen Eintritt hatte – und ließ sich von den dreißig hinreißenden Oben-ohne-Tänzerinnen, die bei der Show mitmachten, verwöhnen.

Norton läßt sich gewöhnlich nicht von Fremden hochnehmen und davontragen, aber als während einer Pause eine der fast nackten Frauen herübergehuscht kam und um Erlaubnis bat, ihn mit in die Garderobenräume zu nehmen, wartete er nicht einmal auf meine Zustimmung. Er hüpfte auf den Boden und folgte ihr, ohne seinem neidischen Herrchen auch nur einen Blick zu gönnen. Und als er Ende der Show zu mir zurückgebracht wurde – von drei Tänzerinnen, von denen keine sich von ihm trennen mochte –, war das wieder einmal ein Augenblick in unserer Beziehung, da ich es sehr bedauerte, daß Norton kein Englisch spricht. Der Ausdruck in seinem Gesicht aber sagte mir, daß ich, selbst wenn er Englisch spräche, nie die Einzelheiten dieses besonderen Abenteuers erfahren würde.

Als die Show zu Ende war, gingen wir mit den Leitern des TV-Studios und einigen der Verleiher essen.

Wir wurden in eines der besten Restaurants Amsterdams geführt. Norton kam mit, als sei er es gewohnt, jeden Abend zum Essen auszugehen. Er war seit Stunden und Stunden nicht mehr in der Nähe seines Katzenklos gewesen, und er hatte noch nie in der Öffentlichkeit gegessen, darum war ich etwas nervös. Doch mein Junge machte das glänzend. Er war der Star des Abends.

Als erstes fiel unsere Kellnerin vor Begeisterung fast in Ohnmacht, als sie Norton sah. Als sie feststellte, wie gelassen er auf meinem Schoß saß, bestand sie darauf, ihm seinen eigenen Stuhl zu bringen, den sie neben meinen schob. Als nächstes brachte sie ihm sein eigenes Essen – einen hübschen kleinen Teller mit Hering und Kartoffeln, die Norton anerkennend in sich hineinmampfte. Ich war fast beleidigt, daß sie ihm nicht auch ein Glas Wein anbot – obwohl er sich mit seiner Schale Milch wesentlich wohler zu fühlen schien.

Dies sollte ein Arbeitsessen sein, bei dem Roman über seinen Film sprach, aber es wurde sehr wenig gearbeitet. Die Unterhaltung drehte sich in erster Linie um den neuesten – und kleinsten – Ehrengast. Alle paar Minuten bestand jemand darauf, mit mir – oder mit Roman, der an der anderen Seite von Norton saß – den Platz zu tauschen, damit er oder sie sich die Katze näher ansehen konnte. Gegen Ende des Abends saß ich am anderen Ende des Tisches, Norton saß zwischen dem Vorsitzenden der niederländischen Filmverleiher und der Produzentin von *Wanna Bet* und tat sein möglichstes, Cary Grant nachzuahmen, kaute zurückhaltend an seinem Hering, nippte an seiner Milch, setzte sich gerade auf und zeigte sein Wohlgefallen an dem Restaurant und an der Aufmerksamkeit, die er erregte.

Als es Zeit wurde aufzubrechen, boten mehrere

Leute mir an, Norton zu sich nach Hause zu nehmen, wenn ich jemals wieder nach Amsterdam käme, und mehrere fragten, ob sie ihn auf ihrer nächsten Reise nach New York besuchen dürften. An Bord des Flugzeugs nach Paris war er eine erschöpfte kleine Katze. Ich mußte ihn wecken, als wir über der Stadt kreisten, und hielt ihn hoch zum Fenster, damit er seinen ersten Eindruck vom hell erleuchteten Eiffelturm bekommen konnte.

Norton reagierte auf Paris, nun, wie ein *canard à l'eau*.

Wir wohnten in einem meiner liebsten Hotels auf der Welt, dem Trémoille, das Ecke Rue de la Trémoille und Rue du Boccador im 8. Arrondissement liegt. Es ist prächtig, es ist klein, es ist elegant, freundlich, es ist *sehr* pariserisch, und sie *lieben* meine Katze.

Im vergangenen Jahr, als ich mit Polanski das Drehbuch für einen anderen Film schrieb, tauchte plötzlich meine Agentin, Esther (die bei Nortons allererstem Flug dabei war), in Paris auf, um sich ein paar Abende gut zu unterhalten und gut zu essen. Ich war für drei Monate in Paris und wohnte zu meinem Bedauern nicht im Trémoille – das Studio hatte entschieden, daß es für einen so langen Aufenthalt zu teuer sei, darum nahm ich mir eine Wohnung –, aber ich bestand darauf, daß *sie* dort wohnte. Nach dem Dinner begleitete ich sie zurück zum Hotel und erzählte ihr, wie nett sie dort immer zu Norton seien. Während ich meinen Bericht kunstvoll ausschmückte, blieb sie stehen und sagte: »Das glaube ich dir nicht. Das erfindest du.« Empört entgegnete ich, daß ich hundertprozentig die Wahrheit gesagt hätte. Sie weigerte sich, mir das abzunehmen. Als wir die Halle betraten, marschierte ich zum Empfangstisch, blinzelte Esther zuversichtlich an und sagte zum Concierge: »Guten Abend. Kennen Sie mich noch?«

»Natürlich«, erwiderte er. »Und wie geht es Ihrer kleinen Katze? Geht es ihr gut?«

»Sehr gut«, sagte ich.

»Bitte grüßen Sie sie von mir«, sagte der Mann zu Esthers Erstaunen. »Sagen Sie ihr, daß sie 'ier jederzeit willkommen ist.«

Seitdem glaubt Esther alles, was ich ihr erzähle.

Im Lauf der Jahre hat Norton sechs oder sieben Male im Trémoille gewohnt, gewöhnlich wenn ich mit Roman zusammenarbeitete. Unser Arbeitstag sieht so aus: Beginn halb elf oder elf Uhr morgens, Lunchpause gegen eins, netter, gemütlicher Lunch, dann Arbeit bis sieben oder acht. Nach ein oder zwei Stunden Pause zur Entspannung, um ein Glas eisgekühlten polnischen Wodka zu trinken oder einfach um einander für ein Weilchen nicht zu sehen, essen wir gewöhnlich zusammen zu Abend. Zwischendurch gehe ich einmal zurück zum Hotel, um nach Norton zu sehen und mit ihm zu spielen, entweder während unserer Lunchpause oder vor dem Abendessen. Nach einer gewissen Zeit merkte ich, daß die Spielzeit nicht nötig war. Beinahe jedesmal, wenn ich ins Zimmer kam, waren da ein oder zwei Zimmermädchen, die ihn streichelten, kraulten oder mit einem neuen Spielzeug spielten, das sie gerade für ihn gekauft hatten. Nachdem er von der Hotelfamilie akzeptiert worden war, ließen sie ihn tagsüber in die Halle (jemand vom Empfang oder eines der Zimmermädchen brachte ihn zurück in unser Zimmer, wenn sie das Gefühl hatten, es würde zu hektisch für ihn), und sie erlaubten mir, ihn zum Dinner mit in den Speisesaal zu bringen.

An einem Tag gab es fast eine Katastrophe. Ich kam um sieben Uhr abends, um wie immer nach Norton zu sehen, marschierte unbeschwert ins Hotel und bat um meinen Zimmerschlüssel. Einer der Manager sah mich sehr ernst an und sagte: »Oh, Monsieur Gethers, Ihre kleine Katze, sie ist sehr krank.«

Ohne weitere Worte schnappte ich mir den Schlüssel und raste die zwei Treppen zu meinem Zimmer hinauf. Als ich ins Zimmer gerannt kam, saß eines der Zimmermädchen auf dem Bett, streichelte Norton beruhigend und gurrte ihm etwas vor. Er hatte sich auf mein Kissen gekuschelt, zu einer Kugel zusammengerollt. Alles in allem bot er ein Bild des Jammers – er war offensichtlich krank.

Das Mädchen sprach kein Englisch, darum verstand ich nicht alles. Ich bekam mit, daß sie früh am Morgen in mein Zimmer gekommen war, um sauberzumachen, und daß sie wie üblich mit Norton spielen wollte, er aber nicht reagiert habe. Er wollte das Bett nicht verlassen, er richtete den Kopf nicht auf, er wollte sich überhaupt nicht bewegen. Sie versuchte, ihm Pounce zu geben – ich hatte einen Riesenvorrat mitgebracht und allen Zimmermädchen gezeigt, wo ich ihn aufbewahrte –, aber selbst das wollte er nicht anrühren. Das war ein schlechtes Zeichen.

Norton war noch nie zuvor krank gewesen. Ich wußte nicht, was ich tun sollte. Roman war erstaunlich verständnisvoll, als ich ihm sagte, daß ich unser übliches gemeinsames Dinner und die Zecherei wegen einer kranken Katze ausfallen lassen müsse. Er hatte Norton inzwischen auch ins Herz geschlossen.

In jener Nacht aß Norton nichts. Er bewegte sich auch nicht von meinem Kissen (ich schlief die ganze Nacht auf seiner Seite). Ich tat, was ich konnte, um ihm zu versichern, daß alles wieder in Ordnung kommen würde, aber er war kein glückliches Kätzchen. Wenn Sie jemals jemanden sagen hören, daß Katzen nicht denken oder fühlen, brauchen Sie ihn nur aufzufordern, eine Nacht mit einer kranken Katze im Bett zu verbringen. Das Wort »jammervoll« sagt genau, wie Norton in jener Nacht aussah. Ich beschloß, 24 Stunden zu warten, bevor ich einen französischen Tierarzt zu Rate zog.

Am nächsten Morgen schien er sich besser zu fühlen. (Andererseits ging es mir nicht besonders, weil ich mich die ganze Nacht vor Sorgen hin- und hergeworfen hatte.) Er war nicht sehr aktiv – er wollte zum Frühstück das Bett nicht verlassen –, aber er mampfte ein paar Pounce, die ich ihm brachte, und er leckte mir dankbar die Hand. Als ich ihn verließ, um zur Arbeit zu gehen, erhob er sich ein wenig und stand einen Augenblick lang auf dem Bett. Ich ging zu ihm zurück, sagte ihm, daß es ihm bald wieder bessergehen würde, und sah ihm zu, wie er es sich wieder auf meinem Kissen bequem machte. Zur Lunchzeit kehrte ich zurück, um nach Norton zu sehen. Der Manager machte das Alles-okay-Zeichen mit dem Daumen, als ich meinen Schlüssel holte. Und tatsächlich, in meinem Zimmer waren zwei Hausmädchen, die sich um Norton kümmerten. Er lag jetzt verspielt auf dem Rücken und genoß ihr sanftes Kraulen und freundliches Geplapper. Sie hatten ihm ein Geschenk gebracht – ein kleines Katzenminzegewächs, das sie auf den Tisch am Fußende des Bettes gestellt hatten. Sie erklärten mir, daß er im Augenblick noch nicht ganz bereit dafür sei, aber sie hielten es für einen guten Ansporn für Norton, wieder gesund zu werden.

Ich ging zurück an die Arbeit mit dem Wissen, daß mein Kumpel in guten Händen war. Zur Dinnerpause an jenem Abend war er wieder ganz normal. Er schlang nicht nur gierig sein Essen herunter und sprang auf das Pounce zu, das ich ihm hinhielt, er knabberte auch ein paar Blätter von der Katzenminze. Als es Zeit zum Schlafen war, fühlte er sich wieder so wohl, daß er auf seinem eigenen Kissen schlief. Ich hatte keine Ahnung, was zu seiner Ein-Tages-Krankheit geführt hatte – vielleicht war es all das nahrhafte französische Katzenfutter –, aber ich teilte ihm erleichtert mit, wie froh ich sei, daß es ihm bessergehe, und küßte ihn auf den runden Kopf. Er fuhr mir rasch mit seiner Sandpapierzunge übers Gesicht und gab mir das Gefühl, daß ich zumindest eine verständnisvolle und hilfreiche Krankenschwester gewesen sei.

Da ich in Paris nicht vor halb elf mit der Arbeit begann, gewöhnte ich mir an, für meinen Morgenkaffee in ein bestimmtes Café gegenüber dem Eiffelturm auf der anderen Seite der Seine zu gehen. Nachdem ich das einige Male getan hatte, sah ich keinen Grund, warum ich Norton nicht mitnehmen sollte. Er hüpfte also jeden Morgen in die Schultertasche, wir schlenderten gemächlich zu meinem nur wenige Blocks entfernten Lieblingscafé, ich saß auf meinem Korbstuhl, trank Kaffee und las die *Herald Tribune*, und Norton saß sphinxähnlich auf seinem Stuhl, beobachtete die Passanten, und nachdem die Kellner sich an seine Anwesenheit gewöhnt hatten, schleckte er aus einer kleinen Schale Wasser oder Milch.

Nach dem Frühstück brachte ich ihn gewöhnlich zurück ins Hotel. Manchmal nahm ich ihn mit in Romans Wohnung. Bei jener ersten Reise nach Paris, als ich das Drehbuch für den Film, der später *Frantic* heißen sollte, neu schrieb, kam Harrison Ford nach Paris, um ein paar Wochen mit uns zusammenzuarbeiten. Er war der Star des Films und wollte als solcher, durchaus verständlich, ein Mitspracherecht bei Motivation der Charaktere, Handlung und gedanklichem Hintergrund. Er und Roman waren befreundet, hatten aber noch nie zusammengearbeitet. Ich war Harrison noch nie begegnet. So verbrachten wir die ersten Tage damit, einander auf den Zahn zu fühlen, zu probieren, wie wir miteinander auskamen, und jeder von uns versuchte, zu seiner Auffassung von dem Film zu stehen, jedoch flexibel und einfühlsam gegenüber dem Ego und den Wünschen der beiden anderen zu sein. Harrison hat den Ruf – was meine Erfahrungen bestätigen –, ein bemerkenswert kluger Schauspieler zu sein. Deshalb bemerkenswert, weil Schauspieler im allgemeinen nicht viel höher auf der Intelligenzskala eingeordnet werden als etwa ein Eßzimmertisch. Man weiß auch, daß sie Drehbücher vermasseln, um in ihren Rollen besser dazustehen. Harrison ist nicht nur gescheit, ihm liegt der *Film* mehr am Herzen als die Frage, ob er in seiner Rolle mutiger, intelligenter und klüger als die Darsteller der anderen Rollen ist. Von Anfang an mochte und schätzte ich ihn sehr. Aber ich vermute, daß ich Harrison nicht übermäßig beeindruckte, als er zum erstenmal auftauchte. Wir schüttelten uns die Hände und begannen, über den ersten Entwurf des Drehbuchs zu sprechen, den Roman zusammen mit Gerard Brach, seinem Mitarbeiter seit vielen Jahren, geschrieben hatte – was daran nicht in Ordnung und was gut war –, und dann, gerade, als wir richtig drin waren, als die Diskussion mit einer gewissen Leidenschaft geführt wurde, begann Roman herumzuschnüffeln.

»Was riecht hier so scheußlich?« fragte er.

»Warte. Moment mal«, sagte Harrison erregt. »Ich glaube, ich habe da was. Ich glaube, dieser Bursche, dieser Arzt, muß seine Frau wirklich lieben, muß *unglaublich* eifersüchtig sein ...«

»Puuuh, was könnte so widerlich riechen?« Roman war eindeutig abgelenkt. Sein Gesicht war verzerrt, als ob das Atmen ihm Schmerzen bereite.

»Roman! Roman, hör mir zu! Ich glaube, wir

brauchen eine Szene zwischen mir und meiner Frau, etwas Zartes, gleich am Anfang ... Jesus, was stinkt denn da so?«

Schließlich versiegte jede Diskussion des Drehbuchs. Das ganze Apartment begann zu stinken, als sei jemand gestorben – vor etwa drei Wochen. Beide wandten mir den Kopf zu, als ich leise vor mich hin murmelte: »Oh ... Ich glaube, ich weiß, was es ist.«

Ich ging mit ihnen in Romans Badezimmer. Dort in der Badewanne saß meine Katze. Neben Norton lag ein großer Haufen ... nun ... was man nur als Katzenscheiße bezeichnen kann.

»Ich habe heute vergessen, sein Katzenklo mitzubringen«, erklärte ich demütig. »Er benutzt gewöhnlich die Badewanne, wenn kein Katzenklo da ist.«

»Das ist ziemlich clever«, stellte Roman fest.

»Das ist *Ihre* Katze?« fragte Harrison.

Ich nickte.

»Sie haben sie von New York mitgebracht?«

Ich nickte wieder.

»Ich arbeite mit einem Autor, der seine Katze mit nach Paris bringt, damit sie in die Badewanne scheißen kann?«

»Ich weiß, daß es einen schlechten Eindruck macht«, sagte ich. »Aber geben Sie ihr noch eine Chance.«

»Es ist nicht die *Katze*, über die ich mir Gedanken mache«, sagte Harrison zu mir.

Dies war meine Einführung in den Wunschtraum eines ganzen Lebens – mit einem genialen

Regisseur und einem großen Schauspieler in Paris ein Drehbuch schreiben: Der geniale Regisseur und der große Schauspieler versuchten im Badezimmer auf den Knien, den Gestank von Katzenscheiße wegzuschrubben, während ich den Übeltäter in den Armen hielt und versuchte, ihm zu versichern, daß er nichts Böses getan hatte.

Im Laufe der Jahre, so glaube ich, hat Norton begonnen, Paris New York vorzuziehen, ganz wie sein Herrchen. Er mag morgens sein Frühstück im Freien; er genießt es, gelegentlich im Restaurant zu Abend zu essen. (Zufällig waren Norton und ich in Paris, als ich den Vertrag für dieses Buch unterschrieb. Er genoß eindeutig das festliche Dinner, zu dem ich ihn an diesem Abend einlud. Wir gingen zu meinem Lieblingslokal, L'Ami Louis, wo Norton seinen eigenen großen Teller mit Louis' Spezialität bekam, der besten Gänseleberpastete, die man sich nur wünschen konnte.) Er war sogar in ein oder zwei Nightclubs. Ich schätze, daß er absolut die einzige Katze ist, die jemals die ganze Nacht durchgetanzt hat in den Bains Douches, einem der fetzigsten Clubs in Paris. Eine Menge Leute werden vom Portier der Bains Douches abgewiesen, aber wenn Norton auftaucht, hat er garantiert Zutritt.

Eine der Lieblingsbeschäftigungen meiner kleinen Katze war das Erkunden der berühmten Dächer von Paris. Er hatte Zugang zu ihnen von unserem Zimmer im Trémoille. Das Hotel hat diese altmodischen, sehr schweren Fenster, die sich aufstoßen lassen. Norton saß oft in unserem Zimmer, die Nase gegen das Fenster gepreßt, und wartete darauf, daß ich verstand, wie gern er nach draußen wollte. Zuerst zögerte ich, aber wieder einmal zog Logik den kürzeren gegenüber Nortons Wunsch, und das Fenster wurde geöffnet. Ich hielt Norton für einen Augenblick auf dem Arm und erklärte ihm, daß er in einer fremden Stadt sei und sich nicht zu weit entfernen sollte, und dann lief er hinaus, über den Balkon und auf die roten Ziegeldächer von Paris.

Ich weiß nicht, wie weit er kam. Einmal sah ich ihn drei Giebel weiter, vielleicht einen halben Block entfernt. Er kam immer zurück, wenn er gerufen wurde, konnte sich also nicht außer Hörweite entfernt haben. Nach einer Weile betrachtete ich seine Streifzüge mit größerer Gelassenheit, und als ich den Zimmermädchen klargemacht hatte, daß sie nie die Fenster schließen sollten, wenn er nicht im Zimmer war, ging ich sogar dazu über, sie tagsüber geöffnet zu lassen, so daß er nach Herzenslust herumstolzieren konnte, wenn ich nicht da war.

Was Norton ebenfalls eine Zeitlang genoß, war unser ungewöhnlich häufiges Pendeln zwischen Paris und New York. Es gab eine Periode von etwa einem Monat, in dem alles, an dem ich gerade arbeitete, gleichzeitig fällig wurde – der Polanski-Film, ein Roman, den ich geschrieben hatte, ein TV-Pilotfilm –, und Norton und ich lebten in diesem Februar praktisch in der Concorde. Einmal in der Woche flog ich für ein paar Tage nach Paris, um an dem Drehbuch zu arbeiten. Dann sauste ich wieder in das schnelle Flugzeug, schwirrte zurück nach New York, erledigte, was immer ich dort zu erledigen hatte – zu diesem Zeitpunkt konnte ich meine verschiedenen Aktivitäten kaum noch auseinanderhalten –, und schon ging es wieder in die Concorde. Ich verbrachte die Flüge mit Lesen, Schreiben oder Umschreiben. Norton wanderte die wenigen Stunden in der Kabine herum und freundete sich mit den Flugbegleiterinnen und den Mitreisenden an.

Für ihn war es eindeutig das Äußerste an Luxus und der Höhepunkt seiner Reisen nach Europa. Die Flugbegleiterinnen lernten ihn so gut kennen, daß ich nicht einmal mehr seinen Karton mitzubringen brauchte. Nach einiger Zeit genügte es, wenn ich nur noch die Schultertasche aus Stoff für ihn mitnahm. Er fühlte sich in dem Flugzeug so zu Hause, daß ich halb damit rechnete, bald auf einem der Flüge folgende Ansage über den Lautsprecher zu hören: »Ladies and Gentlemen, wir haben für diesen Flug einen Gastpiloten. Monsieur, bitte begrüßen Sie die Passagiere.« Dann kam der Pilot an das Mikrofon, und ich hörte: »Miau.«

So weit kam es natürlich nicht, aber das lag nicht daran, daß Norton es nicht versuchte. Und wenn Sie in absehbarer Zeit mit dem Gedanken spielen sollten, nach Paris zu fliegen, würde ich die Möglichkeit nicht ausschließen. Wenn Sie ganz sichergehen wollen, daß Ihr Flugzeug pünktlich landet, schlage ich Ihnen vor, einen guten Vorrat an Pounce mitzubringen.

8
Die Katze, die sich verliebte

Norton wurde älter, und mit dem Älterwerden kam eine gewisse Selbstzufriedenheit, ein Hang zu desinteressierter Trägheit. Außerdem fing er an, fett zu werden. Darum tat ich, was jeder normale Mensch für seine Katze tun würde. Ich kaufte ein Haus. Während der Sommermonate auf Fire Island lief Norton die ganze Zeit in der Gegend herum und unterhielt sich großartig, und jedes Jahr nahm er zwischen Memorial Day und Labor Day ein Pfund ab. Wenn die Blätter begannen, die Farbe zu wechseln, war meine Scottish Fold ein hagerer, magerer Kämpfer. Im Herbst und Winter jedoch verließ er nie meine vier Wände (ausgenommen die gelegentlichen Skiausflüge), was bedeutete, daß er viel saß, schlief und um Pounce bettelte. Ich wußte, daß ihm das nicht guttat. Da ich dazu neigte, das gleiche zu tun – das Faulenzen, nicht das Betteln –, hatte ich den Verdacht, daß mir das auch nicht guttat. Darum beschloß ich, auf Haussuche zu gehen.

Na ja, ich ging nicht wirklich auf Haus*suche*. Wie gewöhnlich, *stolperte* ich eher.

Nancy und Ziggy hatten ein Haus in Sag Harbor, und an einem Wochenende besuchte ich sie. Norton sollte zu Hause bleiben, weil Zig auf Katzen hochgradig allergisch reagiert. In letzter Sekunde aber fiel mein zuverlässiger Katzensitter aus. (Ich habe noch gar nicht gesagt, was geschieht, wenn meine Reisekatze gelegentlich zurückbleiben muß. Glücklicherweise hat eine Freundin, Lynn Waggoner, entschieden, daß es kinderleicht ist, Norton zu hüten. Sie sorgt prächtig für ihn – kauft ihm Spielzeug, geht mit ihm spazieren, all die guten Dinge, die er genießt und erwartet. Als Lynn einmal verhindert war, nahm meine Assistentin Norton über ein Wochenende. Sie brachte ihn zum Haus ihrer Schwiegereltern in Montauk. Norton war kaum zwei Minuten dort, als jemand die Eingangstür offenließ – und Norton ergriff die Flucht. Laura, meine zu Tode erschrockene Assistentin, und ihr Ehemann verbrachten die Nacht damit, den ganzen Wald nach ihm zu durchsuchen. Gegen zwei Uhr morgens gaben sie auf und gingen nach Hause – und fanden Norton geduldig vor der Haustür wartend. Laura erzählte mir die Geschichte – *viel* später – und eröffnete mir auch, wie sie mir beigebracht hätte, daß sie meine Katze verloren hatte. Es wäre in Form einer Selbstmordnachricht geschehen.) Da jedenfalls kein Katzensitter zur Verfügung stand, überraschte ich meine Gastgeber und brachte Norton doch mit.

Meine Überraschung wurde so begeistert wie ein Erdbeben begrüßt. Er würde keine Probleme machen, versicherte ich ihnen. Er würde den ganzen Tag draußen sein. Er würde erst zur Schlafenszeit ins Haus kommen und bei mir schlafen. Ich würde ihn bei mir im Bett behalten. Zig würde gar nicht merken, daß eine Katze im Haus sei.

Das stimmte. Zig merkte nicht, daß eine Katze im Haus war – bis mitten in der Nacht, als Norton sich davonmachte, während ich schlief, nach oben lief und beschloß, auf Ziggys Kopf zu schlafen.

Jene Nacht bei den Aldermans muß eine gewisse Ähnlichkeit mit einem Vulkanausbruch gehabt haben. Um drei Uhr morgens ging ich nach oben, zerrte Norton vom spuckenden, nach Atem ringenden Herrn des Hauses herunter und nahm ihn mit in mein Bett. Um halb vier saß er wieder auf Ziggys Kopf. Wir wiederholten das Ganze. Um vier war Norton an seinen neuen Lieblingsplatz zurückgekehrt und bedeckte Ziggys Gesicht mit seinem ganzen Körper. Um halb fünf kapitulierte Zig. Um fünf merkte er, daß er nicht mehr nieste. Als der Morgen weiter vorgeschritten war, kam er zu der Überzeugung, daß Norton die erste Katze seines Lebens war, auf die er nicht allergisch reagierte. Wut und Verzweiflung verwandelten sich in Entzücken und Triumph. Ich hatte mir als Hausgast keine Meriten erworben, aber Norton war es irgendwie gelungen, sich in ihre Herzen einzuschleichen.

Am nächsten Tag gingen wir auf Haussuche. Ich war nur mit halbem Herzen dabei. Ich kann nicht behaupten, daß ich *wirklich* ein Haus haben wollte. Einmal bin ich nicht übermäßig geschickt. Ich wache noch immer mitten in der Nacht schreiend auf, wenn ich vom Werkunterricht in meiner High School geträumt habe. Der Gedanke, einen Bohrer zu benutzen oder elektrische Leitungen zu reparieren, kann mich schnell in einen zweiten Curly Howard verwandeln. Zum anderen verabscheute ich den Gedanken an jede wie auch immer geartete Pendelei, selbst wenn es nur am Wochenende war. Ich sehnte mich nicht danach, im Garten zu arbeiten, Blätter zusammenzukehren oder die Auffahrt von Schnee freizuschaufeln. Ich wollte überhaupt keine Auffahrt, da ich nicht einmal ein Auto hatte. Aber da Norton das ganze Jahr über eine Art Freigehege brauchte...

Die ersten vier Häuser, die wir uns ansahen, waren alle nett, geräumig und völlig indiskutabel. Sie hatten weder Charakter noch Charme. Die Immobilienmaklerin, Peggy Meves, der ich für immer zu Dank verpflichtet sein werde, bat mich, ihr mein Idealhaus zu beschreiben – ein für mich erschwingliches Idealhaus. Das tat ich: mindestens hundert Jahre alt, in so gutem Zustand, daß man keine Arbeit hineinstecken mußte, die ursprünglichen Holzböden und Balken, ein oder zwei Kamine, ungewöhnlicher Grundriß, zwei Stockwerke, ein Arbeitszimmer, das einen geradezu verführte, sich an die Schreibmaschine zu setzen, nicht so groß, daß ich es nicht in Ordnung halten konnte, vielleicht zwei oder drei Schlafzimmer, weder zu eng noch zu geräumig. Mit anderen Worten, etwas so Vollkommenes, daß ich es nie finden würde.

Als ich mit meiner Beschreibung fertig war, sagte Peggy: »Wissen Sie, da ist ein Haus, das Sie sich ansehen sollten. Aber die Besitzer haben schon ein Angebot erhalten. Ich glaube, sie haben es akzeptiert, und es ist nicht mehr zu haben. Aber ich vermute, es ist das, was Sie suchen. Zumindest werde ich eine Vorstellung von Ihrem Geschmack bekommen.«

Ich erklärte mich einverstanden, einen Blick auf das Haus zu werfen, obwohl ich wußte, daß ich es nicht kaufen konnte. Das störte mich nicht. Irgendwie wollte ich ja nicht wirklich etwas kaufen. In erster Linie wollte ich mir nur hübsche Häuser ansehen.

Ich ging nicht einmal nach oben. Ein Blick in das Wohnzimmer – mit seinem ursprünglichen, hundertzwanzig Jahre alten Holzboden, seinem alten, dickbauchigen Ofen, seiner *Persönlichkeit* –, und ich hörte mich sagen: »Ich nehme es.«

Peggy, die zu jenen seltensten aller Menschen, den vollkommen ehrlichen, gehört, versuchte wieder, mir klarzumachen, daß ich dieses Haus nicht kaufen könnte. Sie zeige es mir nur, um meinen Geschmack kennenzulernen.

»Es ist mein Traumhaus«, sagte ich. »Ich *muß* es haben.«

»Sehen Sie sich wenigstens oben um, bevor Sie beschließen, daß es Ihr Traumhaus ist«, riet sie mir.

Das obere Stockwerk machte es noch schlimmer. Da war ein winziges, hinreißendes Gästezimmer, ein großes Elternschlafzimmer (das Badezimmer hatte eine alte Badewanne mit Krallenfüßen!), und um meinen Wunschtraum abzurunden: Es gab ein kleines Arbeitszimmer, das über die Auffahrt ragte, mit Balkontüren, von denen man auf den wunderschön angelegten Garten schaute. Das Grundstück habe ich ja noch gar nicht erwähnt; es sah aus, als könnten Hänsel und Gretel sich dort niederlassen und wie zu Hause fühlen.

Ich lief die Treppe hinunter und nach draußen zu meinem Leihwagen und öffnete die Tür. Norton sprang mit einem Satz auf den Rasen vor dem Haus. Er betrat das Haus vorsichtig, sah sich im Wohnzimmer um und ließ sich dann mitten auf dem Fußboden nieder, direkt in einen durch das Fenster einfallenden Sonnenstrahl hinein. Er schaute zu mir auf und miaute fröhlich.

Am nächsten Tag kaufte ich das Haus.

Plötzlich hatte ich also ein Haus auf dem Land. Ich hatte eine Katze, ich hatte gute Freunde zu Nachbarn. Nur eine Kleinigkeit fehlte mir.

Trotz eines ziemlich schnodderigen Gehabes (unter dem sich, würden viele Leute sagen, ein verblüffend seichtes Inneres verbarg) machte ich mir allmählich ein wenig Sorgen, daß Cindys Abschiedsworte: »Du weißt nicht, was Liebe ist«, mehr als nur den hohlen Klang der Wahrheit in sich bargen. Ich begann mich zu fragen, ob nicht zu viele Jahre der Suche nach Jux und Tollerei, des Herumhängens mit dänischen Modellen und des Arbeitens rund um die Uhr möglicherweise meine Aufnahmefähigkeit für »etwas mehr« begrenzt hatten. Natürlich versuchte ich jedesmal, wenn ich mir diese Frage stellte, mir auch vorzustellen, was »etwas mehr« als Lachen, dänische Modelle und befriedigende Arbeit sein konnte. Ich habe eine ziemlich lebhafte Phantasie, aber auf diesem Gebiet versagte sie völlig.

Und doch ...

Da war Janis.

Es war eine etwas ungewöhnliche Affäre, weil Janis überhaupt nicht mein Typ war. Sie war physisch sehr anziehend, aber nicht die Art von Frau, auf die ich normalerweise fliege. Sie war eher klein und ein wenig füllig als groß und schlank. Sie sah außerordentlich vornehm aus, elegant und kultiviert, mein Geschmack dagegen neigte mehr zum etwas Auffälligen, Mondänen. Sie war die Deborah Kerr in *Die große Liebe meines Lebens* – während ich im allgemeinen den Typ des seifenbeschmierten Mädchens vorzog, das in *Der Unbeugsame* vor den Gefangenen das Auto wäscht. Auch ihre Persönlichkeit war Meilen entfernt von allem, was ich in der Vergangenheit anziehend gefunden hatte. Ich war nicht versessen auf Konfrontation. Janis aggressiv zu nennen hieße, von Lawrence Taylor zu sagen, er zeige gelegentlich eine Spur von Angriffslust. Sie besaß die Unabhängigkeit und das Selbstvertrauen eines Mitglieds des britischen Königshauses und war fast so dickköpfig und eigensinnig wie ein arabischer Diktator. Doch trotz aller Meinungsverschiedenheiten – oder vielleicht wegen ihnen – war sie für mich der intelligenteste, anregendste und mich am wenigsten langweilende Mensch seit langer langer Zeit.

Es gab jedoch ein kleines Hindernis für eine lange, vollkommene, befriedigende Beziehung zwischen mir und Janis. Sie wollte keine lange, vollkommene, befriedigende Beziehung. Zumindest nicht mit mir.

Je näher wir uns kamen, desto mehr zog sie sich zurück. Schließlich zog sie sich so weit zurück, daß ich ein Fernrohr brauchte, um sie zu finden. Was ein sicheres Zeichen dafür zu sein schien, daß die Romanze beendet war.

Die Beziehung hörte jedoch nicht auf. Janis und ich wurden die besten Freunde. Ohne die Drohung einer Romanze kamen wir einander so nahe, wie zwei Menschen sich nur kommen können. Wir arbeiteten schließlich sogar zusammen. Wir sahen uns tagsüber, wir aßen mehrere Male in der Woche zusammen zu Abend, wir verbrachten sogar einige Male ein Wochenende miteinander – alles völlig platonisch. Sie half mir über einige schwierige Affären hinweg, über mehrere berufliche Krisen. Ich tat das gleiche für sie. Trotz der Sarahs, der Karyns, der Sportjournalistinnen und der Dickens-infizierten Redakteurinnen war es Janis, die immer dazusein schien, ob das »da« nun für Vergnügen, für Unterstützung oder für etwas uns beide Interessierendes stand. Wir wurden so unzertrennlich, daß die meisten Leute uns für ein Paar hielten. Aber das wollte sie nicht. Sie wollte keine sexuelle Beziehung, weil nach ihrer Erfahrung solche Beziehungen von vornherein auf das Ende der Beziehung angelegt waren. Und mit dem Ende kam der Schmerz (und je besser die Beziehung war, desto schmerzlicher das Ende). Mit dem Schmerz kam Bitterkeit. Mit Bitterkeit kam Kummer. Und so weiter.

Im Lauf der Zeit akzeptierte ich, daß es niemals eine solche Beziehung mit dieser Frau geben würde. Es bedurfte einiger Anstrengung – viel Zähneknirschen, ganz schöne Magenschmerzen und viel zu oft ein Mit-dem-Kopf-durch-die-Wand-Wollen –, aber am Ende akzeptierte ich es.

Nur eine Person akzeptierte es nicht.

Ich muß das Wort »Person« wohl im sehr weiten Sinn gebrauchen.

Norton mochte Janis.

Es fiel besonders auf, weil sie sich nicht viel aus ihm machte. Tiere waren auch etwas, an das sie ihr Herz nicht hängen wollte. Sie sah keinen Sinn darin. Aber Norton ließ nicht locker. Wenn jemand ihn ignorierte, nahm er es gewöhnlich gelassen hin. Janis war meines Wissens der einzige Mensch, abgesehen von meinem Vater, den Norton jemals verfolgte. Wenn sie zu mir kam, streichelte sie ihn nicht, aber in wenigen Sekunden war er bei ihr und rieb sich an ihrem Bein oder versuchte, das Gesicht in ihrer Handfläche zu vergraben. Sie reagierte nur selten darauf, aber mehrere Jahre hindurch gab Norton nie auf. Sobald er sie sah, rollte er sich auf den Rücken und spielte die niedlichste Katze der Welt. Wenn sie es ablehnte, ihn anzusehen, lief er zu ihr, rieb sich und kuschelte sich an und schnurrte. Janis war zäh – sie wußte, wie gefährlich es ist, sich zu engagieren. Aber Norton war auch zäh; er wußte, wie schön es ist, sich zu engagieren.

Während dieser Periode – Norton gegen Janis – begnügte ich mich lange damit, neutral zu bleiben. Dann kam Sag Harbor.

Als ich das Haus draußen auf Long Island kaufte, hatte ich bereits mit Norm zusammen für den Sommer ein Haus auf Fire Island gemietet. Der Gedanke, eine letzte Saison lang dem *Sixish* aus dem Weg zu gehen, gefiel mir (zumal ich schon dafür bezahlt hatte), und so ließ ich mir die perfekte Lösung einfallen. Ich traf die nötigen Vorkehrungen für Janis, den Sommer in meinem neuen Haus zu leben, mietfrei, unter der Bedingung, daß sie es herrichtete, die Küche mit den notwendigen Geräten ausstattete, Vorhänge kaufte und aufhängte und begann, den Garten in Ordnung zu bringen. Alles Dinge, zu denen ich weder Zeit, Lust noch den nötigen Geschmack hatte. Es war ein fairer Vorschlag, und sie nahm ihn vergnügt an. Gegen Ende des Sommers fuhren Norm und ich hinaus nach Sag Harbor, um uns das Haus anzusehen und um mit Janis essen zu gehen. Sie bestand darauf zu kochen, und das Essen wurde bei sanftem Kerzenlicht auf der Vorderveranda serviert. Als ich das Haus betrat – zum erstenmal, seit ich vor drei Monaten den Kaufvertrag unterschrieben hatte –, war ich verblüfft. Es war nicht länger nur ein Haus, das eben seinen eigenen Stil hat – es war wunderschön, und es strahlte Janis' Persönlichkeit aus. Es war mir klar, daß sie das Haus ebenso liebte wie ich. Es war jedem klar, der sich die Mühe machte hineinzuschauen und sah, was sie daraus gemacht hatte.

Es war ein herrlicher Abend. Das Essen war köstlich, wir tranken viel Wein, und wir lachten, bis wir zu müde waren, noch länger zu lachen. Und zum erstenmal seit vielen Jahren schien es nicht in Ordnung zu sein, Janis zu verlassen. Da war ein Gefühl, als sei etwas nicht abgeschlossen.

Auf der Rückfahrt zur Stadt sprach ich mit Norm darüber. Ihm war aufgefallen, daß Janis weicher als sonst wirkte, daß sie nicht ständig auf der Hut war, zumindest weniger als sonst. (Gewöhnlich schien sie ihre Verletzbarkeit wie hinter Stacheldraht und deutschen Schäferhunden verbergen zu wollen.) Wir sprachen über die Frage des Heimkehrinstinkts – reichte er aus, um zwei Menschen in eine enge Beziehung zu stoßen?

Norm meinte ja – wenn die beiden endlich bereit für eine enge Beziehung seien. Er hielt es auch für bemerkenswert, daß Janis etwas getan hatte, was sie noch nie getan hatte. Kurz bevor wir ins Auto stiegen, um zurück nach New York zu fahren, hatte sie sich auf der Couch vorgebeugt und Norton gestreichelt, ein einziges Mal sanft gestreichelt.

Während unserer Rückfahrt begann es zu regnen, und ich erinnere mich daran, daß ich im Rückspiegel einen Blick auf Norton warf. Er saß bequem auf dem Rücksitz, entspannt, und döste vor sich hin. Ich fragte mich, ob ich wirklich eine Katze als Meßgerät für eine Beziehung benutzen konnte.

Norton öffnete nicht die Augen, um zurückzuschauen. Er dachte nicht daran, es mir leichtzumachen.

Mitte September hatte Janis Geburtstag. An diesem Tag beschlossen wir, unser Verhältnis zueinander auf eine andere Ebene zu bringen. Oder es einfach dorthin zu bringen, wo es einmal gewesen war. Oder es wieder dorthin zu bringen, doch anders damit umzugehen. Wie Sie vermutlich ahnen, waren wir nicht ganz sicher, *was* wir eigentlich wollten.

Sicher aber bin ich in einem Punkt: Was wir auch taten oder wurden, wir hätten es nicht getan oder wären es nicht geworden ohne Norton.

Mein Haus wurde unser Haus, meines, Janis' und Nortons. Es machte Spaß, die Wochenenden in Sag Harbor mit Norton zu verbringen, und er brachte uns beide zum Lachen. Janis konnte einfach nicht glauben, daß er mit mir zu Sean's Murray Hill Market marschierte, drei Blocks von unserem Haus entfernt. Im Gegensatz zu Fire Island gab es in Sag Harbor Autoverkehr, und es war schwierig, Norton dazu zu bekommen, am späten Nachmittag Spaziergänge zu machen. Aber früh am Vormittag, wenn die Autos noch nicht die Straßen verstopften, spazierte Norton gemächlich hinter uns her und miaute kräftig, wie gewöhnlich. Während wir einkauften, wartete er geduldig vor dem Supermarkt, und dann wanderte er mit uns zurück. Anfangs wurde Janis ungeduldig, wenn Norton beschloß, für zwei Minuten (oder auch für zehn, je nach seiner Stimmung) im Gebüsch zu verschwinden. Sie versuchte, mich zu überreden, ihn zurückzulassen, wenn es an der Zeit war, Lebensmittel einzukaufen. Es dauerte jedoch nicht lange, bis sie ihn beschwatzte, den Spaziergang mit uns zu machen. Und wenn wir einmal auf dem Weg waren und ich zu schnell für Norton ging, drängte sie mich, langsamer zu gehen. »Sei doch nicht so ungeduldig«, tadelte sie mich. Sie beklagte sich nicht mehr, wenn er sich in die Büsche verzog, und begrüßte ihn fröhlich, wenn er wieder herauskam.

Sie beobachtete Norton auch gern, wenn er im Garten herumstrich. In Sag Harbor gab es keine Blauhäher, die ihn peinigten, aber es gab eine Spottdrossel, die bald zur neuen Nemesis meines Kätzchens wurde. Nachdem die Spottdrossel einmal die Situation eintaxiert hatte – das Macho-Niveau des grauen pelzigen Tieres im Garten hinter dem Haus –, begann sie, aus ihrem Baum herunterzuschwirren und einen knappen Meter von Norton entfernt auf dem Boden zu landen, und dann stand sie da und verhöhnte den armen Kerl mit ihrem Gekreisch. Norton war völlig eingeschüchtert. Janis drängte ihn, versuchte ihn dazu zu bringen, auf den kümmerlichen Vogel loszugehen, aber natürlich ohne Erfolg. Allmählich betrachtete sie es als persönliche Beleidigung, und ich fand sie oft dabei, Norton das Gesetz des Dschungels zu erklären und den Begriff der Nahrungskette – wie ich es schon vor Jahren auf Fire Island getan hatte.

Sie pflanzte für ihn Katzenminze an. Die Minze wurde nie so hoch, daß wir sie schneiden und trocknen konnten. Kaum hatte Janis die Pflanzen gesetzt, da sauste Norton schnurstracks dorthin, scharrte den Boden ringsum auf und verbrachte ein paar fröhliche Stunden damit, im Schmutz zu rollen, während Janis ihn zum Spaß auszankte.

Es war ein Vergnügen zu sehen, wie sich zwischen den beiden, beide so unabhängig, eine Beziehung entwickelte. Ich hatte mich im Lauf der Jahre an Nortons fast magische Kräfte gewöhnt, darum war es erfrischend, seine Wirkung auf Janis zu beobachten und Janis zu beobachten, wenn sie Zeugin seiner Wirkung auf andere wurde.

Janis war bei uns, als wir eines Tages den L. I. E. entlang nach Sag Harbor fuhren. Ich saß am Steuer, Janis war Beifahrerin, und Norton lag wie üblich auf dem Rücksitz und schaute aus dem Heckfenster. (Wenn ich mit Norton allein fahre, sitzt er auf dem Beifahrersitz, aber Janis sieht ihn nicht gern dort. Einmal, weil sie es für gefährlich hält, zum anderen – und das ist der wahre Grund – tauchen Nortons Krallen gelegentlich auf, damit er die Balance halten kann, wenn das Auto schlingert. Und dann macht er ihre Strümpfe kaputt oder reißt wohl auch ein kleines Loch in ihre Bluse. Also liegt Norton geduldig auf dem Rücksitz, zufrieden, die Landschaft vorbeischwirren zu sehen, bis Janis einschläft. Dann klettert er vorsichtig nach vorn und macht es sich bequem.) Es war ein schöner Tag, ich hing meinen Gedanken nach und raste offenbar wie ein Verrückter. Als der Polizist auf dem Motorrad uns an die Seite winkte, hatte er seinen Strafzettelblock schon in der Hand und teilte mir mit, daß ich 75 Meilen pro Stunde gefahren sei. Bevor er seinen Strafzettel ausschrieb, warf er einen Blick auf den Rücksitz.

»Ist das eine Scottish Fold?« fragte er.

Ich nickte. Polizisten gegenüber bin ich im Nikken besser als im Sprechen.

»Sie ist hübsch«, sagte der Polizist in der Lederjacke. »Ich habe auch eine Fold.«

Ich will Sie nicht mit den dümmlichen Einzelheiten langweilen. Mag es genügen, wenn ich sage, daß Norton sich von dem Polizisten halten und streicheln ließ – und der Strafzettel wurde nie ausgeschrieben.

Janis und Norton waren auch bei einem anderen Zwischenfall mit dem Auto dabei, der nicht ganz so glücklich wie der erste verlief. Ich war an dem Tag zum Büro gefahren und hatte beschlossen, Norton mitzunehmen. Er war der perfekte Begleiter; er verbrachte den ganzen Tag damit, auf meinem Schreibtisch zu liegen oder sich auf der Couch in der Ecke auszuruhen. Von Zeit zu Zeit verließ er mein Büro, wanderte durch die Flure und machte den Leuten, die er gern mochte, einen Besuch. Niemand im Verlag war noch überrascht – selbst der Vorstandsvorsitzende nicht –, wenn eine Katze hereinmarschiert kam, um guten Tag zu sagen.

Es war ein grausam heißer Sommertag, und natürlich war die Klimaanlage in meinem Auto kaputt. Wir waren auf dem Weg nach Hause, Janis vorn, Norton hinten, darauf lauernd, daß Janis einnickte. Alle Fenster waren weit geöffnet. Im Village, auf dem Weg zur Garage, mußten wir bei Rotlicht halten. An der Ecke stand eine Stadtstreicherin, schmutzig, wirr aussehend. Es war ein harter Tag gewesen, es war zu heiß – was auch immer der Grund war, als die Frau zu unserem Auto kam und um Geld bat, schauten Janis und ich durch sie hindurch, als existiere sie nicht. Vielleicht lebten wir schon zu lange in New York, wo Obdachlosigkeit eine Lebensform ist, etwas, woran man sich zu leicht gewöhnen kann.

Während das Auto noch stand, stellte die Frau mir eine Frage.

»Ist das eine besondere Rasse?« sagte sie und zeigte auf Norton, der zu ihr hinausschaute, die Pfoten auf der Hintertür, den Kopf aus dem offenen Fenster gestreckt.

Ohne nachzudenken – außer snobistisch zu beschließen, daß ich keine Lust hatte, einer Obdachlosen Nortons Stammbaum zu erklären –, sagte ich nur: »Nein. Es ist eine ganz normale Katze.«

»Oh«, sagte sie. »Sie sieht aus wie eine Scottish Fold.«

Die Ampel sprang auf Grün. Bevor ich anfahren konnte, fügte die Frau mit einem wehmütigen Seufzer hinzu: »Ich hatte früher sieben Siamkatzen.«

Sie streckte die Hand aus, tätschelte Nortons Kopf und ging mit erstaunlicher Würde weiter.

Zu Nortons Entzücken ließ Janis ihn bis zur wenige Blocks entfernten Garage nach vorne kommen. Sie drückte ihn sogar an sich. Weder sie noch ich haben seitdem Obdachlose mit den gleichen Augen wie vorher gesehen. Es war ein gutes Heilmittel gegen unsere Überheblichkeit.

Janis war auch anwesend bei Nortons erstem und einzigem Kampf mit einer anderen Katze –

eine traurige Angelegenheit, wie man es auch nimmt.

Ich hatte schon lange den Verdacht, daß Norton kein Rocky Marciano war. Im Garten kauerte er sich gern hin und pirschte sich an gelegentlich auftauchende Schmetterlinge heran, aber das war auch schon das ganze Ausmaß seiner Aggressivität. Wenn man eine Katze mehr oder weniger im Freien aufwachsen läßt, muß man sich leider damit abfinden, daß andere »freilaufende« Katzen vorbeikommen.

Uns war eine große, orangefarbene Katze mit dickem Fell aufgefallen, die nachmittags gern in unserem Garten in Sag Harbor umherzuwandern schien. Wenn Norton bei ihrem Erscheinen draußen war, miaute er entweder, um sofort ins Haus gelassen zu werden, oder er verschwand blitzschnell nach vorne zu einem seiner geheimen Verstecke. Wenn dieser Schlägertyp seinen Besuch abstattete, während Norton im Haus war, stand Norton tapfer an der Hintertür, geschützt durch ein Fliegenfenster, und fauchte laut. Er machte einen Buckel und ließ seine Krallen sehen, dann sah er sich um und wollte unseren Beifall hören. Entweder Janis oder ich sagte ihm, was für ein zäher Bursche er sei und wie stolz wir auf ihn wären. Das war es vielleicht, was Norton großspurig machte.

Eines Nachmittags, während ich oben in meinem Zimmer konzentriert arbeitete, hörte ich ein ganz schreckliches Geräusch. Es war ein Wimmern voll Schmerz und Furcht, und es schien sich ewig hinzuziehen. Kurz darauf schrie Janis auf. Sie rief meinen Namen und schrie, daß ich herunterkommen sollte.

Ich lief, so schnell ich konnte, aber während der wenigen Sekunden, die ich brauchte, hörte ich heftiges Fauchen und Heulen, erregtes Knurren und ein Geräusch, das klang, als seien zwei Sumo-Ringer aneinandergeraten. Als ich nach draußen kam, stolzierte das orangefarbene Monster triumphierend über den Rasen. Ich schrie ihn an und wedelte mit den Armen. Das schien ihn nicht zu erschrecken – er warf mir einen Blick zu, der deutlich machte, daß er es auch noch mit mir aufnehmen würde –, aber er begriff, daß er nicht willkommen war. Nachdem er die Hürde des Zauns genommen hatte und im Garten meines Nachbarn gelandet war, machte ich mich auf die Suche nach Norton.

Nun kommt Norton *immer*, wenn ich ihn rufe. *Immer.* Doch diesmal nicht. Janis und ich verbrachten zwanzig Minuten damit, ihn überall zu suchen. Kein Norton. Allmählich bekam ich wirklich Angst, dann hörte ich schließlich ein sehr leises und klägliches Miauen. Ich blieb stehen und lauschte, hörte es wieder. Janis hörte es auch. Es schien von unter meinem Auto zu kommen, das auf der Auffahrt geparkt war.

Ich ließ mich auf Hände und Knie nieder und sah nach, und tatsächlich, dort kauerte Norton. Ich mußte ihm noch einige Minuten gut zureden, aber schließlich brachte ich ihn dazu hervorzukommen. Als er sich zwischen den Hinterreifen hervorstahl, hielt Janis erschrocken den Atem an. Norton blutete über der Nase und an der rechten Schulter. Sein Fell war verfilzt und klebrig, und er fürchtete sich so, daß er auf seine halbe Größe zusammengeschrumpft schien, obwohl er schon vorher nicht gerade groß zu nennen gewesen wäre. Als ich ihn in die Arme nahm, stellte ich fest, daß er in seiner großen Angst auch den Darm entleert hatte; irgendwie hatte er es fertiggebracht, sich über und über zu beschmutzen.

Ich beruhigte ihn, so gut ich konnte, und trug ihn dann nach oben ins Badezimmer. Ich setzte ihn in die Badewanne, drehte den Hahn auf, nur einen sanften Strahl, und machte ihn sauber. Er leistete keinen Widerstand. Als er wieder sauber war, sah ich, daß seine Kratzer und Schrammen geringfügig waren. Die physischen Wunden waren oberflächlich, aber die seelischen schienen tiefere Narben hinterlassen zu haben. Nachdem ich ihn trockengerieben hatte, wobei ich die ganze Zeit mit ihm sprach und ihm gut zuredete, lief er ängstlich ins Schlafzimmer, sprang auf das Bett und kroch unter die Decken. Er grub sich einen Weg bis zum Fußende und blieb den Rest des Nachmittags dort. Ich versuchte immer wieder, ihn zu überreden herauszukommen, aber er schämte sich so, daß er mich nicht einmal ansah. Zur Abendessenszeit hatte er den Kopf noch immer nicht unter der Steppdecke hervorgestreckt.

Da entschied Janis, daß die Situation eine weibliche Hand erforderte. Ich sah ihr zu, als sie sich auf das Bett setzte und die Decken sanft zurückzog. Norton rollte sich zu einer Kugel zusammen und verbarg das Gesicht. Aber während er sich geweigert hatte, mich anzusehen, als ich versuchte, ihn aufzumuntern, begann er jetzt, sich langsam zu entspannen, und Janis streichelte ihn und flüsterte ihm etwas zu. Innerhalb weniger Minuten streckte er seine kleine Zunge heraus und leckte an Janis' Fingern. Und als sie ihm erklärte, es sei jetzt Zeit, hinunterzugehen und zu Abend zu essen, richtete er sich auf, sprang vom Bett und folgte ihr die Treppe hinunter.

Norton brauchte ein paar Tage, um sich zu erholen. Eine ganze Zeit lang sah er mir nicht in die Augen. Aus irgendeinem Grund war es nach seinem Zusammenstoß mit dem orangefarbenen Chuck Norris demütigender für ihn, seinem Herrchen ins Gesicht zu sehen als seinem neuen Frauchen. Ich bemerkte neue Bande zwischen Norton und Janis. Er schien ihr nach dem Zwischenfall mehr zu vertrauen. Und Janis spürte das und reagierte entsprechend.

Weil Janis sich einer engen Bindung so sehr widersetzte, war es leicht, ihre Hochs und Tiefs anhand ihrer Reaktionen auf Norton zu erkennen. Wenn sie Furcht empfand oder sich eingeengt fühlte, schob sie Norton von sich. Wenn sie zärtliche Gefühle für mich hatte, fiel es ihr leichter, das Norton zu zeigen. Es war sicherer.

Anfangs gingen unsere heftigsten Diskussionen um Nortons Schlafgewohnheiten. Janis *verabscheute* es, daß er bei uns schlief. Ich war bei dem Punkt angekommen, wo ich nicht gut schlief, wenn er nicht bei mir im Bett war. Janis hatte das Gefühl, sie müsse ersticken – besonders weil er darauf bestand, direkt links von ihr zu schlafen, neben ihrem Kopf. Da ich direkt rechts von ihr schlief, war sie genau zwischen uns gefangen, acht Stunden lang jede Nacht.

Norton ging vor uns ins Bett; gewöhnlich machte er es sich auf Janis' Kissen bequem (er schlief noch immer wie ein Mensch – Kopf auf dem Kissen, den Körper unter den Decken). Janis ging vor mir zu Bett; sie nahm Norton einfach hoch und warf ihn unsanft auf den Boden. Schließlich kam ich, bereit, das Licht auszumachen, rief nach meinem Kumpel, und er kam angelaufen. Zuerst schlief er auf meiner Seite, aber sobald es durchführbar schien – was bedeutete, sobald Janis schlief und nicht protestieren konnte –, schob er sich neben sie. Sie begann die Nacht immer behaglich auf ihrer Seite – und wachte mitten in der Nacht auf und war wieder eingeschlossen.

Die erste Stufe des Nachgebens kam, als sie Norton nicht mehr auf den Boden warf. Stattdessen schob sie ihn hinüber auf mein Kissen. Dann drehte sie durch, wenn sie mir zusah, wie ich versuchte, zu Bett zu gehen, ohne ihn zu stören.

»Er ist nur eine Katze!« sagte sie. »Wirf ihn runter!«

»Nein, er liegt gerade so bequem«, sagte ich, während ich mich bemühte, meinen müden Körper in den halben Meter breiten verfügbaren Raum zu quetschen.

»Sieh zu, daß du ihn loswirst!« sagte sie spöttisch – aber wir wußten beide, daß sie ihn auch nicht losgeworden war.

Diese Stufe dauerte lange. Über ein Jahr. Es war die Periode einer Beziehung, in der keiner von beiden weiß, ob das, was sie haben, von Dauer ist, jeder aber allmählich denkt, es *könnte* von Dauer sein – wenn so etwas wie Dauerhaftigkeit menschlich möglich ist. Janis wies niemanden von sich, weder mich noch meine Katze, aber sie umarmte uns auch nicht gerade.

Während dieser Periode wuchs unsere Beziehung und wurde stärker; wir entspannten beide. Wir hörten auf, es so erbittert zu versuchen, und akzeptierten uns, wie wir waren, und so sah es auch mit Janis und Norton aus.

Stufe zwei begann, als ich eines Abends spät nach Hause kam und Janis schlafend vorfand, Norton neben ihr zusammengerollt – auf *ihrer* Seite des Bettes. Er beanspruchte die Hälfte ihres Kissens. Sie hatte sich nicht gerührt, um es ihm bequemer zu machen, aber sie hatte ihn auch nicht von sich weggeschoben. Etwa um diese Zeit sagte sie mir zum erstenmal, daß sie mich liebe.

Stufe drei kam einige Monate später, kurz nach dem infamen Katzenkampf. Ich war erschöpft und ging früh schlafen, lange bevor Janis zu Bett gehen wollte. Norton, entzückt, daß er mich ganz für sich hatte, ließ sich mitten auf ihr Kissen fallen und nahm unsere alte Schlafstellung ein, das halbe Bett für mich, das halbe Bett für ihn.

Ich schlief nicht richtig tief und war darum halb

wach, als Janis endlich unter die Decken kroch. Ich war aufnahmefähig genug, um sie genau zu beobachten, wie sie vorsichtig über den schlafenden Norton kroch – *sehr* vorsichtig, um ihn nicht zu stören. Genauso, wie ich es jahrelang gemacht hatte, quetschte sie sich in den halben Meter Schlafraum, eingeklemmt zwischen mir und der Katze. Ich schlief bald danach ein, nachdem ich gespürt hatte, wie sie mich sanft auf die Stirn küßte und sich dann Norton zuwandte, seinem Schnurren lauschte und auch ihm einen leisen Gutenachtkuß gab.

Etwa um diese Zeit erkannten wir allmählich, daß wir vielleicht ein gutes Stück unseres Lebens miteinander verbringen würden.

Stufe vier kam auf komplizierte und umständliche Weise zustande. Eines kann ich mit Gewißheit sagen: Es war ein guter Test unserer Beziehung. Es passierte alles, weil ich zugestimmt hatte, meine Katze wieder mit nach Paris zu nehmen.

Es begann mit einem weiteren Anruf von Roman Polanski, der sagte, er sei der Meinung, wir sollten zusammen etwas schreiben. Nicht umschreiben – diesmal wollte er ganz von vorn anfangen.

Wir kamen überein, ein Buch zu bearbeiten. Wir sprudelten beide nicht über vor wundervollen, originellen Geschichten, und wir dachten, daß eine Bearbeitung Spaß machen, leicht sein und, aus technischer Sicht, interessant sein würde. Wenige Minuten nach dieser Entscheidung fiel mir ein Buch ein, das ich gern bearbeiten würde. Es war brillant, es war dramatisch, es war auf wundervolle

Weise komisch und zugleich traurig. Ich nahm das Buch aus dem Bücherbord, starrte es ein paar Sekunden lang an und stellte es wieder an seinen Platz. Zu unheimlich, entschied ich. Man wird mich für verrückt halten. Das Buch war *Der Meister und Margarita* von Michail Bulgakow. Ich erwähnte es gegenüber niemandem. Weder gegenüber Roman noch gegenüber dem Studio.

Ich fand kein anderes Buch. Polanski auch nicht. Das Studio schickte uns immer wieder Thriller. Der Regisseur lehnte sie immer wieder ab. Dann, ein volles Jahr, nachdem wir beschlossen hatten zusammenzuarbeiten, rief Roman mich an. »Ich weiß, was ich gern machen möchte«, sagte er. »Hast du schon mal von einem Buch mit dem Titel *Der Meister und Margarita* gehört?«

Ich dachte, das müsse ein Witz sein. Er versicherte mir, daß es kein Witz sei. Mein Herz jubelte, und zwei Wochen später waren Norton und ich in Paris und bearbeiteten eines der größten literarischen Werke des zwanzigsten Jahrhunderts. Ich weiß nicht, ob aus unserem Drehbuch jemals ein Film gemacht wird. Wahrscheinlich nicht, vermute ich. Zu teuer und zu unheimlich. Keine Aussicht auf eine Fortsetzung. Das ist die Unberechenbarkeit, und das sind die Frustrationen im Filmgeschäft. Aber etwas weiß ich über die Arbeit an diesem Drehbuch:

Sie war nicht leicht.

Es war eine Tortur. Roman ist besessen vom Recherchieren und peinlich genau mit dem Stoff, an dem er gerade arbeitet. Er las die englische

Version des Romans. Dann las er die amerikanische (es gibt zwei verschiedene Übersetzungen). Dann die polnische, die französische und schließlich die russische. Mit jeder neuen Version kamen ihm neue Ideen. Mit jeder neuen Idee kam eine weitere Nacht, die ich arbeitend verbrachte – und allein arbeitend; Roman hielt eindeutig nichts von Nachtarbeit –, bis zwei oder drei Uhr morgens.

Ich dankte Gott für Norton. Noch nie zuvor hatte ich es so zu schätzen gewußt, ihn in der Nähe zu haben. Meistens kam ich nach einem bei Polanski verbrachten Tag abends matt und erschöpft zurück, intellektuell und emotionell ausgelaugt. Ich ließ mich aufs Bett fallen und blieb ein oder zwei Stunden liegen, Norton an mich gekuschelt. Dann rief ich den Zimmerservice oder ging auf einen raschen Imbiß mit Norton in ein Café – anschließend zurück in die Wohnung. Danach kauerte ich mehrere Stunden an der Schreibmaschine und bemühte mich, einen Sinn in die Notizen und Entscheidungen des Tages zu bringen. Norton saß auf dem Tisch, direkt links von mir, und sah mir zu bei dem mühevollen Versuch, diesem Drehbuch eine Form zu geben. Um zehn Uhr am nächsten Vormittag sollte ich Roman neue Szenen, neue Ideen und neue Dialoge vorlegen.

Während ich versuchte, diesen vielschichtigen Roman zu verstehen, während ich mit Roman darüber sprach – immer und immer wieder –, begann in mir etwas zu klingeln. Das Gewirr politischer und intellektueller Theorien, die in dem Buch im Überfluß vorhanden sind, fand allmählich seinen Kristallisationspunkt. Während wir schrieben und diskutierten und uns stritten und anschrien und abmühten, begann dieser großartige, dichte Roman für mich einen Sinn anzunehmen, den er vorher nie gehabt hatte. Seltsamerweise – *sehr* seltsam, da mein Leben nicht weiter von den in dem Buch beschriebenen Lebensweisen entfernt sein könnte – erschloß sich mir der Sinn des Romans und damit der Ansatzpunkt für das Drehbuch aus der Beziehung, die sich zu Janis entwickelt hatte. Und, ja, zu Norton.

Der Meister und Margarita entstand in den dreißiger Jahren, wurde 1939 abgeschlossen, und man betrachtete es nur als abgeschlossen, weil der Autor starb, blind und völlig verarmt, ein Opfer von Stalins Unterdrückung. Es ist leicht zu schildern, was in diesem Roman geschieht. Es ist nicht so leicht zu schildern, worum es geht. Die Hauptpersonen sind der Teufel, ein Autor mit Selbstmordgedanken, ein schlechter Dichter, eine etwa zwei Meter große Katze mit Weste und Zylinder, Jesus Christus, Pontius Pilatus und die schönste Frau der Welt. Es gibt brutale Morde, öffentliche Demütigungen, Kreuzigungen und eine Konfrontation mit dem vollkommen Bösen. Es gibt auch scharfe Satire, grotesken Slapstick, politische Parodie, religiösen Revisionismus und umwerfenden philosophischen Einblick. Es gibt Geister und Menschen, die durch die Luft fliegen, und magische Verwandlungen. Oh – es ist auch eine der schönsten Liebesgeschichten überhaupt. Alles in allem halte ich es für verständlich, daß sich bisher noch kein Studio in Hollywood bereit gefunden hat, diesem Film finanziell grünes Licht zu geben: Wir sprechen nicht gerade von einer Fortsetzung von *Home Alone.*

Jedenfalls kam ich nach vielem Sieben, Sichten, Recherchieren, Streichen und Verzweifeln zu einer Entscheidung, worum es in *Der Meister und Margarita* überhaupt geht. Es lief alles auf Cindy und ihre Abschiedsworte vor Jahren hinaus.

Du weißt nicht, was Liebe ist.

Dank jener Reise nach Paris, dank Janis und unserer sich entwickelnden Beziehung und hauptsächlich dank einer kleinen grauen Katze mit einem runden Kopf und gefalteten Ohren weiß ich jetzt, was Liebe ist. Ich weiß nicht nur, was Liebe ist, ich habe sie gefunden. Ich habe gesehen, wie sie sich auswirkt, und ich habe gesehen, was sie erreichen kann.

Einige Tage, bevor ich das Drehbuch abschloß, rief Janis mich an. Sie war in Sag Harbor. Für sie war es früher Morgen, für mich früher Nachmittag.

»Warum bist du schon so früh auf?« fragte ich.

»Ich konnte nicht schlafen«, erklärte sie mir. »Ich konnte in der letzten Zeit nie gut schlafen.«

»Warum nicht?« wollte ich wissen.

»Du fehlst mir«, sagte sie.

Wie Sie vielleicht schon festgestellt haben – ich fliege auf so etwas. »Ahhh«, sagte ich. »Das hört sich nett an.«

»Aber es ist nicht *nur* das«, fügte sie hinzu.

»Was noch?«

»Ich schlafe nicht mehr gut, wenn Norton nicht neben mir schläft.«

So machte die Tatsache, daß Janis Stufe vier erreicht hatte, mir Mut zu der Entscheidung, daß unser Drehbuch für *Der Meister und Margarita* vor allem von Liebe handeln sollte. Liebe in ihrem wahrsten Sinn. Liebe zwischen zwei Menschen. Zwei wirklichen Menschen. Liebe, die Politik und Unterdrückung und Kunst und Geschichte und Grausamkeit und sogar den Tod überlebt. Das Drehbuch für den Film hört so auf, wie Bulgakow sein Buch aufhören läßt. Der Meister und Margarita steigen nicht zum Himmel auf, sondern zu einer Welt für zwei, wo sie der oft bösartigen und immer absurden Welt entfliehen können, in die wir hineingeboren werden.

Meine Interpretation dieses großen Romans war: Das Wichtigste, was jeder von uns tun kann, ist, in einer Welt zu leben, in der Liebe einen größeren Stellenwert einnimmt als Schmerz. Nur ist es in meinem Fall, wie jetzt auch in Janis', nicht nur eine Welt für zwei. Wie Norton mich erinnert, der in diesem Augenblick auf meinem Schreibtisch sitzt, zwanzig Zentimeter links von mir, und mir zusieht, wie ich diese Worte schreibe, ist es sehr eindeutig eine Welt für drei.

9
Die Katze, die nach Los Angeles flog

Für all jene von uns, die in der westlichen Welt leben, unterscheidet das Leben des einen sich nicht so sehr von dem der anderen. Wir unterliegen alle den gleichen Zwängen – denen der Zeit, der Stärke, der Gesetze, der Erwartungen. Innerhalb eines jeden Lebens gibt es rein persönliche Höhen und Tiefen, Perioden der wilden Ekstase und der grenzenlosen Verzweiflung, großer Triumphe und edler Mißerfolge, doch im ganzen gesehen besteht eine Gemeinsamkeit der Erfahrungen. Wir haben das Gefühl, daß niemand das, was uns bewegt, auf die gleiche Weise erleben kann, und doch sind es immer die gleichen Dinge – Liebe, Sex, Erfolg. Die Traurigkeit, die uns umhüllt, auf so lebensverändernde Weise, daß wir überzeugt sind, die Tiefe unserer Gefühle sei einmalig, umhüllt uns alle. Es gibt zwei Möglichkeiten, diese Höhen und Tiefen zu ertragen – man kann sich in völlige Isolation zurückziehen, oder man kann die Gemeinsamkeiten akzeptieren und sie benutzen, um mehr über sich selbst und andere zu erfahren.

Letztes Jahr machte ich meine erste Erfahrung mit dieser Traurigkeit. Letztes Jahr starb mein Vater.

Ein paar Tage vor Thanksgiving rief meine Mutter an. Sein Lungenkrebs, der sich einst bis zur Hüfte ausgebreitet hatte, dann aber für einige Jahre zur Ruhe gekommen war, war wieder ausgebrochen und hatte sich weiter ausgebreitet. Vor kurzem hatte der Krebs Vaters Hüfte zermalmt wie eine Eierschale, und jetzt durchlöcherte er seinen Rücken. Mein Vater war wieder ins Krankenhaus zurückgekehrt; die Schmerzen waren unerträglich. Man rechnete damit, daß er nicht mehr lange zu leben hatte.

Am nächsten Tag saßen Norton und ich im Flugzeug. Die Stewardessen, die vielleicht meine Traurigkeit spürten, sagten kein Wort, als ich Norton aus seinem Karton nahm und auf meinen Schoß setzte. Er saß während des ganzen Fluges dort, ließ sich von mir streicheln und leckte gelegentlich meine Finger mit seiner rauhen kleinen Zunge.

Ich erinnerte mich an die erste Operation meines Vaters. Man hatte damals einen Lungenflügel entfernt. Wir hatten alle schreckliche Angst vor dem, was geschehen würde, und ich war auch mit Norton nach Los Angeles geflogen. Als Dad aus dem Krankenhaus entlassen wurde, hatte er furchtbare Schmerzen. Jeder Atemzug war qualvoll, und die einzige Möglichkeit für ihn, es auszuhalten, war, sich in einem riesigen, häßlichen Klubsessel zurückzulehnen, den meine Mutter genau für diesen Zweck gekauft hatte. Er lehnte sich zurück, übte das Atmen mit einem Lungenflügel und versuchte, mit den qualvollen Schmerzen fertig zu werden, die die gebrochenen Rippen verursachten (so kommen die Chirurgen an die Lunge, durch die Rippen). Am besten erinnere ich mich daran, wie sehr mein Vater sich fürchtete. Vor dem Tod, sicher, aber noch mehr vor den Schmerzen.

Der Klubsessel wurde im Schlafzimmer meiner Eltern aufgestellt, am Fußende ihres Bettes. Mein Vater lag dort fast den ganzen Tag und sah fern; wegen der Schmerzen konnte er sich nicht einmal auf Lesen konzentrieren.

Er hatte vielleicht zwei oder drei Tage in dem Sessel verbracht und die meiste Zeit einfach nur Angst gehabt. Ich war in meinem etwa zwölf Meter entfernten Zimmer, als ich meinen Vater nach mir rufen hörte. Seine Stimme klang nicht sehr freundlich, nicht einmal schwach, zumindest nicht so schwach wie bisher. Es war ein angsterfüllter Ruf, und ich rannte hinüber.

Als ich in sein Zimmer kam, sah ich, wovor er sich fürchtete. Norton kauerte neben dem Sessel, zum Sprung bereit, und er hatte die Decke auf Dads Schoß im Auge. Es sah nach einer einladenden Stelle aus, gut geeignet, um dort zu sitzen und gestreichelt zu werden, besonders da die beiden sich schon vor langer Zeit angefreundet hatten. Aber mein Vater sah nicht freundlich aus. Er befürchtete, daß Norton zu ihm hinaufspringen, ihn anrempeln, vielleicht sogar auf der langen, gezackten Narbe landen und ihm noch mehr Schmerzen bereiten würde. Mein Vater fürchtete sich so, daß er nicht einmal wagte, sich zu bewegen.

Ich kam nicht rechtzeitig genug, um Norton zurückzuhalten. Als ich in das Zimmer kam, betrachtete er meine Anwesenheit aus irgendeinem Grund als weitere Ermutigung. Und so sprang er.

Ich weiß noch genau, daß ich wie erstarrt war, als ob sich alles im Zeitlupentempo bewege. Norton flog durch die Luft, in Richtung auf die Brust meines Vaters. Mein Vater starrte entsetzt auf ihn, vielleicht von größerer Furcht erfüllt als jemals zuvor.

Natürlich war es im Bruchteil einer Sekunde vorbei. Norton landete auf dem gepolsterten Arm des Sessels und berührte meinen Vater nicht einmal. Dad sackte zurück, erschöpft von der Anstrengung, sich so zu fürchten, und Norton ließ sich so vorsichtig, als wiege er kaum ein Pfund, auf dem Schoß meines Vaters nieder und begann, ihm die Hand zu lecken. Dad streichelte Norton mit der anderen Hand, zitternd. Sein Gesicht nahm wieder Farbe an, und schließlich schaute er mich an. Er lächelte – kein überwältigendes Lächeln, aber ein Lächeln – und nickte matt.

Eine Stunde später kam ich wieder, um nach ihm zu sehen. Er schlief jetzt, mit zurückgelehntem Kopf und entspanntem Körper. Seine Hand ruhte noch immer auf Norton, und Norton lag noch immer zusammengerollt auf der Decke auf Vaters

Schoß. Als ich näher kam, wachte Dad auf, und er lächelte wieder. Diesmal ein richtiges Lächeln. Irgendwie sah er nicht mehr so furchtsam aus. Ich glaube, er kam sich etwas töricht vor, daß er sich vor Norton so gefürchtet hatte. Ich glaube auch, daß er erleichtert war. Es hätte sehr leicht zu Schmerzen kommen können, doch es war nicht geschehen. Ich glaube, daß mein Vater in diesem Augenblick zum erstenmal dachte, er könne sich erholen, ihm zum erstenmal klarwurde, daß er nicht sterben würde.

Als ich ihn drei Jahre später im Krankenhaus besuchte, lag er im Sterben, und er wußte es.

Mein Bruder Eric und meine Mutter hatten unter unglaublicher Belastung gestanden, weil sie von Tag zu Tag unter diesem Druck lebten; so wurde mir als dem zuletzt Gekommenen und Frischesten unter den Anwesenden die Verantwortung übertragen. Die Entscheidungen waren nicht einfach – Dosierung der Medikamente, wann mit der Therapie aufhören, wann das Kämpfen aufgeben und sich dem Unvermeidlichen fügen. Nach wenigen Tagen waren jedoch nicht mehr viele Entscheidungen zu fällen. Wir konnten nicht mehr viel tun. Mein Vater hatte nur selten klare Momente. Auf makabre Weise mußten wir hin und wieder sogar über die Situation lachen – endgültiger Beweis, daß ich recht hatte und Sarah unrecht: Es scheint keine unpassenden Zeiten für Humor zu geben.

Einmal war Dad, der völlig unter dem Einfluß von schmerzstillenden Mitteln stand, hauptsächlich Morphium, überzeugt, daß Pete Maravich in der Halle Basketball spiele. (Soweit wir wußten, hatte Dad Pete Maravich nie kennengelernt. Doch war es wahrscheinlich kein gutes Omen, wie Eric feststellte, denn Maravich war vor einigen Monaten gestorben.) In einem klaren Augenblick hatte mein Dad Halluzinationen, die ihn verwirrten, weil sie plötzlich verschwunden waren. »Aber sie waren doch so schön«, sagte er.

»Wenigstens«, sagte ich zu ihm, »verstehst du jetzt, warum Eric und ich damals in den Sechzigern und Siebzigern so viele Drogen nahmen.«

»Darum also«, sagte er. Und dann sagte er: »Aber was ich nicht verstehe: Warum habt ihr aufgehört?«

Mein Vater wollte nicht im Krankenhaus sterben. Als wir wußten, daß die Ärzte nichts mehr tun konnten, brachten wir ihn nach Hause.

Eine Rund-um-die-Uhr-Schwester hatte für ein Krankenhausbett in seinem Schlafzimmer gesorgt, und dort betteten wir ihn. Das Bett stand in der Nähe seines alten Klubsessels. Für die Tage, die Dad noch lebte, verließ Norton den Sessel nicht. Er saß dort den ganzen Tag und schlief dort bei Nacht und leistete Dad Gesellschaft.

Einmal wollte ich Norton bei mir haben. Es war spät, vielleicht zwei Uhr morgens, und ich wollte seine Gesellschaft. Ich schlüpfte in Vaters Zimmer. Er schlief – oder man muß wohl sagen, er lag halb im Koma –, und die Schwester las. Norton saß im Sessel, wach, und starrte meinen Vater an, als warte er auf ein Zeichen, daß er auf das Bett springen und ihn trösten dürfe. Das Zeichen kam nicht, jedenfalls nicht, solange ich im Zimmer war. Ich nahm Norton nicht mit. Ich ließ ihn dort im Sessel und ging zurück in mein eigenes Zimmer. Für den Fall, daß das Zeichen kam, hielt ich es für besser, wenn Norton bereit war.

Am nächsten Tag starb mein Vater. Es war am Spätnachmittag.

Ich war nicht dort. Ich war fortgefahren, um Lebensmittel zu kaufen. Als ich in die Auffahrt fuhr, wußte ich es irgendwie. Dann kamen mein Bruder und meine Mutter aus dem Haus. Sie weinten. Ich war ein paar Minuten zu spät gekommen. Eric war bei ihm gewesen. In einem Augenblick hatte Dad noch tief geatmet, schlafend, im nächsten hatte er aufgehört zu atmen. Das war alles.

Ich hatte mich vor zwei oder drei Tagen von ihm verabschiedet. Dad war abwechselnd bei und ohne Bewußtsein gewesen. Wenn er bei Bewußtsein war, rief er manchmal nach einem von uns oder nach uns allen. Wenn die Schwester uns sagte, daß er wach sei, gingen wir einfach hinein, da wir nie wußten, ob es nicht die letzte Gelegenheit war, mit ihm zu sprechen oder ihm zuzuhören.

Einmal sagte die Schwester zu mir, daß er wach sei und ich zu ihm sagen könnte, was immer ich ihm sagen wollte. Sie sagte, vielleicht sei es meine letzte Chance. Sie verließ das Zimmer, und ich stand neben meinem sterbenden Vater und hielt seine feuchtkalte Hand. Ich wußte, daß er wußte, wer ich war. Zu diesem Zeitpunkt konnte er nicht mehr sprechen, aber er lächelte und rollte die Augen, als wollte er sagen: »Was für ein Scheißkram, was?«

Ich hatte ihm nichts zu sagen. Wir waren einander sehr nahe gewesen, als er noch lebte – ich meine, *wirklich* lebte, nicht nur dahinvegetierte –, und ich hatte viel zu ihm gesagt, als es etwas bedeutete. Ich brauchte ihm nicht zu sagen, daß ich ihn liebte. Das wußte er. Ich brauchte ihm nicht zu sagen, daß er mir fehlen würde. Das wußte er auch. Alles, was ich zu ihm sagen könnte, würde unecht oder dramatisiert oder letzten Endes bedeutungslos klingen. Ich sagte also gar nichts. Ich hielt nur seine Hand und blieb bei ihm, bis er wieder einschlief. Mein Dad hatte es noch nie ausstehen können, wenn jemand dummes Zeug daherredete. Ich glaube, er zog Schweigen vor.

An jenem Nachmittag war Janis aus New York gekommen. Mein Vater war vernarrt in sie gewesen, und sie in ihn. Sie verstanden sich großartig; es gab immer scherzhafte Geplänkel zwischen ihnen. Er machte es ihr nicht leicht, und sie schlug begeistert zurück. Er schätzte Leute, die sich nicht von ihm einschüchtern ließen.

Als sie die Treppe heraufkam, saß die ganze Familie um das Bett meines Vaters. Er war bewußtlos gewesen, aber als sie hereinkam, schien er sich zu regen. Er hatte immer etwas für Frauen übrig gehabt.

»Dad«, sagte ich, »es ist Janis. Sie ist hergekommen, um dich zu besuchen.«

Er hob den Kopf, sah uns alle und sah dann

Janis. Sie lächelte ihn an. Er schaute wieder auf meine Mutter, auf meinen Bruder, auf mich – und rollte die Augen. Er rollte sie ausgiebig, Janis zuliebe. Das Augenrollen sagte: »Als wäre nicht schon alles schlimm genug – seht euch an, wer da auftaucht!«

Wir wurden alle hysterisch, selbst mein Dad tat sein Bestes, um zu lachen. Dann fiel er schlafend zurück und wachte nie wieder auf.

Es ist etwas Tröstliches an der Tatsache, daß er als letztes im Leben Menschen zum Lachen gebracht hat. Er bewahrte seinen Sinn für Humor bis zum Ende, und das machte es für uns alle wesentlich leichter.

Wir verzichteten auf die übliche Trauerfeier. Statt dessen gaben wir eine Party. Das war es, was er gewollt hätte – mein Dad liebte Partys. Er liebte es, Gastgeber zu sein.

Dad gehörte zu einem Weinkennerklub, und die Mitglieder dieses Klubs brachten erlesene Weine mit, um auf ihn zu trinken. Wir ließen die Party von einem der besten Restaurants in Los Angeles ausrichten. Drei von Dads besten Freunden hielten eine Rede und sprachen über ihn. Ihre Reden waren herrlich komisch. Ich würde sagen, durch die Tränen hindurch gab es soviel Gelächter wie bei allen Partys, die mein Vater je gegeben hat.

In jener Nacht, nachdem alle gegangen waren, nachdem Janis eingeschlafen war, ging ich in mein Badezimmer, das Badezimmer, das ich als kleiner Junge gehabt hatte, und ich klappte zusammen und weinte. Ich weinte wohl eine Viertelstunde, richtige schmerzgequälte Schluchzer. Ich weinte, bis ich völlig erschöpft war, bis ich nicht nur keine Tränen mehr in mir hatte, sondern überhaupt kein Gefühl.

Als ich aufsah, stand Norton vor mir und starrte mich an. Er hatte die Badezimmertür mit der Nase aufgestoßen und war hereingekommen. Ich nahm ihn hoch, küßte ihn auf den Kopf und hielt ihn in den Armen, während ich aus dem Fenster auf den Garten schaute. Norton miaute nicht; er leckte mich nicht einmal. Er ließ sich einfach von mir halten, solange ich wollte. Ich wußte sein Schweigen zu schätzen. Ich war auch nicht in der Stimmung für dummes Dahergerede.

Ich weiß nicht, wie lange ich mich im Badezimmer aufhielt. Ich weiß noch, daß es fast hell war, als ich zurück ins Bett ging.

Ich legte mich hin, den Kopf auf dem Kissen, schloß die Augen und schlief ein. Norton hatte seinen Kopf auf mein Kissen gelegt und sich an meine Brust gekuschelt.

Als ich aufwachte, war ein neuer Tag angebrochen. Vieles hatte sich verändert, doch Norton nicht. Er schlief noch, noch immer neben mir, noch immer bereit, sich von mir halten zu lassen.

Nachwort

Manchmal mache ich mir Gedanken, ob vielleicht nur ich es bin, der Norton so hochjubelt, ihn für etwas Besonderes hält. Aber ich werde immer wieder daran erinnert, daß es nicht so ist.

Vor nicht allzulanger Zeit bekamen meine Freunde Nancy und Ziggy Alderman ein Baby, einen wirk-lich hinreißenden kleinen Jungen, den sie Charlie Elroy nannten. Bald nach Charlies Geburt schob Nancy ihn eines Tages in seinem Buggy von ihrem Haus in Sag Harbor zu meinem Haus. Es war Sonntag vormittag, und es war früh. Ziggy schlief noch, und Janis auch. Es war Charlies erster Ausflug den Block hinunter, seine Nachbarn zu besuchen.

Nancy schob ihn zur Hintertür, hob ihn aus dem Buggy und trug ihn ins Haus.

Norton, der auf einem Küchenstuhl ein Nickerchen gemacht hatte, hob den Kopf, um den Neuankömmling in seinem Leben zu mustern. Nancy nahm ihr winziges Baby und hielt es Norton entgegen.

»Sieh nur, Norton«, sagte sie, »das ist ein Baby.«

Norton schaute hinauf zu Charlie, betrachtete ihn und gab eine Art Nicken von sich, als nehme er die Information zur Kenntnis.

Es entstand eine sehr lange Pause, und dann hörte ich Nancy schlucken.

»Du hast es endlich geschafft«, sagte sie zu mir.

»Was habe ich geschafft?« fragte ich.

»Die meisten Mütter hätten gesagt: ›Sieh nur, Charlie, das ist eine Katze.‹«

Ich begann zu lachen.

»Nicht bei Norton«, sagte ich.

Nancy begann auch zu lachen.

»Nein, nicht bei Norton«, stimmte sie zu.

Danksagung

Zuerst und vor allem möchte ich mich bei Leona Nevler bedanken. Sie hat nicht nur die Idee zu diesem Buch gehabt, sich den Titel einfallen lassen, mir zugetraut, daß ich es schreiben könnte, sie hat auch noch eine ganze Menge nützliche Vorschläge gemacht. – Das ist eine gute Definition einer großartigen Lektorin.

Esther Newberg verdient ein oder zwei Zeilen (oder hundert), weil sie mich davon überzeugte, daß dieses Buch eine gute Idee sei, und ganz allgemein, weil sie die perfekte Literaturagentin ist.

Kathleen Moloney hat mir den Gefallen getan, das Manuskript Wort für Wort durchzugehen, was für mich von unschätzbarem Wert war.

Ich würde Norton nicht haben, wenn mein Bruder Eric ihn mir nicht aufgedrängt hätte. Ich kann nicht einmal den Versuch machen, ihm dafür zu danken.

Bedanken möchte ich mich schließlich bei allen, die mich über sie haben schreiben lassen (ob sie es wußten oder nicht).

GOLDMANNS
KLEINE TIERBIBLIOTHEK

Daniel Quinn
Ismael
Roman (43219)

Peter Gethers
Die Katze, die nach Paris reiste
Roman (43220)

Danilo Mainardi
Fledermäuse küssen nicht
Roman (43221)

Remo Forlani
Die Streunerin
Roman (43222)

Paul Beardmore
Zwei Elefanten spielen Jazz
Roman (43223)

GOLDMANN VERLAG

GOLDMANNS
KLEINE TIERBIBLIOTHEK

Dan Weiss
La Cucaracha
oder
Die Stunde der Kakerlaken
Roman (43224)

Christine Lehmann
Kynopolis
Roman (43225)

Robert Merle
Der Tag des Affen
Roman (43226)

Akif Pirinçci
Felidae
Roman (43227)

William Wharton
Franky, der Fuchs
Ein Märchenroman (43228)

GOLDMANN VERLAG